“A CATEDRAL EBÚRNEA”

"A CATEDRAL EBÚRNEA"

Alphonsus de Guimaraens pela crítica contemporânea

Francine Fernandes Weiss Ricieri
Organizadora

Coleção Crítica Contemporânea:
Andréa Sirihal Werkema & Rafael Fava Belúzio
(coordenadores)

alameda

CRÍTICA CONTEMPORÂNEA

Grafia atualizada segundo o Acordo Ortográfico da Língua Portuguesa de 1990, que entrou em vigor no Brasil em 2009.

Edição: Haroldo Ceravolo Sereza & Joana Monteleone
Editora assistente: Danielly de Jesus Teles
Projeto gráfico, diagramação e capa: Danielly de Jesus Teles
Assistente acadêmica: Tamara Santos
Revisão: Alexandra Colontini
Imagem da capa: *Alphonsus de Guimaraens* (domínio público).

CIP-BRASIL. CATALOGAÇÃO NA PUBLICAÇÃO
SINDICATO NACIONAL DOS EDITORES DE LIVROS, RJ

C357

"A catedral ebúrnea": Alphonsus de Guimarãens pela crítica contemporânea / organização Francine Fernandes Weiss Ricieri ; organizadores da coleção Andréa Sirihal Werkema, Rafael Fava Belúzio. - 1. ed. - São Paulo: Alameda, 2021.
276 p. ; 21 cm. (Crítica Contemporânea)

Inclui bibliografia e índice
ISBN 978-65-5966-069-8

1. Guimaraens, Alphonsus de, 1870-1921 - Crítica e interpretação. 2. Literatura brasileira - História e crítica. I. Ricieri, Francine Fernandes Weiss. II. Werkema, Andréa Sirihal. III. Belúzio, Rafael Fava. IV. Série.

21-74140 CDD: 869.09981
CDU: 821.134.3.09(81)

ALAMEDA CASA EDITORIAL
Rua Treze de Maio, 353 – Bela Vista
CEP: 01327-000 – São Paulo – SP
Tel.: (11) 3012-2403
www.alamedaeditorial.com.br

Sumário

Sobre a Coleção Crítica Contemporânea

A produção crítica voltada para a Literatura Brasileira é, historicamente, formada por uma tradição que reúne antologias, conferências, textos de jornais, artigos, ensaios, correspondências, obras especializadas, dissertações, teses e ganha cada vez mais com tal diversidade de contribuições. No momento contemporâneo, muito em decorrência de importantes reformas e expansões universitárias, o volume de estudos sobre escritoras e escritores brasileiros é bastante largo, o que por vezes exige certa garimpagem crítica; ao mesmo tempo, há um expressivo conjunto de autoras e autores, de significativa qualidade estética, a receber menor atenção. Assim, voltada ao estudo da Literatura Brasileira, a Coleção Crítica Contemporânea quer pensar nomes fundamentais do cânone a partir do olhar de importantes pesquisadores atuais. Cada volume é organizado por um estudioso do autor em debate e apresenta um conjunto de textos críticos de maneira a expandir as discussões e a repensar os legados. Desse modo, a Alameda Editorial sinaliza mais uma vez o seu compromisso com a reflexão crítica e com o pensamento brasileiro.

Andréa Sirihal Werkema
Rafael Fava Belúzio

Apresentação

Passados cem anos da morte de Alphonsus de Guimaraens, sua poesia e sua atuação como homem de letras permanecem suscitando questões as mais diversas. Nascido Afonso Henriques da Costa Guimarães, o *poeta* revela-se, desde a adoção de seu nome literário, artífice devotado a um paciente processo de construção de uma escrita, sob diversos aspectos, *arquitetural*. Integrando uma *Coleção* pensada para apresentar, a propósito de escritores e escritoras brasileiros, um conjunto de textos críticos que possa, a um tempo, reportar-se aos *legados* de uma tradição de leitura já consolidada e *expandir* o campo de discussões, o volume foi organizado a partir dessa dúplice tarefa. Oferece, nesse sentido, ao pesquisador experiente ou àquele que se introduz no pensamento sobre Guimaraens, uma amostragem das questões de que se tem ocupado a tradição crítica sobre o escritor, bem como uma indicação de novas perspectivas possíveis ou de caminhos investigativos ainda em aberto.

As últimas décadas do século XIX correspondem, no Brasil, a um período muito fértil, em que as letras encontram nos desenvolvimentos da imprensa um contraponto decisivo, um caminho complementar. Tendo o poeta nascido em 1870, sua atividade se fez acompanhar de intensa colaboração em jornais e periódicos (dos quais, por vezes, foi criador ou ator principal). Submetidos ao crivo da letra impressa, seus poemas foram, posteriormente, em boa parte organizados pelo próprio autor que, só em 1899, trouxe a público os livros *Setenário das Dores de Nossa Senhora*, *Câmara Ardente* e *Dona Mística*. Estava próximo dos trinta anos de idade – o que parece bastante se o compararmos a outros oitocentistas, muito mais precoces em suas investidas editoriais. Poucos anos depois, *Kiriale* (1902) aparece em sua versão definitiva. Alphonsus organizará, ainda, *Mendigos* (1920) e *Pauvre Lyre* (1921): no primeiro caso, temos sua produção em prosa; no segundo, seus poemas em francês.

Essas publicações, que poderíamos referir como "tardias", levam, para além das dificuldades financeiras de um homem que teve existência muito modesta, também à reafirmação de um empenho construtivo (denotado de muitas outras formas e que é certamente um dos elementos definidores da poética alphonsina) que se estende aos projetos editoriais, em consonância, claro, com procedimentos caros ao momento. A arte que acompanha as edições tiradas em vida também tem sido, por si, objeto de análise de pesquisadores como Vera Lins ou Armando Gens, tendo já recebido menções por críticos fundadores cujos trabalhos são fonte documental inesgotável, como Andrade Muricy e Cassiana Lacerda Carollo.

Para historiar muito brevemente a publicação de seus livros, seria preciso assinalar que todas as demais edições, já a partir de 1923, serão resultado do empenho principalmente de dois filhos (João Alphonsus e Alphonsus de Guimaraens Filho). A João Alphonsus devemos preciosas notas que registram variantes, aparecimentos prévios em órgãos de imprensa, bem como um cuidadoso inventário de informações as mais diversas, que iluminam aspectos relativos ao processo criativo do autor e a suas redes de interlocução, entre outros elementos. Também Manuel Bandeira, Afonso Henriques Neto e Alexei Bueno tiveram participação decisiva para o alcance editorial do poeta. Hélio Gravatá, por sua vez, foi o primeiro organizador de um inventário sistemático dos estudos dedicados a Guimaraens (em primeira versão, sua bibliografia aparece na segunda edição das *Poesias*, de 1955).

Para um leitor interessado apenas pelo domínio em que Alphonsus, indiscutivelmente, revelou-se em sua mais elevada maestria (a poesia), edições mais recentes têm o mérito de recolocar em circulação os versos do poeta (sempre esgotados, sempre de difícil acesso). Para o pesquisador, contudo, permanece incontornável a frequência paciente à *Obra completa*, de 1960, que pela primeira vez organizou em um mesmo projeto os seis livros legados pelo próprio poeta; obras póstumas como a *Pastoral aos crentes do amor e da morte*, *Pulvis* e *Escada de Jacó*; além de um *Documentário* que inclui poemas de juventude, *Versos humorísticos*, as *Crônicas de Guy d'Alvim* e um *Epistolário*. Tomado como objeto de pesquisa, um escritor melhor se revela pelo exame de sua complexidade, no sentido mais amplo do termo; por aquilo em que se superou e pelos movimentos em que encontrou seus limites; pela convivência com suas hesitações e mudanças de caminho e também por aquilo que, enfim, abandonou.

Seria pertinente acrescer que o poeta não conheceu notoriedade em vida. Estimado e muito bem reputado por um círculo de certo modo restrito de poetas e amigos, não encontrou sequer em um crítico como Nestor Vítor (que se devotou com afinco às tendências simbolistas, no país) investigações sistemáticas sobre seu trabalho. Assim, coincidem com as datas das mais importantes edições de suas obras, ao longo do século XX, os grandes momentos de retomada de sua escrita. Não faltam, contudo, posteriormente, leitores de grande prestígio que lhe dedicaram estudos mais ordenados, como Henriqueta Lisboa, Eduardo Portella, Manuel Bandeira, além da recepção atenta e amorosa (ainda que breve) de um Murilo Mendes, para me restringir a alguns casos principais. Seja por trabalhos dedicados a sua poesia, seja por estudos que abordaram poetas próximos, periódicos, ou temas mais gerais, Alphonsus de Guimaraens tem recebido uma não desprezível atenção em dissertações ou teses acadêmicas. E não deixa de ser surpreendente que, mesmo tendo tido inicialmente circulação tão restrita, seus versos tenham impressionado tão vivamente contemporâneos e pósteros – sendo notórias e já bem documentadas as manifestações e homenagens de alguns poetas de altíssima repercussão.

Estimado por seu trabalho como sonetista primoroso, pelo modo peculiar como conjuga uma sonoridade que, por um lado, revela seus laços de parentesco intelectual e seus gestos de emulação e, por outro, afina-se em dicção muito específica, o poeta é, ainda, reconhecido por seus experimentos no domínio dos versos polimétricos, por suas incursões por baladas e canções, pelas construções em que propõe organizações muito específicas e muito bem acabadas como, para me ater a um único exemplo, no caso do poema onde se buscou o verso adotado no título deste volume. Alphonsus é, ainda, o artesão de *livros* esculturais, a serem pensados enquanto conjuntos significantes. Toda essa densa malha se anima por construções imagéticas de grande complexidade e que se revelam em diálogo direto com as inquietações e tensões em circulação pela mais instigante produção poética de seu tempo.

Uma questão de ordem historiográfica talvez mereça alusão. Precedido por um momento pontuado por polêmicas e embates por vezes ferrenhos em que se disputavam concepções acerca do papel social dos literatos, o alvorecer do século XX, no Brasil, ocorre sob a égide de um discurso que tomará como vitoriosa certa concepção de literatura como instituição potencializadora dos mitos nacionais. Com grande dificuldade poderíamos "ajustar" o projeto poético de Alphonsus (ou de um outro gigante, como Cruz e Sousa) a uma tal diretriz – o que, de algum modo, contribui com a tendência em se dissociarem as tensões de sua escrita das tensões pertinentes para o pensamento de poetas brasileiros do início do XX.

Em um texto fundador, Eduardo Portella destacava o modo como era possível vislumbrar a conexão entre a participação em um debate mais amplo e a construção de um projeto *próprio*. A amplitude das *relações* em que se constitui a dicção alphonsina permite problematizar o pensamento dualista e conjugar traços de construção poética que poderiam remeter ao mistério, ao imponderável, ao misterioso (às dimensões inconscientes dos processos criativos), sendo, ainda, a sistematização de uma nova lógica. Como pensou Portella, nessa escrita coexistiriam traços de certo Rimbaud *visionário,* algo de um Mallarmé tido como quase *cartesiano,* alguma coisa de Verlaine, mas, antes de tudo, Alphonsus de Guimaraens.

"A catedral ebúrnea" é, nesse sentido, uma imagem em que a subjetividade poética em construção na cena dos versos (e que se constrói por arranjos associáveis às transições temporais e anímicas) admite o pensamento tanto sobre o *artífice* quanto sobre o *inspirado*. Uma escrita arquitetural e inefável, em que a matéria móvel (e noturna) dos sonhos surge em contraponto (em *relação* seria mais justo) com a estabilidade racional (diurna) da peça arquitetônica – templo e constructo. Parece uma imagem muito prolífica e adequada à tarefa de registrar a efeméride. Há mais de cem anos, lemos Alphonsus de Guimaraens, espelhando-nos, de maneiras muito peculiares, nas linhas e entrelinhas de seus versos. Que as antigas questões permaneçam passíveis de reconsideração e que novas questões se ofereçam à indagação, ainda, parece prova cabal de vitalidade.

Os autores e autoras que participam desse volume contribuíram, cada qual a seu modo, com a recuperação de algum aspecto específico da produção ou da atuação intelectual de Alphonsus de Guimaraens. Não se pode pretender tudo abordar, mas o conjunto oferece uma amostragem do estágio dos estudos sobre o poeta em celebração. Na disposição dos ensaios, optamos pela organização por ordem alfabética dos nomes dos autores e autoras.

Afonso Henriques Guimaraens Neto – cujo nome literário é Afonso Henriques Neto –, a partir de um conjunto de oito cartas de Constança, a prima e noiva do poeta, recompõe um retrato muito instigante daquela que se tornou uma das imagens mais fortes e um dos mais relevantes eixos de leitura da escrita alphonsina, Constança. O texto é uma versão abreviada de um livro publicado recentemente e, ao recuperar, a partir de uma perspectiva biográfica, Constança, assim como o breve mas marcante relacionamento entre os dois jovens adolescentes, contribui com a inclusão nesse volume do que tem sido, também, historicamente, uma das linhas de força na abordagem de alguns poemas do escritor: a tematização da amada morta a partir desse elemento da história pessoal de Afonso Henriques.

Anelito de Oliveira apresenta uma leitura crítica do poema "A voz do rochedo", originalmente publicado na revista *Club Curitybano*, em 1891, quando Alphonsus tinha apenas vinte anos. Ainda que o poema não tenha sido incluído nos livros organizados em vida pelo próprio escritor, o crítico explora diferentes variáveis implicadas no momento histórico e pessoal em que se inserem os versos, além das muito evidentes relações com

Edgar Allan Poe, que reforçariam, de resto, outro traço decisivo para a compreensão desse poeta: sua sólida erudição, sua rigorosa formação intelectual. O ensaio concentra-se em desvelar elementos característicos da poética simbolista em geral, do movimento simbolista no Brasil e da lírica alphonsina, em especial, a partir do tensionamento de particularidades estéticas, históricas e ideológicas.

Recuperando sua dissertação de mestrado, em que estudou as figurações da morte na poesia de Alphonsus de Guimaraens (outra delimitação temática que se torna, ainda, fonte de procedimentos compositivos convertidos em marcas registradas dessa escrita), Ângela Maria Salgueiro Marques percorre diversas incidências desse tema onipresente, em busca de sistematizar alguns dos recursos, procedimentos e sentidos associáveis à questão: da morte da amada à morte "pura e simples", Ângela observa os modos de *figuração* ou de sugestão imagética (e não de representação direta) que se vão compondo a partir de alegorias, metáforas, metonímias ou demais tropos, na construção de versos que já nasceram antológicos e constituem-se como *assinatura* alphonsina.

Armando Gens circula, em seu texto, pelos meandros da figuração espacial (que pressupõe, ainda, certa noção de musicalidade) no universo poético do escritor, enquanto defende uma leitura arquitetural dessa poética. Imagens como torre, túmulo, capela, ermida são referências arquitetônicas sobre as quais seriam projetados elementos que permitiriam a construção também da subjetividade poética. A catedral ebúrnea (construção que atualiza o contato com tudo aquilo que é tempo, transição, sonho e precariedade) promoveria "um precário vínculo entre o eu e o mundo das formas em devir". A partir desses pressupostos, Armando Gens explora a noção de dobra, relacionando-a ao tratamento artístico dado a livros e algumas ilustrações, detendo-se em alguns poemas como "A catedral" e "Ismália".

Reportando-se à excelência do trabalho estético-arquitetônico-simbólico materializado, principalmente, nos edifícios religiosos, nas igrejas, nas catedrais (em coextensão com o espaço geográfico e simbólico das velhas cidades mineiras), Eduardo Veras desloca o problema da arquitetura religiosa para o plano da forma poética entendida como realidade paralela à experiência histórica. Ocupa-se, nesse sentido, não somente das catedrais *na* obra de Alphonsus de Guimaraens, mas também dos poemas, livros e ideias de Alphonsus de Guimaraens *como* catedrais, como arquiteturas saturadas de sentido simbólico. A leitura de Veras incide, ainda, em uma das mais relevantes questões críticas suscitadas por Guimaraens: a tensão entre o sentimento religioso e a razão poética moderna.

Em minha contribuição, retomo estudos anteriores sobre a prática do elogio fúnebre, entre poetas brasileiros, no cruzamento entre os séculos XIX e XX, mais especificamente a prática dos poemas *tombeaux*, que implicitariam diálogo com poemas franceses da época. Tratando-se de prática encomiástica, indiciaria uma operação coletiva de constituição de audiência, comunicação, partilha. O texto está centrado na análise de três poemas: um *tombeau*, um *epitáfio* e uma variação do gênero *dédicace* (reverberando um livro de Verlaine). Pelo estudo dos poemas, discute-se a constituição de processos de *endereçamento* e inserção de diferentes formas de alteridade, seja na formalização propriamente poética, seja nos movimentos de que se fazem acompanhar os processos de criação.

Wiliam Mariano Pereira ocupa-se de uma sistematização da atividade tradutória de Alphonsus de Guimaraens, que traduziu diversos textos latinos sacros, poemas de temática oriental (a partir de versões francesas), sendo as traduções de obras escritas originalmente em francês aquelas com as quais sua própria poesia apresenta os vínculos mais reconhecíveis. Esses textos foram publicados ora em veículos de imprensa, ora em livros. A diversidade do traduzir alphonsino varia, dentre outros aspectos, pelo grau de aderência aos textos de partida (em afinidade com tendências da época), podendo constituir-se de: versões livremente modificadas, por vezes inseridas nos próprios livros do autor; transposições; além de "transcriações / transpoetizações / intertextos".

Tomando como principal nexo de aproximação as imagens das cidades mortas e da mulher morta, o texto de Nádia Sauer correlaciona as escritas de Alphonsus de Guimaraens e Georges Rodenbach. A partir de uma amostragem de diversas alusões ao escritor belga dispersas na produção de Guimaraens, Sauer se concentra nas temáticas convergentes da noiva morta e das cidades mortas, a partir principalmente de uma recuperação de aspectos do romance *Bruges-la-morte* e sobretudo pela incidência de símbolos e imagens comuns. Uma reflexão sobre processos de espelhamento discerníveis no romance leva a uma análise de processos afins, em especial, no poema "Ismália". Nesse poema, Sauer aponta aproximações com a temática da cidade morta, reforçando o diálogo entre Alphonsus e Rodenbach.

***

Esse projeto não teria vindo à luz sem a intervenção visionária de Andréa Sirihal Werkema, que, em parceria com Rafael Fava Belúzio, organiza a coleção *Crítica Contemporânea*. A partir de uma conversa muito prosaica sobre uma paixão comum (*este* poeta) passou-se, de um único golpe, ao projeto de um livro (deixando-se entre parênteses todas as dificuldades que estariam e estiveram implicadas). Em especial em contextos como o atual, a vida acadêmica pode ser muito aborrecida ou francamente desestimulante. Circunstâncias e pessoas que franqueiam o lado instigante e criativo do pensamento merecem ser sempre efusivamente comemoradas: *Salut*!! Agradeço, ainda, com a mesma efusão a toda a equipe da *Alameda Editorial*, em especial a Joana Monteleone, interlocutora gentil e sensível, com quem estive em contato durante o período de preparação do volume. Fico muito grata pela oportunidade de compor ainda que de modo modesto com a intervenção comprometida que se tem revelado na linha editoral da *Alameda*.

Deixo uma menção reconhecida aos autores e autoras cujas contribuições integram esse volume e que se disponibilizaram, em um momento tão pouco favorável como esses tempos de pandemia e outras catástrofes, para a tarefa de homenagear Alphonsus de Guimaraens, na passagem desse centenário. Além de Andréa Sirihal Werkema, Rafael Fava Belúzio e Joana Monteleone, também Eduardo Veras contribuiu decisivamente com a tomada de decisões que se impôs ao longo do processo. Afonso Henriques de Guimaraens Neto gentilmente enviou a foto que foi escolhida para compor a arte da capa. Agradeço, portanto, aos que mencionei e mais a outros tantos que não nomeio, mas que estiveram por aqui.

Enviar um livro para o mundo é sempre um gesto de esperança (mesmo que com um travo de amargura): a esperança, neste caso, de que seja ainda possível um mundo em que o conhecimento, a leitura, a arte e o pensamento complexo permaneçam relevantes, pertinentes, vivos.

Como os versos de Alphonsus de Guimaraens.

Francine Fernandes Weiss Ricieri
Setembro de 2021

Retrato de Constança

Afonso Henriques Neto

Algumas notas biográficas

A presença de Constança da Silva Guimarães, a filha caçula do escritor Bernardo Guimarães (cujo nome completo é Bernardo Joaquim da Silva Guimarães), na obra do poeta Alphonsus de Guimaraens é notável. Dois livros do simbolista mineiro se referem de maneira direta a ela a partir do próprio título: *Dona Mística*, que é sem dúvida um criptônimo de Constança, e *Câmara ardente*, impressionante descrição da missa de corpo presente e do sepultamento da moça que faleceu, vítima da tuberculose, aos 17 anos de idade em 28 de dezembro de 1888 na cidade mineira de Ouro Preto. Além disso, e mesmo sem nunca ter havido em qualquer poema uma direta nomeação, nítidas referências a Constança também perpassam quase todos os demais livros de Alphonsus. O namoro entre eles se deu ao longo de 1887 e 1888; e ambos sempre se consideraram noivos, apesar de nunca ter ocorrido uma oficialização dos laços. No dizer de Angelo Oswaldo de Araújo Santos, no prefácio que escreveu para o livro de minha autoria *A tulipa azul do sonho: Constança, a musa de Alphonsus de Guimaraens* (Rio de Janeiro: 7Letras, 2021), não há na poesia brasileira "outro idílio, nem outro drama comparáveis a essa brutal separação e à sagração da amada morta como musa".

Constança nasceu em 11 de novembro de 1871 e Alphonsus (cujo nome civil era Afonso Henriques da Costa Guimarães) em 24 de julho de 1870, ambos em Ouro Preto, então capital da Província de Minas Gerais. Eles eram primos, uma vez que Bernardo Guimarães, pai de Constança, era tio-avô de Alphonsus de Guimaraens. E em razão das duas famílias serem muito próximas, os dois primos brincaram juntos durante a infância e começo da adolescência. Esses folguedos se deram principalmente na casa onde nasceu Constança, um belo casarão localizado no alto da rua das Cabeças, no bairro de mesmo nome, que pertencera ao pai de Bernardo Guimarães, o Sr. João Joaquim da Silva Guimarães, deputado e alto funcionário da Província, e que publicara poesia nos periódicos da cidade.

Constança possuía cinco irmãos homens (o sexto, João, morrera aos nove anos de idade em trágico acidente de envenenamento), Horácio, Bernardo Filho, Afonso, Pedro e José, e a irmã Isabel. Por sua vez, Alphonsus tinha três irmãos homens, Artur, Arcanjo Augusto e Antônio, além da irmã Estefânia. Os outros dois irmãos que tivera, Francisco e Aurélio, morreram criancinhas.

O pai de Constança faleceu em 10 de março de 1884, quando a menina ainda tinha 12 anos de idade. Por nunca ter tido fortuna, a morte de Bernardo Guimarães vai deixar a família em apuros financeiros. Afinal, o poeta e romancista que abandonara a magistratura, cuidava da criação dos filhos com os poucos recursos que recebia na condição de professor de francês e latim. A mãe, D. Thereza Maria Gomes Guimarães, mulher letrada e onipresente, assume então toda a responsabilidade da casa, com algum auxílio do filho mais velho, Horácio. Jornais da época dão conta da abertura de subscrições públicas em Ouro Preto para valer a família. Logo depois, foi aprovada pela administração municipal uma verba anual destinada a cobrir os gastos com a educação formal dos filhos do escritor. Vida, portanto, muito difícil para todos da família naqueles tempos.

A visita de D. Pedro II à Província de Minas Gerais

No citado livro *A tulipa azul do sonho: Constança, a musa de Alphonsus de Guimaraens*, de minha autoria, há a descrição de um episódio na curta vida de Constança, ligado à visita do Imperador D. Pedro II a Ouro Preto, que merece ser relatado. Como foi bem noticiado na ocasião, D. Pedro II realizou na primeira metade de 1881 uma extensa viagem à então Província de Minas Gerais. Em 30 de março daquele ano a família real chegou com grande comitiva a Ouro Preto. Desde que iniciara a viagem no Rio de Janeiro, o Imperador expusera o desejo de se encontrar, quando chegasse à antiga Vila Rica, com o poeta e romancista Bernardo Guimarães. O Imperador gostava de versejar e sempre admirara a obra do escritor mineiro. Desse modo, o primeiro encontro do poeta com o Imperador acontece na noite de 31 de março de 1881 no Palácio do Governo (atual sede da Escola de Minas da Universidade Federal de Ouro Preto), onde a família real se hospedara. O jornal *A Província de Minas*, de Ouro Preto, na edição de 22 de maio de 1881, assim relatou o encontro entre as duas personalidades:

> B. Guimarães nunca teve a menor [in] tenção de ir à presença do monarca, nem isso jamais lhe passou pela cabeça; mas, alguns parentes e amigos lhe informaram de que o Imperador e a Imperatriz haviam durante a viagem por vezes pronunciado seu nome com muita consideração, (...). De feito no dia seguinte ao da chegada do Imperador, à noite, B. Guimarães apresentou-se em palácio na intenção de felicitar Suas Majestades, e retirar-se. Nesta noite a sala estava cheia e as recepções eram feitas sem a menor etiqueta, confusamente, e no meio de algum sussurro. Os desembargadores, e uma comissão da assembleia provincial, já se tinham apresentado mais familiarmente do que solenemente. Chegou a vez de B. Guimarães. O Imperador o reconheceu logo: apertou-lhe a mão, e após algumas palavras que ninguém ouviu, pois que ninguém prestava atenção, ele disse ao poeta em voz alta: – Quero que me dê suas obras, e todas.

A viagem do Imperador prosseguiu, passando por várias cidades, como Sabará e Lagoa Santa. Nesta última o monarca fez questão de visitar os locais das pesquisas arqueológicas de Peter Lund, que havia falecido no ano anterior em Lagoa Santa aos 79 anos de idade. A família real vai ainda visitar o Caraça antes de regressar por Mariana e, em seguida, alcançar outra vez Ouro Preto às 16 horas do dia 18 de abril de 1881. Segundo *A*

Província de Minas, na edição de 24 de abril, a comitiva imperial foi recebida "ao som de girândolas, música, salvas e saudações populares que jubilosamente acolhiam os augustos viajantes".

Ao anoitecer do dia seguinte, ou seja, 19 de abril, deu-se uma grande queima de fogos de artifício em homenagem ao Imperador. O jornal *A Atualidade*, de Ouro Preto, edição do dia 21 de abril de 1881, noticiou que durante a queima de fogos D. Pedro II conversou com o irmão do poeta Bernardo Guimarães, o desembargador Joaquim Caetano da Silva Guimarães, que lhe prometeu "um romance de costumes mineiros escrito por ele e de mandar-lhe ao Rio de Janeiro o manuscrito de uma espécie de prefação histórica que pretendia anexar ao romance".

Às 21 horas desta mesma noite de 19 de abril, os monarcas foram até o Paço da Assembleia Provincial e assistiram a um sarau musical. Os jornais narraram um fato curioso: a entrada era gratuita para os convidados especiais e para todos os homens; as mulheres, contudo, pagavam entrada. Bernardo Guimarães chegou à Assembleia Provincial com os livros de sua autoria que prometera ao Imperador, ao lado das duas filhas, Constança e Isabel. Demonstrava preocupação, pois não conseguira se encontrar com o monarca durante o dia e achava que se apresentar a ele na sala de concerto era bastante impróprio. Mesmo porque desejava o menor número possível de testemunhos no ato da entrega dos livros, e ali no sarau a quantidade das pessoas era notável. Como não havia outro jeito, em um dos intervalos do evento musical Bernardo Guimarães teve enfim acesso ao Imperador. Assim *A Província de Minas*, de 22 de maio de 1881, narrou o episódio:

> B. Guimarães fez sua entrada no salão pela porta de que já te falei, à direita da mesa do presidente da assembleia, (...). O poeta conduzia pelas mãos as duas meninas, uma de um lado, outra de outro, e alguém trazia uma bandeja contendo os livros, que deviam ser entregues por uma delas. O Imperador, em pequena distância da porta, avistou logo a Bernardo Guimarães, as meninas, e os livros; e mesmo sem estar prevenido, adivinhou o que o poeta dele pretendia; e levantou-se e marchou para o lado da porta. Todos supuseram a princípio que o Imperador ia retirar-se, e toda aquela assembleia se pôs de pé. Mas, quando o poeta aos primeiros passos apareceu, notou-se um sussurro, que denotava a impressão que ele causara em todos que ali achavam. Ele estava todo trajado de preto e as meninas traziam vestidos brancos curtos. Nem uma condecoração se via em seu peito, nenhuma flor nos cabelos das meninas, nenhuma fita em seus vestidinhos. Como marchassem um para o outro, o Imperador tomou com as suas as mãos do poeta; e apertou-as com força e visível efusão. Todos ficaram comovidos e muita gente derramou lágrimas. O Imperador conversou por alguns instantes com B. Guimarães, tomou as meninas pelas mãos e as apresentou à Imperatriz, que também se tinha levantado. Depois o Imperador e a Imperatriz sentaram-se no meio do mais profundo silêncio. A Imperatriz acariciou as meninas pelas quais se tinha interessado, e o Imperador mandou que tomasse nota de seus nomes. Em seguida teve lugar a entrega dos livros.

E foi ainda em meio daquele completo silêncio que, segundo o *Jornal do Comércio*, de 25 de abril de 1881, a menina Constança da Silva Guimarães, então com nove anos de idade, levantou-se e leu com desembaraço para D. Pedro II, quando da entrega dos livros, as seguintes palavras:

> Senhor. À presença de Vossa Majestade Imperial temos a honra de apresentar-nos, eu e minha irmã Isabel, que aqui se acha a meu lado, a fim de ofertar a Vossa Majestade Imperial, em nome de nosso pai, o Dr. Bernardo Guimarães, estes volumes de suas produções literárias.
> Ele pede desculpa a Vossa Majestade Imperial pela insignificância da oferta, e quis que fosse apresentada por nossas mãos a fim de significar por este modo a pureza e sinceridade da fraca homenagem de amor e respeito que hoje depomos nas augustas mãos de Vossa Majestade Imperial.

Podemos imaginar a comoção da plateia provocada por toda aquela cena, culminando com as singelas palavras proferidas pela menina Constança. Há testemunhos que mais tarde narraram que o Imperador, ao receber os livros, perguntou ao escritor:

— São estas todas as suas obras, Dr. Bernardo?

— E mais estas duas, Majestade, que são as que mais aprecio – respondeu o poeta, apontando suas duas filhas.

Há testemunhos também que descreveram outro curiosíssimo fato ocorrido durante o encontro. O Imperador, visivelmente comovido, falou mais uma vez da admiração que tinha pelo bardo mineiro e do seu propósito há muito acalentado de torná-lo barão, o que era considerado honraria máxima. Ponderou-lhe, então, o escritor, naquele jeito bem dele de ser:

— Sou um homem pobre, Majestade. Onde já se viu um barão sem baronato?

E recusou, assim, a distinção. Nunca saberemos o que o Imperador achou dessa recusa, mesmo porque nenhuma menção ao fato existe no diário de viagem do ilustre governante. Comentadores da obra e da personalidade do escritor mineiro vão dizer algumas décadas depois ser Bernardo Guimarães um acérrimo inimigo de honrarias, pois negar um título de barão, tido à época por glória suprema, só podia ser mesmo idiossincrasia de alguém que considerasse tais galardões oficiais meros rapapés de salão. O que se encontra no diário de viagem de D. Pedro II é tão somente o elogio que o Imperador faz à beleza da menina Constança.

As cartas de Constança

Sabe-se que o namoro de Constança com Afonso Henriques da Costa Guimarães, que vai adotar o pseudônimo literário de Alphonsus de Guimaraens só a partir de 1894, teve início em algum momento da primeira metade de 1887 e vai durar até a morte da moça em fins de 1888. Esses dois últimos anos de vida de Constança se encontram de certa forma documentados nas oito cartas que restaram da correspondência dela com as primas Elisa (cujo apelido era Sinhoca) e Ana (apelidada de Nikita), filhas do desembargador e escritor Joaquim Caetano da Silva Guimarães, irmão de Bernardo

Guimarães. As primas, que foram companheiras inseparáveis de Constança na infância e entrada de adolescência, haviam se mudado em princípios de 1887 com a família para o Rio de Janeiro. Joaquim Caetano vai ganhar o cargo de juiz do Supremo Tribunal de Justiça do Império (o equivalente ao Supremo Tribunal Federal de hoje) e fixará residência na cidade fluminense. Quanto ao início do namoro, Alphonsus dirá mais tarde:

> – O amor tem vozes misteriosas
> No coração implume...
> – Como são cheirosas as primeiras rosas
> E os primeiros beijos como têm perfume!

Essas oito cartas que restaram da namorada e prima de Alphonsus foram doadas ao Arquivo Público Mineiro pelo poeta José Guimarães Alves (1910-1992), que era filho de Isabel, irmã mais velha de Constança. As notas que esse neto de Bernardo Guimarães deixou junto com as missivas doadas são importantes para a identificação das pessoas referidas pela moça, ao lado de bem esclarecer certas passagens e características mais marcantes dos textos manuscritos.

Tomei conhecimento das cartas de Constança pela atual coordenadora do Museu Casa Alphonsus de Guimaraens, Ana Cláudia Rôla Santos, que havia recebido da professora da UFMG Eliane Marta Teixeira Lopes precioso artigo intitulado "Não te esqueça da tua Constancinha..." (forma com que Constança termina uma das cartas dirigida à prima Sinhoca, que se mudara para o Rio de Janeiro). Trata-se de um pequeno estudo sobre essas curiosas e importantes missivas. A professora vai dizer no artigo que "a ironia, a expressividade, a contenção na adjetivação, a fina crítica aos costumes, a correção ortográfica e gramatical, e a capacidade narrativa estão contidas em todas as suas cartas revelando, no mínimo, convivência com o mundo das letras". E mais: "Essas cartas, e não tendo as respostas impede-me chamá-las correspondência, fazem parte do que a historiografia chama de 'escrituras ordinárias', ou escritos 'sem qualidade'. Se destituída de sua filiação a remetente das cartas seria apenas uma jovem a viver em uma cidade do século XIX que produziu um conjunto artístico raro, encravada no interior do Brasil. (...) O conteúdo delas traz informações sobre as relações familiares, fuxicos de aldeia, casamentos, mortes e dados impressionantes sobre a doença que a maltratava". No início do artigo a professora explica que realizava pesquisa sobre a educação musical em Minas Gerais nos séculos XVIII e XIX, quando se deparou com as cartas de Constança no Arquivo Público Mineiro em Belo Horizonte. A presença de mulheres em documentos provenientes daqueles séculos pretéritos era coisa incomum. Mas a surpresa maior ficou por conta da qualidade textual da documentação. Quem seria aquela Constança que com tanta propriedade e correção gramatical colocava as ideias no papel? A professora procurou assim levantar dados sobre essa mulher para ela por completo desconhecida e que na maior parte dos documentos do Arquivo Público Mineiro aparece com a errônea denominação de "Constância". E foi assim que a professora descobriu ser a moça a filha caçula de Bernardo Guimarães.

A única carta datada se dirige à prima Sinhoca, e é bastante sucinta; as demais são bem longas. É interessante notar a expressão "chumbando os dentes", usada por Constança, maneira de se referir naquele tempo à obturação dentária. Norica é Leonor, irmã de Sinhoca e Nikita. Luluca é o apelido familiar do futuro magistrado Luís Caetano da Silva Guimarães, o único filho homem de Joaquim Caetano e, desse modo, também primo de Constança. Diz a missiva:

> Sinhoca,
> Ouro Preto, 27 de maio de 1887
> Recebi a tua carta neste momento.
> Escrevo-te agora só para dizer-te que a Nikita sai no dia 30 do corrente, não saiu há mais tempo (manda-te dizer) porque estava chumbando os dentes.
> Breve te escreverei com mais vagar: agora estou com muita pressa para agradecer-te a carta que me escreveste. Estou, neste momento, em casa de Fanny. Vim visitar o Luluca, foi hoje a primeira vez que o vi, depois que chegou, acreditas?
> Lembranças à Norica.
> Recebe um apertado abraço de tua
> Constancinha

Citemos, em seguida, saboroso fragmento de uma das cartas que Constança enviou a Nikita, então já no Rio de Janeiro:

> Cara Nikita,
> Por mais que eu queira pensar que está muito satisfeita aí, não posso acreditar que uma mineira, livre filha das montanhas acostumada a respirar o ar livre

> de sua terra, possa viver suando 24 horas por dia e ouvindo conversas estúpidas e insensatas dessas tagarelas fluminenses. Só a Nikita é que pode apreciar isso, mas tu és muitíssimo inteligente. Deixem dizer o que quiserem, o atraso da nossa terra tem sua poesia.

Na missiva a expressão "*livre filha das montanhas*" está marcada, e na forma de uma nota de rodapé vem escrito na mesma página o seguinte comentário: *Não repare no pedantismo, ele surge da vontade que eu tenho que venhas para cá.*

Na sequência da mensagem, em que pede com emoção para Nikita vir a Ouro Preto, Constança fala em morrer muito moça, o que poderá soar sempre como certa premonição. A referência ao perigo da prima ter bexigas tem que ver com a varíola, ou seja, as marcas deixadas pela doença. É provável, portanto, haver um surto da moléstia no Rio de Janeiro na época.

> Não deixe de pintar a Tio J. Caetano o perigo que correis de terdes bexigas (ainda que seja preciso exagerar) tu tens mais energia e depressa o convencerás da verdade. Nem que tenhas pouca vontade de vir, faze isso pelo amor de Deus e do próximo, tu sabes que não demoras muito aqui, depressa voltarás. Abraçarás tuas irmãs que terão imensa alegria; já não falo de tua prima, se eu tivesse igual comoção, se tu viesses mesmo, eu ficaria louca, para isso eu acho que me não falta muito. Se eu não enlouquecer é porque morrerei muito moça. Eu já tenho muito medo de estar doida.

Na mesma missiva Constança narra uma importante visita à família dela feita pelo Barão de Paranapiacaba.

Paulista nascido em Santos, o barão chamava-se João Cardoso de Menezes e Sousa (1827-1915). Foi poeta, jornalista, advogado e político de renome, tendo publicado diversos livros. Formou-se em 1848 pela Faculdade de Direito de São Paulo, tendo sido colega e amigo de Bernardo Guimarães. O Imperador D. Pedro II lhe concedeu o título de barão. Vamos ao significativo trecho:

> O Barão de Paranapiacaba veio aqui em casa com o filho, que está morando em casa de D. Cecília, pediu-nos para ver o retrato do Papai, e quando o viu chorou como uma criança. O filho, decerto o conheces, e mesmo que o não conhecesses, eu também não poderia dizer nada a seu respeito, porque estive com ele poucos instantes; o exterior é o de um moço vulgar, mas o Barão é um homem inteligente (o que é raro num barão) e foi um dos raros amigos de meu Pai.

Em outra carta, Constança (ou Constancinha, que é como se assina em quase todos os escritos) dará notícias de Calógeras à prima Sinhoca. João Pandiá Calógeras era estudante em Ouro Preto. Vai se tornar conhecido engenheiro, geólogo e político, casando-se em 1891 com Sinhoca. No seguimento da carta falará de mais uma filha de Joaquim Caetano chamada Ihá, cujo nome civil também era Constança, o que mostra ser tal nome recorrente na família. Ihá vai se casar com Claude-Henri Gorceix, mineralogista francês que fundou a Escola de Minas de Ouro Preto a convite do Imperador D. Pedro II. Julinha é Júlia, também irmã de Sinhoca, que se casou com Afonso da Silva Guimarães, irmão de Constança. Caluta era outra filha de Joaquim Caetano e se chamava na realidade Canuta, tendo se casado com o engenheiro Paul Fernand que veio da França com Henri Gorceix. É interessante perceber, conforme mostra a mensagem, que Sinhoca já estava bastante interessada em Calógeras desde aqueles tempos ouro-pretanos.

> Querida Sinhoca,
> Escrevo-te hoje para dar-te uma boa notícia, do contrário não te escreveria porque és uma ingrata que nem se lembra mais de mim, mas quero ter o prazer de te dar o prazer de saber que o Calógeras estava lá na quinta-feira, 21 do corrente, ele sai amanhã.
> Talvez tu te rias de eu falar nessa criatura, e dirás: que ingenuidade pensar que eu ainda penso em semelhante homem!
> Estou em casa de Ihá, vim passar alguns dias junto dela enquanto o Sr Gorceix saiu. Não escrevo mais, nem a ti nem à Nikita, enquanto ambas não me escreverem.
> Tanto ela como tu têm escrito a Fanny, Caluta e Ihá, e a mim nem lembranças. Não tenho mais nada a dizer-te, senão que estamos todos de perfeita saúde. Muitas lembranças a Nikita, Norica, Julinha, Luluca, Tia Maria e a todos, enfim.
> De tua amiga que te abraça
> Constancinha
>
> P.S. A Ihá disse que amanhã vai escrever a Tio J. Caetano para agradecê-lo e dar providências a respeito da encomenda que ele fez.

As notícias sobre Calógeras continuam em duas outras cartas a Sinhoca. Na primeira temos o aparecimento de um sinal da tuberculose que, pelo visto, já se instalara em Constança.

O Cupertino que nós pensávamos estar no 2º ano, está no 3º, fez exames junto com o Calógeras, a prova dele foi classificada em 2º lugar e o do Calógeras em 3º. Não sei o que escrevo, tenho febre e estou espiando para ver se vem alguém para eu esconder o papel e a pena.

Sinhoca, quando me escreveres seja um pouquinho mais discreta porque é preciso esconder muito tuas cartas para que os outros não leiam, ou então queimá-las, isso me custa muito, prefiro não saber teus segredos a traí-los, ainda que involuntariamente.

Adeus, minha querida, envio um abraço a Norica, um a Julinha, outro ao Luluca e muitas lembranças a meus tios, e tu receba um apertadíssimo de tua amiga que te adora

Constancinha

Na outra missiva surgem mais detalhes da moléstia que feria a moça, bem como sugestões sobre o sentimento amoroso de Sinhoca em relação ao Calógeras. Constança fala em ter uma "*bronquite fortíssima*", quando o problema era bem mais grave, pois na realidade ela sofria de tuberculose. As palavras destacadas estão assim no original.

Tu não deves ignorar que os estudantes da Escola de Minas fizeram uma conferência na casa da Escola onde *orou* o Juvenal de Sá e Silva, e que à noite houve um concerto *esplêndido* na Assembleia (tudo isto no dia 12 de outubro, 11º aniversário da Escola). Mas não quero estender-me a esse respeito, isto é somente para dar-te uma notícia do Calógeras. Ele veio aqui com o Jaguaribe para me convidarem a assistir às festas. Está cada vez mais bonito e o Ja-

> guaribe mais simpático (não se pode dizer que esta criatura é bonita). Mamãe achou-os muito distintos (não como a Nikita acha). A razão da nenhuma simpatia que ela notou neles, suponho que é o seguinte: dissemos que não podíamos ir porque eu estava com uma bronquite fortíssima, e ele disse que ao menos à conferência podíamos ir, mas eu, que me lembrei mais d'um vomitório de tártaro que tinha tomado dois dias antes do que da moléstia, sentindo não ir ao concerto, disse: não sei quando hei de curar! Isto foi motivo para o Calógeras e o Jaguaribe rirem-se muito de mim, pensando (que idiotas!) que eu estava com muito medo de morrer. Mamãe pensa sempre de mim o que eles pensaram nesse momento, e, por isso, ela pensou que eles me animaram muito porque eu fiquei um pouco alegre. Não é natural que eu ficasse? Não via o Calógeras há muito tempo, e eu estimo-o muito porque tu... tu bem sabes.
>
> Breve te darei outras notícias dos ditos, porque mandei-lhes umas flores, que eles me pediram e ficaram de, eles mesmos, trazerem o cesto.

Na continuidade da carta, Constança menciona os galés, prisioneiros agrilhoados que naquela época trabalhavam nas ruas, geralmente em manutenção urbana. Nesse ponto ficamos sabendo que tais condenados também comerciavam objetos de uso doméstico em Ouro Preto, como é o caso do referido cesto:

> Por causa desse cesto temos passado apuros, isto é modo de dizer, quem tem passado apuros é a Mamãe, eu tenho ouvido amolações, porque o cesto é da Mariazinha e ela clama-o todos os dias querendo que mandemos buscá-lo, embora eles ficassem

> de trazê-lo, porque, diz ela, isto de estudante... O cesto custou 4 cobres, os galés trouxeram nesse dia muitos outros, e por infelicidade nossa, não trazem mais. A Mariazinha está aqui em casa, deve haver dois meses e ainda não pariu (Ai!).

Em uma das cartas é mencionada a 'revolta das normalistas' contra as atitudes de um tal Samuel, fato bastante comentado naquele período. Teríamos aqui uma pista que indicasse ter Constança estudado na Escola Normal de Ouro Preto?

> Querida Sinhoca,
> (...)
> A respeito o que me escreveste, digo que ignorava a revolta das normalistas contra o Samuel, mas se isso é verdade, julgo que essas moças não são tão estúpidas como eu pensava, apesar de que, nenhuma entrou em exame de aritmética e só a Inês e a Paulina entraram no de português saindo reprovadíssimas. As do segundo ano fizeram todas os exames e passaram para o 3° e as do 3° tiraram seus títulos.

Nessa mesma carta Constança dá ainda notícia da enfermidade que a atacara:

> Tenho recebido uma série de cartas tuas às quais não tenho respondido por estar muito burra e um pouco doente, portanto, espero, me desculparás e continues a escrever-me, embora a isso tenha posto impedimento por minha negligência, mas prometo-te que nunca mais te queixarás de mim a pretexto de não te escrever.

Em outra missiva também dirigida a Sinhoca, encontra-se a única menção feita por Constança ao jovem primo e namorado Afonso Albino (futuro Alphonsus de Guimaraens) em todas essas oito cartas que restaram. Este nome, Afonso Albino, diz respeito a Afonso Henriques ser filho de Albino da Costa Guimarães. Ficamos sabendo, assim, que era dessa maneira que a moça gostava de chamar o namorado.

A referência feita por Constança a Afonso Albino não traz propriamente uma conotação romântica. Ao contrário, pelo que se depreende, Constança pensava que a mudança de propósito de Afonso Albino em não ir mais estudar em São Paulo seria, em última análise, uma atitude provinda de um 'idiota'. A referência à resolução do poeta é dura, mas é importante ressaltar que a palavra 'idiota' não possuía em fins do século XIX a conotação pejorativa de hoje; naquela época o significado apontava na direção de uma pessoa arrogante, pretensiosa (em carta anterior Constança já tratara Calógeras e o amigo Jaguaribe de 'idiotas', ou seja, dois 'pretensiosos'). O que transparece, assim, é a presença de uma moça de personalidade assertiva, com opinião bem formada e com os pés na realidade, tentando imaginar com maturidade o melhor para o futuro do namorado, mesmo que isso significasse o afastamento entre eles. Pois é bastante provável que estivesse também em discussão naquele período a possibilidade da ida de Afonso Albino para São Paulo significar o estremecimento do namoro. A partir daí, e quem sabe para evitar dissabor maior para a relação amorosa, temos a decisão do rapaz de abandonar a ideia de cursar Direito na Pauliceia (esse curso só será aberto em Ouro Preto algum tempo depois) e se matricular em engenharia civil na Escola de Minas. O poeta permaneceria, assim, na cidade, o que de um lado agradaria Constança; porém, de outra parte, e de maneira paradoxal, o fato também teria o dom de contrariá-la. No fundo ela não desejava em momento nenhum ser colocada na condição de obstáculo no caminho das inclinações profissionais de Afonso Albino. Eis o trecho, que na carta vem na forma de um *post scriptum*, chamado de "suplemento":

> Sinhoca, este suplemento *tem por fim* dar-te uma novidade de que ia me esquecendo. O Afonso Albino perguntou-me haverá dois meses, o que eu achava melhor: ele ir para S. Paulo ou ficar aqui mesmo na Escola de Minas. Eu respondi que era melhor ele ir para S. Paulo, porque ele tinha feito o último preparatório para estudar Direito e tinha essa [in]tenção e perguntei ao mesmo tempo o que o obrigava a ficar aqui, ou se tinha mudado de resolução. Ele disse que ia mesmo para S. Paulo, visto que era o meu conselho, mas depois de refletir um momento disse: Esperem bem que eu vá para S. Paulo, não vou, estudarei na Escola. E assim foi ou é o idiota aqui ficou. Embora ficasse, poucas vezes o vejo porque está estudando com afinco que não lhe dá tempo para mais nada.

Nessa carta vemos ainda uma Constança se referindo a mexericos amorosos da cidade de maneira jocosa e com certa ironia. O tom divertido transparece quando ela fala dos prováveis (ou improváveis?) casamentos de Inês e Estefânia, sendo essa última possivelmente irmã de Afonso Albino.

> A Totoca veio hoje participar-nos o casamento da Paulina com um farmacêutico chamado Marciano Lôres; não sei se o conheces, eu nunca ouvi pronunciar esse nome, senão hoje. Disse-nos também a Totoca que a Inês breve será pedida por um moço que a adora, segundo ela ouviu dizer na rua. Este é o Antônio Olinto. O breve da Estefânia acabou-se, começou o da Inês.

Em mensagem à prima Julinha, fica patente o interesse da moça pela literatura. Assim, ao se referir a dois romances do escritor espanhol Enrique Perez Escrich (1829–1897), então muito em voga, Constança revela aguda voz crítica:

> Acabei de ler dois romances d'Escrich: – *O Manuscrito Materno* – que tinha/tem fama de muito bom e é uma porcaria (desculpa-me a expressão) e *A Mulher Adúltera*, que não te assuste o título, é um romance muito moral, e até beato, posto que seja muito ruim. Foram-me recomendados pelo Pantaleão como uma obra-prima (ou duas).

Na mesma carta, Constança se mostra brincalhona com a prima quando fala de certo Amintas, um manifesto pretendente que pelo visto a moça não considerava muito. Para dar ênfase à brincadeira, ela sublinha palavras:

> Na tua carta não achei motivo nenhum para rir, senão no lugar em que dizes que eu devia estar com saudades do mequetrefe do Amintas. Tu me *humilhaste* e eu me vi pela primeira vez *humilhada*.

Amintas voltará à baila em outras duas cartas a Sinhoca. Na primeira delas aparece outra pista de que

Constança talvez tenha estudado na Escola Normal. E aproveitamos para assinalar que o tratamento na segunda pessoa do singular ("tu"), constante de todas as cartas, era de uso corrente na época. O "você" ainda não tinha obtido livre trânsito na sociedade mineira de então. Esta explicação consta das notas deixadas por José Guimarães Alves junto com as cartas doadas ao Arquivo Público Mineiro. Vamos ao fragmento:

> Há muito que não vejo o Amintas, de quem só me lembro quando falas nele, e não sabia que ele tinha ido a Corte. Suponho que a última vez que o vi foi na soirée do Maneca, quando ainda estavas aqui. Fizestes muito bem de entrardes para o Conservatório (dirijo-me também a Nikita) principalmente esta, assim não façais como fizestes com a Escola Normal. Eu também nunca mais lá fui.

Dando prosseguimento a essa carta são feitas referências aos problemas de confusão mental, em razão da idade avançada, do Sr. Raimundo Ataíde, casado com uma das irmãs de Bernardo Guimarães e, portanto, tia de Constança. Raimundo Ataíde era neto de Mestre Ataíde, o importante pintor cujo nome completo era Manuel da Costa Ataíde, nascido em Mariana no ano de 1762, onde morreu em 1830. A arte de Mestre Ataíde compreende o douramento e encarnação de imagens, os trabalhos de talha, pintura sobre painéis, pinturas de forros de muitas igrejas em várias cidades mineiras etc. O artista conviveu com Antônio Francisco Lisboa, o Aleijadinho (1738-1814), de quem foi colaborador, notadamente em Congonhas do Campo.

Na outra missiva temos uma Constança pedindo com veemência à prima que não mencione nos escritos possíveis namorados, pois as mensagens trocadas eram lidas por outras pessoas. Talvez em razão dessa necessária discrição, Constança só se refira uma única vez a Afonso Albino nas oito cartas que restaram, e mesmo assim sem nenhuma conotação romântica.

> Querida Sinhoca
> Tu apostaste comprometer-me: falas no Amintas como se ele fosse meu namorado; é coisa que eu, felizmente, não tenho; se eu tivesse e se fosse o dito, eu diria simplesmente que eras imprudente porque tuas cartas são lidas pela Caluta e Ihá (salvo aquelas em que falas no Calógeras).
> Exijo que não escrevas mais dessas asneiras e que não me perguntes pelo Calógeras, de quem não tenho notícias, quando tiver dar-te-ei. Também não fales nesta exigência, senão está entornado o caldo, e tu és bem capaz de fazer essa borrada de fato!
> Minha querida, queira desculpar essas exigências e se não fizeres o que peço estarei altamente comprometida, porque Mamãe não perdoa nada, não achas tu que eu tenho razão de sobra?

A ligação com a literatura se mostra nítida na descrição que Constança faz do sofrimento de Ethelvina Lopes, uma conhecida dela e das primas, após a morte do noivo. Podemos considerar esse longo período, constante de uma das cartas a Sinhoca, como peça de cunho literário a sugerir o aparecimento de uma narradora a seguir as pegadas do pai Bernardo Guimarães. Temos no texto descrições de costumes inerentes à escola romântica, ainda vigentes no tempo de Constança, tal a cena do cabelo cortado e colocado dentro do caixão do noivo. Vejamos o trecho:

> Perguntastes-me pela Ethelvina: o noivo morreu e Ela está desesperada, contudo Ela não fez nenhum berreiro no dia em que ele morreu, só o que ela fez foi cortar os cabelos e pôr dentro do caixão, cortou quase à escovinha, enfim, cortou quanto pôde. Quiseram impedi-la de fazer isso, mas ela disse que tinha prazer em tê-los compridos porque ele achava-os bonitos (e ela os tinha lindos) mas agora que ele não podia ver, levasse consigo... que se ela toda não ia é porque não haviam de querer enterrá-la viva, mas que em breve havia de ser enterrada morta. Eu acho que Ela morre mesmo, desde que o noivo morreu (que há talvez cinco dias) Ela não aceita alimento algum. Disse-me a mulher do -36- que Ela está em uma cama, vestida com uma camisa de dormir que foi dele, e que não dá uma palavra a ninguém, cumprimenta a todos com um sorriso tão triste q' se Ela chorasse não comoveria tanto. É muitíssimo infeliz a Ethelvina. A Mãe e o Pai dela estão muito tristes com essa resolução, a mãe chora, o pai esbraveja, mas Ela não atende a coisa nenhuma. Dizem que o pai foi o autor da sua morte, porque os médicos disseram q' se ele casasse sarava, mas o Sr. Lopes não quis, por causa de um miserável conto de reis q' o padrinho deixou para Ethelvina.

Ainda nessa carta, Constança fala do projeto de ir visitar as primas no Rio de Janeiro, o que acabou não acontecendo em razão do agravamento da tuberculose.

> Consultei com o Dr. Pedro a respeito da minha ida, mas ele disse que uma viagem agora me seria mui-

> to prejudicial (a mim não, à minha saúde) só daqui a alguns dois meses, isso me faria muito bem. A Mamãe não disse que não deixava e nem que deixava eu ir, disse só que faria todo o possível para eu ser curada.

Há que se citar, por último, as demais passagens que dão conta do paulatino avanço da doença que tanto maltratava Constancinha desde fins de 1887. Eis o primeiro dos doloridos trechos:

> Querida Sinhoca,
> Perdoa-me se demoro a escrever-te, não tenho nada a dizer e estou tão zonza, ou tão estúpida que não sei ligar duas ideias. Minha querida, estou com um gênio insuportável; tudo me aborrece ainda que nada me contrarie. Se todos vissem minh'alma, encontrariam no fundo dela tanto desprezo da vida que ninguém me aturaria, pois eu mesma custo a me suportar. Não vá dizer que a causa disso é falta de trabalho, não, não é. Quanto mais que eu tenho muito que fazer, e se não tivesse procuraria. Cada moço que vejo me parece um vomitório (aqui nesta rua é que é o passeio deles agora) a Isabelinha não sai da janela e a toda hora grita: aí vem Fulano. Isto me faz ter inveja dela. Se eu me distraísse com tão insignificantes coisas seria bem mais feliz.
> (...)
> Estou quase sã, a tosse é que me faz perder a paciência, mas eu acho que ainda não é a dos pthisicos (salvo a ortografia).

Nesse final de carta, Constança escreve "tísicos", é claro, com a ortografia da época ("pthisicos"), e ela própria desconfia da maneira de se redigir a palavra (mas com nítido tom irônico sobre a dificultosa grafia). A Isabelinha citada na missiva é Isabel, irmã de Constança. E então em outra mensagem a Sinhoca:

> Principio dizendo que estou doente. Não te respondi, como me pediste, logo que recebi tua carta porque o Dr. Pedro me proibiu de fazer qualquer trabalho que dependa de atenção, principalmente sendo preciso fixar o olhar. Se eu não estivesse vigiada teria escrito, apesar de eu ter tido experiência que isso faz-me mal, porque, não sei se foi a comoção que senti quando li tuas cartas e a da Nikita, que me fez passar muito mal o resto do dia. Agora não te digo a moléstia porque ficarás assustada, deixa para quando escrever outra vez, que, com certeza já estou sã. Hoje estou melhor. O Calógeras saiu no dia 22 e não no dia 20, ele foi à casa de Ihá na manhã do dia em que partiu, eu ainda estava lá e não o vi porque demorou-se muito pouco, e eu estava na horta nesse tempo. Tive muito pesar de não o ver. Com certeza já sabes disso, já estiveste com ele, não?

Na sequência:

> Não te assuste mais com a minha moléstia, que foi uma coisa à toa: tive uma congestão pulmonar, e bem sabes que essa doença só tem perigo logo que ataca. Já não lanço mais sangue. Lançar sangue, propriamente foi só duas vezes: uma logo que adoeci e outra no dia em que recebi a tua querida carta, fora disto só algumas golfadas ou escarros, isso mesmo já há seis ou sete dias que não tenho mais nada, só uma tosse muito amoladora.

Entre os assuntos constantes da derradeira missiva, Constança pede para Sinhoca dizer a Nikita que esta deve ter muita paciência com a doença. É que, como já se assinalou, Nikita também sofria de tuberculose e vai falecer em data próxima à da morte de Constança. As palavras destacadas encontram-se assim no manuscrito. Eis os principais trechos:

> Deves estar furiosa comigo, e dou-te razão, mas depois que souberes que tenho continuado doente me desculparás, sim? Pois hoje, para te escrever, não fazes ideia a violência que fiz sobre mim. Não é tendo a moléstia nem a bambeza que provém dela que me desanimam ou me desanimavam, era a falta de assunto; nem mesmo eu sabia como principiar a carta. Mas desde que eu tive o que te dizer é que caía e recaía doente.
> (...)
> Dizes que sentes muito calor e por isso tens inveja de mim, pois eu tenho muito mais de ti porque estou ficando corcunda por me encolher (não é caçoada, não) para evitar o frio no peito, onde eu sinto mais. Aqui as jabuticabas estão dando com extrema abundância, e dizem todos que são magníficas. Até nisso tenho inveja de ti, porque eu vejo e não as posso comer. Desde junho que tenho tomado remédios, um após o outro, e, presentemente estou tomando dois e sendo friccionada nas costas com óleo de cróton, já é a 2a vez que uso deste último que é mil vezes mais cáustico do que o iodo, digo isto porque o Dr. Pedro disse que o iodo não queimava quanto bastasse. Diga isso a Nikita para que Ela fique tão paciente quanto eu. Da primeira vez que me foi aplicado esse remédio minhas costas, desde o pescoço até a cintura ficaram amarela de pus, e só quando ficaram

assim é que fiz a ultima fricção, senti dores horríveis e depois uma coceira que não era coceira era uma coceira infernal. Desta última vez, agora é que tem as primeiras bolhas.
(...)
Julinha, escrevo-te agora, *não com o intuito de aproveitar esta nesga, mas sim* para não esfriar nossa correspondência – se não te escrevo mais é *porque a luz se me some dos olhos e a mão cansada desfalece.*

Adeus,
um beijo de tua prima Constança

A condição de musa

Como se disse, Constança vai falecer em 28 de dezembro de 1888, pouco mais de um mês após ter completado 17 anos de idade. Dirá o poeta mais tarde a recordar os tempos tristes:

– O amor tem noites, noites inteiras,
De agonias e de letargos...
– Que tristeza têm as rosas derradeiras,
E os últimos beijos como são amargos!

No referido livro *A tulipa azul do sonho: Constança, a musa de Alphonsus de Guimaraens*, lê-se que a partir desse tempo de tanta dor, poder-se-ia imaginar que o sentimento amoroso que Alphonsus de Guimaraens devotava à prima, tão cedo colhida pela morte, se evanesceria de modo paulatino, deixando mais à frente apenas alguma mágoa em esparsas e longínquas recordações. O que aconteceu foi justo o contrário. Uma paixão considerada como pertencente às ilusões da adolescência crescerá e se transmudará em um sólido amor espiritualizado em Alphonsus. Sim, um amor platônico no sentido de algo perfeito e virtuoso a respirar no céu das ideias, dos ideais mais românticos e permanentes; um profundo sentimento a se tornar imperecível. E é de todo evidente que essa construção platônico-literária tinha por base a intensa lembrança da inteligência e sensibilidade daquela moça formosa e de opiniões próprias, personalidade forte a marcar de modo definitivo o espírito do poeta. Alphonsus bem sabia que Constança era uma mulher intelectualmente incomum, de voz assertiva, ainda mais considerando que os juízos femininos eram quase sempre relegados a um segundo plano em qualquer discussão que desbordasse o cotidiano doméstico naqueles tempos. Ela, sem dúvida, era diferente, moça de caráter sempre muito afirmativo. Desse modo, a ideia de haver perdido um tesouro insubstituível acabou por ser o solo propício para que se tecesse a idealização. O poeta exprimirá em um soneto do livro *Dona Mística*, obra escrita entre 1892 e 1894, essa 'desmaterialização' da morta amada:

> Hei de sempre adorá-la, hei de querê-la,
> E não por ser mulher, mas como imagem:
> Sempre a seus pés, sem me cansar de vê-la,
> Como quem segue atrás de uma miragem.

E mais de vinte anos após o falecimento de Constança, Alphonsus de Guimaraens ainda escreveria poemas de rara beleza dedicados à memória da noiva adolescente, a eterna musa, como é o caso deste soneto constante do livro *Pastoral aos Crentes do Amor e da Morte*:

Era noite de lua na minh'alma
Quando surgiste pela vez primeira:
Em cada estrela, pelo azul em calma,
Florescia uma flor de laranjeira.

A esperança entreabria a verde palma
Ante os meus olhos, tépida, fagueira,
Como um aroma que inebria e acalma,
Romaria de amor, doce romeira!

E era um jardim de lírios. Suavemente
Sorriu-me a tua boca enamorada,
Como as flores que são como tu és.

– "Em que pensas?" – disseste, a voz tremente.
– "Senhora, penso que serás fanada
Como este lírio que te atiro aos pés!"

Também do mesmo livro, este soneto que é dos mais conhecidos da obra do poeta:

Hão de chorar por ela os cinamomos,
Murchando as flores ao tombar do dia.
Dos laranjais hão de cair os pomos,
Lembrando-se daquela que os colhia.

As estrelas dirão: – "Ai! nada somos,
Pois ela se morreu, silente e fria..."
E pondo os olhos nela como pomos,
Hão de chorar a irmã que lhes sorria.

A lua, que lhe foi mãe carinhosa,
Que a viu nascer e amar, há de envolvê-la
Entre lírios e pétalas de rosa.

Os meus sonhos de amor serão defuntos...
E os arcanjos dirão no azul ao vê-la,
Pensando em mim: – “Por que não vieram juntos?”

Quanto à atribuição de musa conferida pelo poeta simbolista mineiro à noiva morta, façamos antes rápidas considerações em relação às musas mais célebres da poesia nacional e internacional. Comecemos na Roma antiga. Sabe-se que o poeta Caio Valério Catulo (c. 87 a.C. – c. 54 a.C.), admirador da grande lírica grega Safo de Lesbos, amou em vida uma mulher chamada Clódia, Contudo, ele vai escolher o nome de Lésbia para representar a musa inspiradora de seus versos. Lésbia reproduzirá, de um lado, a prosódia do nome Clódia, e de outro se mostrará na condição de evidente homenagem a Safo de Lesbos, a fundadora da poesia amorosa no Ocidente, por quem Catulo nutria admiração imensa.

Em seguida, citemos o poeta Sexto Propércio (c. 50 a.C. – 15 a.C.), que vai revelar ser Cíntia o nome da musa que o inspirará. Por não haver nenhuma prova sobre a existência real dessa mulher, é provável ser a famosa Cíntia uma construção literária de Propércio, fato, aliás, comum no mundo antigo.

Na Idade Média e no Renascimento temos musas bastante renomadas. Em primeiro lugar, a inspiradora de Dante Alighieri (1265–1321), que provavelmente foi uma mulher chamada Beatriz Portinari (1266–1290). O célebre amor de Dante por Beatriz será sempre platônico, mas de uma intensidade impressionante. Ela teria morrido jovem, aos 24 anos de idade e será cantada por Dante até a morte do poeta.

Virá então Laura de Noves (1310–1348), musa de Francesco Petrarca (1304–1374), para muitos o principal construtor do soneto moderno. Laura já era casada quando Petrarca se apaixonou por ela. O amor petrarquiano também será platônico. Laura terá muitos filhos e morrerá relativamente cedo.

Após a morte da amada, Petrarca vai escrever *Triunfos*, uma alegoria religiosa onde Laura é idealizada. Apresentam-se, por fim, as prováveis musas de Luís de Camões (1524–1580). Nos sonetos camonianos aparece o nome de Dinamene, que teria sido uma mulher chinesa por quem Camões se apaixonara em uma de suas viagens ao Extremo Oriente. A outra paixão se refere a Caterina de Ataíde, mulher da corte por quem Camões teria nutrido um forte amor platônico. Em sonetos aparecerá, contudo, o nome de Natércia, um anagrama de Caterina, dado que o poeta sempre procurará ocultar o nome da mulher amada, especialmente quando ela pertencer à nobreza.

A musa literária brasileira mais conhecida é Maria Doroteia Joaquina de Seixas Brandão (1767–1853), nascida em Vila Rica e morta na mesma cidade, que então já se chamava Ouro Preto. Aos 15 anos de idade ela conheceu o poeta e jurista Tomás Antônio Gonzaga (1744–1810) e se apaixonaram. A família foi contra o namoro, devido à pouca idade da moça. Essa proibição vai acender ainda mais o amor entre os dois, e acabará por transformar Maria Doroteia na musa inspiradora do livro *Marília de Dirceu*, sendo Marília o pseudônimo de Maria Doroteia e Dirceu o de Tomas Antônio

Gonzaga. O amor entre os dois jamais se arrefeceu. Aos 22 anos de idade a jovem mulher vai se tornar, enfim, noiva do poeta. Maria Doroteia se envolverá então com o noivo na Inconfidência Mineira, mas não será presa. Contudo, viu o noivo ser detido em 23 de maio de 1789 e conduzido ao Rio de Janeiro. Tomás Gonzaga será exilado na África, onde morreu sem nunca mais se encontrar com a noiva amada. Hoje as cinzas dos dois enamorados estão lado a lado no Museu da Inconfidência em Ouro Preto.

O certo é que não há na história da poesia brasileira musas maiores que Marília de Dirceu e Constança Guimarães. À prima amada, Alphonsus de Guimaraens dedicará poemas notáveis por toda a vida. Citemos, assim, dois sonetos de Alphonsus do livro *Pastoral aos Crentes do Amor e da Morte*, quando a natureza de musa atribuída à noiva morta se apresenta em termos de alta poesia. O primeiro soneto diz:

> Quiseras ser a Laura de Petrarca
> E ter o nome engrinaldado em oiro...
> Sentir-se a branca, etérea, sublime arca
> Adonde poisaria o amor vindoiro...
>
> Beatriz que Dante, o sempiterno, marca
> Com o gênio, e do céu faz o mor tesoiro...
> Natércia que Camões, vencendo a Parca,
> Imortaliza pelo Tejo e Doiro...
>
> Quiseras ser qualquer das três, ou ainda
> Essa que tem pra nós memória infinda,
> Bucólica Marília de Dirceu...

Mas se eles eram tudo, e eu não sou nada,
Nenhuma foi, como tu foste, amada,
Nenhum deles na terra amou como eu!

O outro soneto prossegue a falar com amor incondicional da condição inconteste de musa conferida a Constança:

Resumes para mim todas as Lauras
E Natércias e pálidas Beatrizes...
Vais seguindo ao ciciar brando das auras,
Doce consolo astral dos infelizes!

Nos romances de amor existem Glauras,
Meigas Marílias, sedutoras Nises:
Nenhuma como tu, que me restauras
O peito em ruína ao som do que me dizes...

Como assim não será, branca madona,
Se a tua mão ebúrnea me abandona
A tua alma entre lírios desmaiada?

Como assim não será, se nesta vida,
Pela alameda em flor já percorrida,
És meu único bem, és minha amada?

Constança, a eterna noiva

Em fins de 1891, ou seja, três anos após a morte de Constança, Alphonsus escreve o notável poema "Noiva", publicado originalmente em *O Estado de São Paulo* no dia 1º de maio de 1892 com o título "Voltando à Terra" e levando a assinatura de "Affonso Guimarães". Pouco mais tarde será incorporado ao livro *Dona Mís-*

tica, então com o título definitivo de "Noiva". Trata-se de um dos mais importantes poemas da obra do poeta simbolista e, em minha opinião, digno de figurar em qualquer antologia da poesia universal. Pois é difícil encontrar um poema sobre o tema "do amor e da morte" (a partir das considerações constantes do ensaio "A filosofia da composição", de Edgar Allan Poe) que tenha alcançado tamanha altitude, seja em termos de forma quanto de conteúdo. É de se notar ao longo do poema a transfiguração operada na imagem de Constança, agora entronizada em ordenações de caráter mitológico ou transcendental. Ou seja, é o primeiro poema em que a noiva surge em um plano de patente idealização. Trata-se, em suma, de documento definitivo quando se fala do amor espiritual devotado pelo poeta a Constança, então já transformada em uma universal amada morta. Não fosse este poema um dos mais belos da lírica amorosa em língua portuguesa.

NOIVA

N'as-tu pas senti le gout des éternelles amours?
H. de Balzac

Noiva... minha talvez... pode bem ser que o sejas.
Não me disseste ao certo o dia em que voltavas.
O céu é claro como o teto das igrejas:
Vens de lá com certeza. Humildes como escravas,

Curvadas ainda estão as estrelas morosas;
E bem se vê que algum excelso vulto branco
Passou por elas, entre arcarias de rosas,
Revolto o manto de ouro, afagando-lhe o flanco.

Há tanto tempo que te espero, e espero embalde...
Não sabia que assim tão diferente vinhas.
Tinhas negro o cabelo: entanto a nuvem jalde,
Que o doura todo, o faz tão outro do que tinhas!

Quando morreste, o sol era morto, e ainda agora
Para mim se prolonga essa noite de guerra...
Acaso vens com o teu olhar de eterna aurora
Aclará-la outra vez, vindo de novo à terra?

Vejo-te a imagem tão destacada no fundo
Deste meu sonho, que é como se eu não sonhasse...
Cheio da nostalgia estelar de outro mundo,
Tem as mágoas de um astro o palor da tua face.

Caminhas, e os teus pés sublimes nem de leve
Tocam a flor do solo: o ar impalpável pisas.
Ora se abaixa, ou se ergue o teu corpo de neve...
Parece que te vão berçando auras e brisas.

O peristilo arcual da tua boca se move:
Soabre-se: a fulva luz que a ilumina contemplo...
Falas: como me pasma e inebria e comove
Toda a púrpura real do interior desse templo!

Parece que um hinal de suaves litanias
Acompanha a tua voz nas palavras que soltas.
Não sabia que assim tão outra voltarias:
Eras de negro olhar, de olhar azul tu voltas.

Que me admira se vens de olhar azul e louro
Cabelo? Não é a mesma a tua formosura?
Voltas do céu, e a cor celestial é azul e é ouro,
E é todo este clarão que a imagem te moldura.

Noiva... minha talvez... e por que não? Setembro
Volta. Setembro é o mês das laranjeiras castas.

Vens de grinalda branca, a voar... Ah! bem me lembro.
A veste com que foste é a mesma que hoje arrastas.

Foste de branco e vens de branco ainda trajada.
A túnica nupcial que em níveas dobras desce
Pelo teu corpo, tem a brancura sagrada
Dos alvos corporais do altar exposto à prece.

O parélio do gênio imortal que te anima
Surge no resplendor que te aureola a cabeça.
Atenta escutas os meus versos rima a rima,
E mandas que em cada um a tua Alma apareça.

Quero abraçar-te e nada abraço... O que me assombra
É que te vejo e não te encontro com os meus braços.
Morta, beijei-te um dia: hoje tu és uma sombra
Exilada do céu para seguir-me os passos.

Para Alphonsus, a presença fantasmática de Constança se torna algo similar às cintilações das musas gregas, as míticas nove filhas de Mnemósine ("Memória") e Zeus. Dentre essas entidades tão caras à Grécia arcaica, três inspiram a criação do universo poético: Calíope, musa da eloquência e da poesia heroica ou épica; Érato, musa da poesia lírica e erótica; e Polímnia, musa da poesia sacra. De certa forma, Alphonsus passa a imaginar uma Constança imersa em funções de uma espécie de divindade inspiradora, de uma construção estelar a descer radiosa dos céus para iluminar a noite escura do poeta e a fazê-lo cantar em amorosos e melancólicos versos ("Atenta escutas os meus versos rima a rima, / E mandas que em cada um a tua Alma apareça"). Seja como for, repito, um amor inextinguível florescera para guiar os passos do poeta nessa estranha busca de um perene e impalpável "corpo de neve". Quer se chame musa, mito ou alucinada transcendência tal substância poética. E sempre a caminhar bem ao lado da recordação do sorriso, do olhar, da voz, dos perfumes de florações silvestres a emanarem de uma real Constancinha, da noiva que a morte arrancara tão cedo da vida de Alphonsus de Guimaraens.

Referência bibliográfica

Todas as citações podem ser localizadas no livro que segue, do qual esse ensaio constitui uma versão sucinta.

HENRIQUES NETO, Afonso. *A tulipa azul do sonho: Constança, a musa de Alphonsus de Guimaraens*. Rio de Janeiro: 7Letras, 2021.

A desolação

Anelito de Oliveira

No dia 15 de abril de 1891, a *Revista Club Curitybano*, que tinha entre seus redatores o Simbolista Dario Vellozo, estampa, em sua seção denominada "Parnaso", um poema de certo Affonso Guimarães.[1] Além de atestado importante do "interesse do poeta mineiro em ampliar a sua atuação para além dos meios literários de São Paulo, do Rio de Janeiro e de Minas", como já se assinalou (PAGANINI, 2010, p. 118), o poema contém dados embrionários do que, já a partir do início do século XX, consolida-se como particularidade estética

1 A *Revista Club Curitybano*, órgão de comunicação de uma Associação homônima, circulou de 1890 a 1912. Teve duas fases distintas: do início a 1893, considerada progressista, e de 1894 em diante, considerada "melancólica e literária". A grafia do periódico se altera entre uma fase e outra: de Curitybano para Curitibano. Dario Vellozo figura entre os redatores ao lado do Padre Alberto José Gonçalves e João Ferreira Leite. Entre os vários simbolistas ali publicados aparecem Emiliano Perneta e Silveira Neto. O poema de Affonso de Guimarães foi publicado na edição de 15 de abril de 1891, não de 13 de abril de 1891, conforme se lê na *Poesia completa* de Alphonsus de Guimaraens (2001, p. 618). Veja-se *Club Curitybano: Revista Quinzenal*. Curitiba, Anno II, n. 7, p. 6, abr. 1891. Disponível em: <http://memoria.bn.br/hdb/periodico.aspx> Acesso em: 17.09.21. Para um aprofundamento sobre o periódico, veja-se Caroline Baron Marach (2013).

de Alphonsus de Guimaraens em meio à "profusão de dissonâncias", na expressão de Antonio Arnoni Prado (2000, p. 127), que caracteriza o Pré-Modernismo, uma totalidade textual bastante eclética. Leiamos o texto tal qual publicado, em transcrição direta de fac-símile do periódico que é uma das principais referências da imprensa Simbolista no país:

A voz do rochedo

O rochedo falou-me assim com voz sombria:
"Que descrença fatal, que sonho bom desfeito,
De tua alma arrancou as flores da alegria
Mais duro te tornando o peito que o meu peito?

"Immovel onde estou, em sofregas lufadas,
O vento me fustiga a estranha catadura...
Os raios vêem ferir-me, e as chuvas despiedadas
Tombam eternamente em minha crosta escura.

"Assim és tu tambem: os raios da desgraça
E a grande tempestade eterna do Destino,
Como quem açoitasse inânime carcaça,
Vêm sempre fustigar o corpo teu franzino...

"E o cavo coração – asceta que se agita
No deserto sem fim de tua alma exhaurida,
Chora, pedindo à morte a sua luz bemdicta,
Que venha dissipar-te as trevas desta vida!

"Antes fosses como eu! antes nada sentisses!
Não terias assim um sofrimento eterno...
Dentro de tua magoa – é como se existisses
Sempre, sempre a chorar nas geenas do Inferno!

"O sofrimento e o amor fizeram-te do seio
A gruta onde doudeja o espectro do pezar...

Ah! como hás de viver – se a morte um dia veio,
Como sobre um esquife, em tua alma pousar!"

O rochedo calou-se... E como um assassino
Que molhado de sangue esconde-se do mundo,
O ensanguentado sol, edenico divino
Da amplidão se atufou no grande mar profundo.

Pouco a pouco desceu a noite no infinito,
Estendendo na terra o tragico sudario...
Como um triste gigante o vento, esse maldicto,
Ao longe soluçou feroz e mortuario.

E na pétrea nudez o ríspido rochedo
Olhava para o céo – a casta eternidade...
E cortado de dor, olhei-o, e tive medo
Ao ver-me desolado em frente á Immensidade.

Affonso Guimarães

Pulsações

Hoje integrado à *Poesia completa* de Alphonsus de Guimaraens, na seção intitulada "Salmos da noite", esse poema é significativo por vários aspectos, externos, internos, intermediários, pertinentes à relação entre lírica e sociedade, entre sujeito e história. No seu centro está uma personalidade em formação, na turbulência dos vinte anos, um ser atravessado por pulsações tanto comuns quanto incomuns. Essas pulsações dizem respeito à tenra juventude, mas dizem respeito sobretudo a quem porta uma auto-imagem de poeta, a quem se reconhece relacionado a um modo muito específico de estar-no-mundo, "gauche", como um dos seus mais brilhantes intercessores – Drummond – percebe-se.

Algumas características desse modo são bem notáveis: o desejo de autocompreensão, o envolvimento com o outro, a instauração de um processo relacional, o ultrapassamento do visível, a ausculta da interioridade.

O poema é constituído como uma espécie de movimento fenomenológico que transpõe as aparências, reduz o "eidos", e desnuda essências bastante conturbadas de um processo de significação, sentidos visivelmente traumáticos. A conturbação se deve ao fato de que não se trata de um processo simples, solucionado, sobre o qual o sujeito tem pleno domínio, mas de um processo que está apenas começando, em fase de abertura, cujos meandros são obscuros. Um jovem começava sua vida adulta, um estudante de Direito iniciava seus estudos no Largo do São Francisco, um mineiro começava a vida em São Paulo, um poeta iniciava sua trajetória, o Simbolismo começava a avançar no Brasil, a crise do Governo Republicano também começava a se tornar insustentável, culminando na Revolta da Armada e na queda de Deodoro da Fonseca. Tudo isso concorre em graus diversos, naquele início de 1891, para a conturbação que se apresenta em "A voz do rochedo", que constitui uma via complexa, aporética, de acesso ao mundo alfonsino, uma porta estreita, para aludir a uma das imagens centrais da ação discursiva da mística cristã.

Esse mundo não se reduz apenas a valores transcendentais, subordinados a uma perspectiva animista, porque se estrutura a partir de uma experiência histórica absurdamente lúcida, desejosa de uma compreensão honesta do entorno e de uma expressão verbal sempre precisa, pensada em seus mínimos detalhes, num adensamento da perspectiva analogizante que estrutura o Simbolismo. Disso advém uma tensão entre a matéria histórica mais bruta e o princípio estético mais elaborado que acaba por rasurar quase que involuntariamente a poética parnasiana pela qual "A voz do rochedo" está, claro, envolvido. Essa rasura é índice do devir cognitivo, uma reviravolta no modo de conhecer o entorno, de toda uma geração de jovens poetas nascidos na segunda metade do século XIX em lugares distantes da Corte, às margens ignoradas do centro da nação. Há muito tornou-se convenção destacar esse aspecto, mas continua a merecer destaque como relevante para uma percepção contra-hegemônica de Brasil.

Alphonsus de Guimaraens, assim como Cruz e Souza e outros hoje listados como simbolistas ou pós-simbolistas, não nasce simbolista; torna-se simbolista depois de exercitar pacientemente elementos característicos do Parnasianismo, do Realismo e do Romantismo. O Simbolismo, de uma perspectiva de procedimento estético intencionalmente visado, surge como uma conquista, uma espécie de mais-valor estético resultante da consciência do esgotamento de formas exploradas ao longo de todo um século. Não há dúvida de que, no Brasil, é em Alphonsus que se encontra o exercício mais sistemático dessas formas, a entrega a um processo de aprendizagem de procedimentos compositivos, de meios capazes de expressar com agudeza a modernidade, uma realidade em ebulição, um mundo ainda desconhecido. O jovem ouro-pretano permanece envolvido com esse processo ao longo de grande parte da década de 1890, e, ao publicar três coletâneas de uma só vez em 1899 – *Setenário das Dores de Nossa Senhora*, *Câmara Ardente* e *Dona Mística* –, dá a precisa dimensão da intensidade do seu investimento na busca da própria voz.

"A voz do rochedo" foi excluído dessas três coletâneas, assim como outros "versos da mocidade", do tempo em que o poeta ainda se apresentava como "Affonso Guimarães" ou "Afonso Guimaraens" ou mesmo "Alphonso Guy", como explica João Alphonsus em carta a Múcio Leão (GUIMARAENS, 2001, p. 618). Também é excluído de *Kiriale*, a primeira coletânea de trabalhos escritos e a última em verso que o poeta veria publicada, já em 1902, mergulhando num silêncio editorial que só seria quebrado em 1920, quando publica *Mendigos*, coletânea de prosas curtas, algumas com feição de poemas-em-prosa.

O poeta que se apresenta em 1899 é, simbolicamente, outro, que traz no nome "Alphonsus de Guimaraens" uma referência de transformação pela via do passado, de um retorno icônico à origem de sua língua materna. Analogicamente, isso corresponde a uma espécie de "*Aufhebung*" hegeliana, isto é, uma superação, que é, paradoxalmente, supressão e conservação a constituir elevação num dado processo, o que caracteriza, em termos filosóficos, um pensamento movente, flexível, aberto. A elevação de Affonso a Alphonsus, a uma nova identidade, sintonizada com o desejo de distinção tão caro aos Simbolistas, não significa uma desvinculação absoluta do que se apresenta em "A voz do rochedo".

Particularizações

Os alexandrinos se dispõem meio espontaneamente em nove estrofes, dentro de um esquema de rimas externas intercaladas que configura uma atmosfera bastante moderada, sem sobressaltos, denunciando um controle natural da sensibilidade. O impulso lírico, o desejo de exprimir o que se passa no interior de um jovem, não se coloca de modo algum como maior que a necessidade de examinar, de especular o fundamento de um estado de coisas. Essa especulação demanda, em primeiro lugar, uma racionalização outra, de caráter empírico, capaz de desvelar elementos inacessíveis pela via de uma racionalidade comum. Demanda, em segundo lugar, a recorrência a um procedimento retórico que funciona como condição de possibilidade de um pensamento estranho, sustentável apenas nos limites de uma razão poética. A prosopopeia é, n' "A voz do rochedo", uma figura de pensamento que desempenha uma função bastante estratégica: a de "autorizar" a enunciação de uma cena de tensionamento do "logon", do humano, e do "alogon", do não humano, que, no limite, alegoriza o antagonismo entre cultura e natureza, antagonismo que está no cerne da modernidade.

Obviamente, todo esse procedimento tem motivações próximas e distantes do presente de criação do poema, tanto de ordem específica quanto de ordem genérica, em questões de poética propriamente ditas e questões filosóficas, estéticas. A referência mais evidente é a de Edgar Allan Poe, com seus preceitos racionais sobre a construção do poema, a composição meticulosa de um cenário insólito, com suas unidades de sentido capazes de envolver o leitor numa atmosfera misteriosa (RICIERI, 2014). O poeta mineiro, como se sabe, foi um dos leitores mais empenhados do estadunidense que se tornou, para os simbolistas brasileiros – Alphonsus e Cruz, sobretudo –, uma espécie de complemento americano de Charles Baudelaire. A "teoria" das correspondências deste, que foi o grande responsável pela tradução e consequente reconhecimento de Poe na França, não poderia deixar de constituir uma latência estruturante do poema, animando o eu lírico a se dispor a uma relação espontânea, desarmada, equânime, com a natureza. Mas, além dessas duas referências, também está evidente na dinâmica de sentido d' "A voz do rochedo", como parte do seu arcabouço pensante, a perspectiva de Friedrich Schiller sobre a Natureza, base de sua teoria sobre as modalidades ingênua e sentimental de poesia. Consideremos estas reflexões do romântico alemão:

> Natureza (...) não é para nós senão o ser espontâneo, a subsistência das coisas por si mesmas, a existência segundo leis próprias e imutáveis (...) O que teriam por si mesmos de tão aprazível para nós uma flor singela, uma fonte, uma rocha mugosa, o gorjeio dos pássaros, o zumbido das abelhas etc...? O que, pois, poderia dar-lhes um direito ao nosso amor? O que neles amamos não são esses objetos, é uma Ideia exposta por seu intermédio. Neles amamos a vida silenciosamente geradora, o tranquilo atuar por si mesmos, o ser segundo leis próprias, a necessidade interna, a eterna unidade consigo mesmos. (...) São o que nós fomos; são o que devemos vir a ser de novo.

> Fomos natureza como eles, e nossa cultura deve nos reconduzir à natureza pelo caminho da razão e da liberdade (SCHILLER, 1991, p. 43-44).

Antes de ser um caso de escrita, "A voz do rochedo" é um caso de leitura dessas e de outras tantas referências que, como se sabe, colocam Alphonsus de Guimaraens num patamar de poeta "savant", dono de uma erudição sólida que contribui, desde as entranhas do vernáculo, como potência vivificante de sua obra. Enquanto leitura dessas referências mais evidentes, o poema se nos afigura como uma "dispositio" em que o primado das correspondências tem ascendência sobre o princípio composicional e, por isso mesmo, não resulta no artificialismo radicalmente oposto à Natureza. A perspectiva baudelairiana estimula o sujeito figurado por Affonso, o poeta em processo, a entrar em relação com a Natureza, a se envolver com um objeto espontaneamente, a se abrir para uma experiência do desconhecido. A ideia de composição, praticada a partir de Poe, não implica subordinação desse objeto Natureza a preceitos estéticos realistas ou naturalistas tributários do experimentalismo Iluminista. Implica uma audição atenta, uma ausculta, capaz de desvelar o "tom" da Natureza como "efeito" que resulta da "impressão" de se estar apartado de um referencial de autenticidade, de verdade. "A voz do rochedo" é composto a partir do eu, dos impulsos interiores, em sintonia fina com Poe, que escreveu:

> Eu prefiro começar com a consideração de um *efeito* (sic). Mantendo sempre a originalidade em vista

> (pois é fácil a si mesmo quem se arrisca a dispensar uma fonte de interesse tão evidente e tão facilmente alcançável), digo-o em primeiro lugar: "Dentre os inúmeros efeitos ou impressões a que são suscetíveis o coração, a inteligência ou, mais geralmente, a alma, qual irei eu, na ocasião atual, escolher?" (POE, 1981, p. 911).

O então jovem poeta escolhe o efeito de verdade capaz de reconduzi-lo, pela via da razão, a uma libertação das garras da Cultura como ideologia, como referência de classe dominante, e consequente acesso à inteligibilidade da Natureza, àquilo que, em termos psíquicos, resulta de uma relação intersubjetiva. O objeto Natureza sente, pensa e diz a um sujeito concebido como capaz de apreender o sentimento, o pensamento e a voz da Natureza, que se reconhece num devir Natureza, entregue a uma condição de passividade. Nessa condição, o sujeito recebe um conhecimento sobre si mesmo bastante inusitado, que não consiste num Esclarecimento, em algo vinculado à perspectiva da "Aufklärung", mas antes na fundamentação do obscurecimento que lhe é constitutivo, do desconhecimento fundante do seu modo de ser no mundo. "A voz do rochedo" é, por isso, discurso perturbado e perturbador sobre o estatuto fáustico, transtornado, do poeta na modernidade, atravessado por um profundo desencantamento, para o qual ele mesmo não tem explicação (BERNAN, 2011).

Paradoxalmente, no início da trajetória do poeta, na sua ascensão, já se revela uma atmosfera de fim, uma desolação que, em linhas gerais, vincula-o ao Decadentismo, a uma retomada e intensificação de preceitos do Romantismo. Essa retomada, como se sabe, visa rechaçar o Realismo que, sobretudo em seus excessos naturalistas, acabou por sacrificar a subjetividade em nome de um ideal de objetividade bastante simplista. Todavia, "A voz do rochedo" nos dá margem para que percebamos o quanto a personalidade do jovem Affonso Guimarães sobrepõe-se a premissas estéticas, tanto as estabelecidas quanto as em vias de se estabelecerem. O poeta, não o poema, é o que se dispõe como mais significativo, de modo que a eficácia do poema, do artefato produzido, consiste na configuração de um cenário onde uma situação dramática possa se apresentar. O poema, assim, se nos afigura como um dispositivo que, no limite, escreve um poeta, diz-nos quem é o poeta, em meio a um processo que, conforme dito inicialmente, é de leitura, no sentido hermenêutico, tanto quanto de escrita, no sentido literário.

Há referências imediatas para esse modo estranho como o poema escreve o poeta tanto no âmbito literário quanto no âmbito territorial, o que nos revela dados já nesse "A voz do rochedo" pertinentes a um veio fértil para a compreensão de toda a obra de Alphonsus de Guimaraens, que é o da geografia cultural. No primeiro caso, lembremos o tio-avô do poeta, Bernardo de Guimaraens, o romântico mais ressaltado como prosador, mas que já na sua estreia em 1852, com *Cantos da solidão,* explora em versos vigorosos algumas tópicas do momento "mal do século", como a descrença, o desespero, o mistério e a morte. No segundo caso, "A voz do rochedo" contém, desde o título, índices de uma exterioridade material que inscreve a geografia mineira, o território do poeta, na dinâmica de sentido do poema: "crosta escura", "pétrea nudez", "gruta". Vemos nesse aspecto uma ressonância da "imaginação da pedra" que Antonio Candido (1981, p. 88), em consonância com Gaston Bachelard, percebeu como traço da identidade local, mineira, de Cláudio Manoel da Costa.

De certo modo, essas referências imediatas são responsáveis pela definição dos contornos do cenário e também da qualidade do diálogo entre o eu e o outro, entre interior e exterior, entre duas vozes distintas, afinal, n' "A voz do rochedo". Trata-se de um cenário desértico e de um diálogo autêntico, isto é, um lugar vazio e um discurso puro, contornos que exibem uma coerência notável entre planos da idealidade e da realidade, da experiência estética restrita e da ampla experiência histórica. Essas referências particularizam o poema, reduzem-no a uma determinada vivência, modulam, portanto, a relação entre o jovem poeta e suas referências universais, paradigmas estabelecidos no campo das ideias como um todo, das letras, da Cultura em termos Ilustrados. No limite, podemos vincular o caráter conflitivo do poema a uma espécie de mal-estar na "Bildung", no processo de formação, que tensiona discretamente a perspectiva da "Weltiliteratur", a ideia de uma literatura mundial que pressupõe uma certa homogeneidade nas condições objetivas de produção nos vários continentes.

As referências universais, das grandes literaturas europeias – expressões que não suscitavam evidentemente qualquer questionamento no século XIX num país legalmente imerso numa condição colonial –, percebidas a partir da tradição da "crítica de fontes e influências", são inférteis para a compreensão daquilo que "A voz do rochedo" anuncia sobre a voz própria de um poeta dentro do macrossistema literário lusófono, sua singularidade. Voz biunívoca, que se perfaz de modo interativo, na relação com outras vozes, não chegando a se configurar como polifônica, permanecendo frequentemente numa dimensão intervalar, num interstício entre o dentro e o fora, entre a aura e a ágora, para dialogar com uma perspectiva teórica recente sobre lírica muito produtiva, que não se restringe ao contemporâneo, que antes afirma a necessidade de descortinarmos a historicidade das superfícies (BHABHA, 2011).

A tensão constitutiva do processo lírico alfonsino pertinente à forma artística simbólica, no sentido hegeliano (HEGEL, 2000, p. 19-36) não se explica apenas em termos de uma dinâmica intertextual, de um diálogo com os autores universais citados, bem como com Shakespeare, que os Decadentes tomaram como exemplo de desgarramento do Classicismo, e com Rousseau, no qual reconheceram uma prevalência do sentimento sobre a razão (MORETTO, 1989, p. 16-17; MERQUIOR, 1996, p. 179-204). Tais referências dizem respeito, obviamente, muito mais a um fundo convencional, a uma escala de valores estéticos que o jovem poeta deve ter em vista para entrar num jogo que "A voz do rochedo" não dispõe como sendo meramente textual, mas fundamentalmente existencial, motivado pelo existente, isto é, pelo sentimento de estar sendo no mundo.

Nada disso serve, claro, para garantir a qualidade estética do poema, para que seja considerado publicável em livro pelo próprio poeta, que, juiz altamente rigoroso, acaba por condená-lo ao limbo. Serve, todavia, para que percebamos o nascimento do impasse relativo à busca de uma adequação entre o sentir e o dizer que caracteriza, com nuances diversas, a obra de Alphonsus de Guimaraens. Não se trata de algo que possamos tomar como lugar comum do Simbolismo, que tem Stéphane Mallarmé como sua referência maior e Paul Valéry como seu grande propagador. Alphonsus, desde sua origem como Affonso, não se coloca sob o signo do inefável, como um poeta que padece da impossibilidade de dizer o que efetivamente desejaria dizer e, por isso mesmo, não chega a submergir ao silêncio absoluto.

"A voz do rochedo", neste sentido, escreve um poeta para quem dizer não é ação isolada, auto-referente, intransitiva, mas pelo contrário: é ação partilhada, que visa a auto-compreensão, a desvelação do que se é, como desfecho de uma vivência dialógica. Não se pode falar, à luz desse processo, do compartilhamento pelo poeta de preceitos radicais relativos à autonomia da arte, um dado que também contribui para tornar Alphonsus mais interessante, já nos anos 1920, para os modernistas. À medida que implica o próprio poeta, que não é uma operação restrita a um nível meramente artificioso, a vivência exige a animação do inanimado, a alegorização do rochedo como outro inteligível, isto é, dotado idealmente de cognição. Assim se instaura um processo relacional que ultrapassa, em termos de significantes, a camada visível e faz aflorar a interioridade como parte de uma ausculta que, em última análise, constitui o próprio real de um sujeito: a desolação.

Desvelações

Somente a partir daqui, depois de situar o poema como escrita de um poeta que, por sua vez, está lendo todo um quadro de referências bastante amplo e complexo, "A voz do rochedo" soa como menos vulnerável aos lugares comuns de base sociológica, psicológica ou culturalista que acaba, ao longo de uma tradição crítica historicista, por desqualificar simplesmente a produção simbolista ou subqualificá-la ao tratá-la de modo reificante, isto é, como documento paralisado num determinado lugar temporal. O "respeito" por Alphonsus, bem como por Cruz e Souza, resultou de reivindicações pontuais, tantas vezes estridentes, dado que nos alerta especialmente para o vínculo entre a noção de beleza e ajuizamento crítico na modernidade literária, no período que se estende das primeiras tempestades românticas no fim do século XVIII às últimas brincadeiras modernistas nos anos 1930.

A beleza em "A voz do rochedo" está numa convulsão que denuncia o poeta como um sujeito convulso, que não sabe exatamente o que está sentindo, tampouco exprimir o que está sentindo e que, desolado, dispõe-se a ouvir o lado de fora, a coisa que encontra no seu território. Ouçamos, em sintonia com a reflexão em curso, o que diz o rochedo nas seis estrofes iniciais:

O rochedo falou-me assim com voz sombria:
"Que descrença fatal, que sonho bom desfeito,
De tua alma arrancou as flores da alegria
Mais duro te tornando o peito que o meu peito?

"Immovel onde estou, em sofregas lufadas,
O vento me fustiga a estranha catadura...
Os raios vêem ferir-me, e as chuvas despiedadas
Tombam eternamente em minha crosta escura.

"Assim és tu tambem: os raios da desgraça
E a grande tempestade eterna do Destino,
Como quem açoitasse inânime carcaça,
Vêm sempre fustigar o corpo teu franzino...

"E o cavo coração – asceta que se agita
No deserto sem fim de tua alma exhaurida,
Chora, pedindo à morte a sua luz bemdicta,
Que venha dissipar-te as trevas desta vida!

"Antes fosses como eu! antes nada sentisses!
Não terias assim um sofrimento eterno...
Dentro de tua magoa – é como se existisses
Sempre, sempre a chorar nas geenas do Inferno!

"O sofrimento e o amor fizeram-te do seio
A gruta onde doudeja o espectro do pezar...
Ah! como hás de viver – se a morte um dia veio,
Como sobre um esquife, em tua alma pousar!"

O rochedo-outro dispõe o poeta como aquele que desconhece a si mesmo não porque não se atém aos seus próprios sentimentos, porque é indiferente ao imperativo socrático sobre o conhecer-se como referência de cuidado de si e vida de qualidade. O fato de sentir é justamente o que leva o poeta ao sofrimento, que o torna descrente, triste, desencantado, e, desse modo, sentir é fonte de sofrimento. Contudo, não é o caso de vermos aqui apenas uma adesão ao postulado de Arthur Schopenhauer, outra importante referência do Decadentismo em solo alemão, porque quem diz é o rochedo, com as devidas aspas que demarcam uma fronteira entre percepções. Ao poeta só se pode atribuir nesse constructo o que está fora das aspas, que é uma atitude de escuta, de se aproximar do outro, que paulatinamente evoluirá para uma atitude de ausculta, de imersão numa interioridade resultante da relação entre sujeito e objeto.

O discurso do rochedo-outro se efetiva em três movimentos, nos quais sua voz é modulada em tom de interrogação, de constatação e de exclamação, numa operação que visa objetivar analogicamente a situação do poeta. À medida que esses movimentos são processados, o poema escreve o poeta relacionalmente, com o rochedo dizendo, a partir de sua condição passiva, o que, afinal, explica a situação do poeta, por um lado, mas o que a complica também, por outro. Explica o fato de o poeta não ser como o rochedo, isto é, não ser natureza, e, por isso mesmo, sentir no corpo as consequências daquilo que, desde a alma, contrapõe-se ao estado de natureza, isto é, a cultura no sentido Ilustrado. Isso complica a condição do poeta à medida que, em termos de pauta romântica, significa cultivo de valores constitutivos de uma moral burguesa ainda quando se objetiva combater essa moral. O jovem Affonso de Guimarães se depara com um problema que, naquele momento da sua trajetória, pode efetivamente apenas contornar, como vemos nas três últimas estrofes:

> O rochedo calou-se... E como um assassino
> Que molhado de sangue esconde-se do mundo,
> O ensanguentado sol, edenico divino
> Da amplidão se atufou no grande mar profundo.
>
> Pouco a pouco desceu a noite no infinito,
> Estendendo na terra o tragico sudario...
> Como um triste gigante o vento, esse maldicto,
> Ao longe soluçou feroz e mortuario.
>
> E na pétrea nudez o ríspido rochedo
> Olhava para o céo – a casta eternidade...
> E cortado de dor, olhei-o, e tive medo
> Ao ver-me desolado em frente á Immensidade.

As questões colocadas em relevo pelo rochedo-outro não são efetivamente respondidas nestas estrofes, que assim desviam-se do horizonte hermenêutico do poema, cujo objeto é o próprio poeta. Esse desvio denota um limite sutil entre o poema como escrita do poeta, que tem como questão o próprio poeta, e o poema como leitura da própria poesia, que investe na compreensão do ato de compor pela via do exercício. Retoma, neste sentido, a perspectiva distanciada com que "A voz do rochedo" se abre e acentua elementos formais que insinuam controle emocional, domínio técnico, qualidades de artífice. O principal desses elementos é a imagem tipicamente barroquizante, hiperbólica, trabalhada num tom abertamente narrativo, em contraponto com o tom dramático da fala do rochedo e de modo a intensificar o dado realmente lírico: a desolação.

Ao mesmo tempo em que nos leva ao corvo de Poe, a imagem do rochedo silenciado nos faz retornar a Alphonsus de Guimaraens como poeta que não visa o poema como uma operação que, ao final, chega a uma solução. Antes o visa como uma vivência fenomenológica, que não está fadada a uma solução, mas antes à desvelação de sentidos que constituem a razão mesma da potência enigmática da operação. Assim, o jovem Affonso se vê em face de uma realidade indeterminada que lhe é muito superior, uma imensidão que lhe desperta a consciência de uma profunda fragilidade. A "Immensidade" o oprime como uma espécie de fardo metafísico que terá que carregar sozinho num tempo escuro, marcado pelo uso aético da razão. O poeta ausculta com notável honestidade uma voz que o transcende em 1891, mas que se firmará como a sua própria voz autêntica, desolada, na poesia brasileira.

Referências bibliográficas

BERMAN, Marshal. *Tudo que é sólido desmancha no ar*: a aventura da modernidade. Trad. Carlos Felipe Moisés. São Paulo: Companhia das Letras, 2011.

BHABHA, Homi. *O bazar global e o clube dos cavalheiros ingleses*. Organização Eduardo F. Coutinho. Trad. Teresa Dias Carneiro. Rio de Janeiro: Rocco, 2011.

CANDIDO, Antonio. No limiar do novo estilo: Cláudio Manuel da Costa. In: *Formação da literatura brasileira*: Momentos decisivos. 6ª ed. Belo Horizonte: Itatiaia, 1981. v. 1.

GUIMARÃES, Affonso. A voz do rochedo. *Club Curitybano*, p. 6, abril 1891.

GUIMARAENS, Alphonsus. *Poesia completa*. Org. Alphonsus de Guimaraens Filho com colaboração de Alexei Bueno e Afonso Henriques Neto. Rio de Janeiro: Editora Nova Aguilar, 2001.

GUIMARÃES, Bernardo. *Cantos da solidão*. São Paulo, 1952. Disponível em http://www.dominiopublico.gov.br Acesso: 20.09.2021.

HEGEL, G. W. F. *Cursos de Estética*. Trad. Marco Aurélio Werle e Oliver Tolle. São Paulo: Edusp, 2000, v. II.

MARACH, Caroline Baron. *Discursos e linguagem na Revista do Clube Curitybano* (1890-1912). Curitiba: UFPR, 2013. (Tese de Doutorado em História).

MERQUIOR, José Guilherme. A poesia “decadente” e simbolista. In: *De Anchieta a Euclides*: breve história da literatura brasileira. 3ª ed. Rio de Janeiro: Topbooks, 1996.

MORETTO, Fulvia M. L. *Caminhos do Decadentismo francês*. Organização, Tradução e Notas de Fulvia M. L. Moretto. São Paulo: Perspectiva; Edusp, 1989.

PAGANINI, Luiz Antônio. *Os simbolistas mineiros e o drama da modernidade*. Belo Horizonte: Faculdade de Letras da UFMG, 2010. (Tese de Doutorado em Estudos Literários).

POE, Edgar Allan. Filosofia da composição. In: *Ficção completa, poesia & ensaios*. Organização, tradução e anotação de Oscar Mendes com colaboração de Milton Amado. Rio de Janeiro: Editora Nova Aguilar, 1981.

PRADO, Antonio Arnoni. Entrevista a Augusto Massi *et al.* In: *Teresa*: Revista de Literatura Brasileira, n. 1, São Paulo, 1º semestre de 2000.

RICIERI, Francine Fernandes Weiss. A tessitura racional do símbolo: Alphonsus de Guimaraens, Poe e os franceses. In: *Teresa*: Revista de Literatura Brasileira, n. 14, São Paulo, 2014.

SCHILLER, Friedrich. *Poesia ingênua e sentimental.* Trad. Márcio Suzuki. São Paulo: Iluminuras, 1991.

Figurações da morte

Ângela Maria Salgueiro Marques

Cantem outros a vida: eu canto a morte.
Alphonsus de Guimaraens

A morte, na poesia de Alphonsus de Guimaraens, parece funcionar como uma linha de força que percorre a maioria de seus versos. Como na epígrafe, ou nos versos que seguem, em que o poeta se autodenomina "Poeta da morte" e "Alma de assombros":

> Possa eu, Poeta da morte, Alma de assombros,
> Um dia carregar o santo Lenho
> Sobre o esqueleto dos meus frágeis ombros!
> (GUIMARAENS, 1960, p. 155)[1]

Alphonsus ocupa-se da morte em geral, canta a morte da amada, Constança, passa às dores de Nossa Senhora, enquanto vai refletindo sobre a sua própria dor e sua própria finitude. Este artigo pretende analisar algumas figurações da morte na poesia de Gui-

1 A edição que utilizamos, para todas as citações, é a da *Obra Completa* (Rio de Janeiro: José Aguilar, 1960). Doravante, as citações trarão apenas a indicação do número da página, entre parênteses, no texto.

maraens. Para enfrentar tal desafio, valemo-nos das reflexões de Nilo Bruzzi que vê, na obra do poeta, três fases distintas:

> (...) a morte pura e simples, a Morte dele mesmo e a Morte jogando-o num misticismo religioso como consolo da própria Morte. Perenemente a Morte atuando como ideia em toda a poesia. E se fala de amor não é nada convincente. Suas imagens sempre muito delicadas, muito transparentes, giram em torno do pensamento de morrer. Sente-se que ele foi lutando até se sentir vencido. Entregou-se completamente. (BRUZZI, 1947, p. 4)

Não se nota acima a referência explícita à morte da amada, mas, sim, à morte "pura e simples". Que morte seria essa, "pura e simples"? Buscando responder a essa pergunta, recorremos às categorias de Vladimir Jankélévitch (1977), quando afirma que é possível falar da morte em terceira, em segunda e em primeira pessoa. A morte em terceira pessoa é a morte em geral, abstrata e anônima. É um fato jornalístico que o cronista relata, um incidente que o médico legista constata, um fenômeno universal que o biólogo analisa. Em segunda pessoa, a morte é a daqueles que me são caros: todo ser que se relaciona direta e afetivamente com a minha vida. E, em primeira pessoa, a morte é a tomada de consciência da mais dura e cruel de todas as realidades: eu sou mortal! Assim, abordar a morte enquanto "morte em terceira pessoa", sem colocá-la em relação com nossa própria existência, é considerá-la como um acontecimento qualquer, que acomete a todo ser humano, menos a mim. Por outro lado, tematizar a própria finitude, refletir sobre a máxima "situação limite", que é a morte, é encarar a "morte na primeira pessoa".

Na obra poética de Alphonsus de Guimaraens, a morte aparece sempre de maneira difusa, o que dificulta uma abordagem precisa, em que poderiam ser separadas as categorias abordadas por Jankélévitch, especialmente a da rememoração da morte da amada e a da reflexão sobre a própria morte. O poeta não apresenta soluções fáceis, a morte não se revela apaziguadora. Isso considerado, como pôr em evidência a realização estética de uma instigante ideia: a ideia da morte?

A morte do ser humano, definida conceitualmente, num registro positivo, como morte clínica (período de tempo durante o qual a circulação sanguínea cessou, mas a vida persiste no nível celular) e como morte biológica (em que a morte das células se torna irreversível) (HURST, 1974, p. 590), escapa à representação figurada, sendo, desse modo, um objeto impróprio para uma expressão formal clara e precisa. Essa impossibilidade de representação concreta resulta, em poesia, nas tentativas de capturá-la por meio de metáforas, metonímias, alegorias e símbolos, recursos próprios dessa arte.

A propósito, consideramos importante repensar o estatuto da figura, além da representação. Para o filósofo francês, Jacques Rancière, a função figurativa tem a ver com a ruptura com o tempo e os espaços hegemônicos e com o fato de abrirem-se brechas para o imprevisto. A figuração dialetiza o visível quando desafia a lógica da representação (que segue a norma, as expectativas a serem cumpridas) e traz a lógica da sensação (olha para o intervalo entre imagens, suas configurações e funcionamentos). A figuração não se confunde com a representação, porque não se apresenta como a imagem representativa de coisas, mas como seu próprio movimento, como uma experimentação, uma composição de forças que criam formas sempre atravessadas do silêncio instabilizador, pela fragmentação e pelo inusitado (Cf. RANCIÈRE, 2019). Em outras palavras, a figuração escapa à tentativa incessante de tudo categorizar, avaliar, julgar e submeter ao já familiar: ela deve preservar o estranhamento e suscitar o trabalho incessante da interpretação. A figuração promove o vir a ser, enquanto a representação delimita e restringe o sentido.

A linguagem poética sempre foi, conforme a expressão de Jorge Guillén, uma linguagem específica dentro da língua comum, desenvolvendo-se a partir da "expressão indireta", ou seja, a partir dos artifícios que permitem dizer uma coisa por meio de outra (Cf. GUILLÉN, 1983, p. 33-34). No território dessa nova linguagem em perpétuo processo de reinvenção, a metáfora, comparação elíptica, e a metonímia, deslocamento para um existente contíguo, gozam de prestígio inigualado. Roman Jakobson, estudando os tropos da linguagem, acabou por reconhecer que todos eles são regidos por apenas dois modos de relação, o da contiguidade e o da similaridade. A partir dessas relações, ele estruturou o campo possível dos tropos como situações distribuídas em dois grandes campos: o metafórico, a que correspondem as relações de similaridade, e o metonímico, a que correspondem as relações de contiguidade (Cf. JAKOBSON, 1985, p. 34-62).

A operação metafórica ocorre num processo de seleção em que há sempre a possibilidade de substituição de um dos termos por outro que, sob algum aspecto, lhe seja semelhante. A operação metonímica, por outro lado, traz para a mensagem linguística a possibilidade de se substituir um dado elemento por outro que lhe seja contíguo em seu contexto. Nos termos de Jakobson, a metáfora é uma associação da esfera paradigmática, e a metonímia é um processo de formação de imagens que pertence ao âmbito sintagmático. A metonímia, na prática, apresenta-se, mais frequentemente, sob a forma da sinédoque, que consiste na tomada da parte pelo todo (Cf. FILIPAK, 1983, p. 140; e RAMOS, 1974, p. 110). A metáfora trabalha sempre com dois campos semânticos distintos. A relação de similaridade entre as duas esferas da significação é o seu elemento estrutural básico. A metonímia, por sua vez, opera sempre dentro do mesmo campo semântico, registrando relações de contiguidade (Cf. FILIPAK, 1983, p. 94).

Uma aproximação ao estudo das metáforas da morte exige algumas considerações sobre a compreensão da relação entre a vida e a morte. Vida e morte são correlatas, não podem ser pensadas em separado. Na poesia de Alphonsus de Guimaraens, elas, de certa forma, se confundem e se superpõem. Esse imbricamento se manifesta, por exemplo, nos versos em que o sujeito poético afirma haver passado sua vida com a morte na alma: "Mas a minh'alma que está toda em morte (...)" (p. 369); "Sempre vivi com a morte dentro da alma, / Sempre tacteei nas trevas de um jazigo." (p. 345). Ainda em vida, o poeta se sente, permanentemente, nas proximidades da morte. A preocupação com o tempo é motivo de reflexão para o eu lírico. Ele está ciente da fugacidade da vida, sabe que caminha inexoravelmente para o fim, e, no entanto, ainda se sente à flor da idade, como nestes versos: "Tédio atroz, meu bom vizinho / Tende dó deste velhinho / Tão velho na flor da idade..." (p. 218).

Esse conflito recorrente — em que ele se sente velho e moço ao mesmo tempo — irá se repetir, ainda, no final do soneto XII, do livro *Escada de Jacó*: "Ai! Tristeza de ser tão velho, e inda ser moço!" (p. 298) Como fecho de ouro, essa inquietação encerra o núcleo central de seus pensamentos, que se referem, ao mesmo tempo, aos dois extremos da vida, a juventude e a velhice. Muitas vezes, é o contrário o que se vê: não um corpo de velho com alma de moço, mas um moço com alma de velho: "— Tu que és moço, que o foste ontem, / Embora tão velho de alma, / Tens lendas, como se as contem / Fantasmas em noite calma..." (p. 229).

As figurações da morte também envolvem a dualidade corpo/alma. Para o corpo, a morte é dissolução, destruição e aniquilamento: "Sempre, sempre, sob o sereno abrigo / Do céu clemente em tarde constelada, / Hei de sonhar que a vida é poeira e nada (...)" (p. 529); "Nada somos, sabeis, e que seremos / Mais do que duas míseras ossadas?" (p. 255). Em outros versos do livro *Pastoral aos crentes do amor e da morte*, contemplando a instabilidade das nuvens no céu, o sujeito poético afirma: "Ó nuvens, também vou, / Como vós para a morte." O corpo está destinado à desintegração, condenado ao pó: "Mas eu, a poeira que o vento espalha, / O homem de carne vil, cheio de assombros, / O esqueleto que busca uma mortalha (...)" (p. 139).

Se o sujeito poético espera a sua morte, "a velar em sossego" (p. 233), é hora de fazermos considerações sobre como esse sujeito vê o futuro, o pós-morte. Os dois últimos versos do poema "Ismália", "Sua alma subiu ao céu, / Seu corpo desceu ao mar..." (p. 231), apontam para essa dualidade do ser humano que, de acordo com o Catolicismo, é feito de corpo e alma. O poeta confirma essa crença, principalmente quando relembra a amada morta: "E ao contemplar-te, amor, sinto transpostas / As célicas regiões para onde subo / E para onde subiste de mãos postas..." (p. 265) Nesse caso, ele sobe para o céu em vida, e a morte é vida em outro lugar.

A transitoriedade da vida pressupõe a precariedade da matéria. Não resta dúvida de que ao pó voltaremos, mas o grande desespero consiste em saber que o caminho a ser percorrido pela alma é o da incerteza. É o que se vê na antítese de que se compõem estes versos: "Tudo espero de ti, alma querida: / Mas não sabes, senhora, que a esperança / É o maior desespero desta vida!" (p. 261).

Para a alma, por outro lado, a morte é o encontro com o lugar que lhe está destinado, com a terra prometida, com a morada definitiva. Para o corpo a morte é o fim, para a alma a morte é vida, é permanência, é uma nova duração. Uma estrofe que exprime com clareza a dualidade de corpo e alma e o destino do ser humano talvez seja esta: "Que chegue em breve o passo derradeiro: / Oh! Dá-me para o corpo os Sete Palmos, / Para a Alma, que não morre, o Céu inteiro!" (p. 144). Sendo assim, todas as possibilidades de figuração da morte passam para o domínio da alma, para o reino do espírito, para o outro mundo. Nesse outro mundo, a morte é sossego: "Por outra vida espero, às vezes, compassivo, / Desde que a noite desce até que o dia nasce... / Outra vida melhor que esta vida que vivo, / Que fosse como um *ermo onde ninguém passasse.*" (p. 296, grifos nossos).

Nele, nesse outro mundo, o sono é possível. O poeta está sempre se referindo à morte como o derradeiro sono: "Segues: e cada leito em que descansas, / É como o eterno túmulo que escolhas / Para dormir o derradeiro sono..." (p. 273) ou "Perder-nos-emos pela escura brenha / Pelos ínvios sertões do eterno sono." (p. 264). A metáfora da morte como eterno sono é recorrente na literatura. Hamlet, personagem de Shakespeare, tenta compreender a morte, concebendo-a como sono: "*To die; to sleep; — / To sleep? Perchance to dream! Ay, there's the rub; / For in that sleep of death what dreams may come...*"[2] (SHAKESPEARE *apud* LAKOFF & TURNER, 1989, p. 19).

Esse outro mundo, a morte, é propício ao sossego e ao sono. Ele é figurado como escuridão: "A morte é a noite da alma." (p. 352). Assim, temos a associação

2 Tradução: Morrer! Dormir; dormir. Dormir, sonhar talvez: mas aqui está o ponto de interrogação; Porque no sono da morte, que sonhos podem assaltar-nos (SILVA RAMOS, 1976).

de qualidades que se julgam comuns a ambas, a morte e a noite: trevas, ausência de luz, sono... Esse outro mundo é a mansão do olvido, à qual o sujeito poético se refere, associando-a ao Letes, rio mitológico do esquecimento (Cf. p. 267).

O sujeito lírico menciona essa noite como eterna e escura: "Virá depois a eterna noite escura: / E morto o peito que não mais palpita, / Irás comigo ao pó da sepultura..."(p. 505). E ainda nestes versos: "Entrarei na profunda noite longa, / Para o céu, vivo — para o mundo, morto..." (p. 354). A morte é, pois, uma duração que se segue à vida: outra vida depois da vida. A noção de tempo em que vive o homem se projeta para além, interminavelmente, transformando-se em eternidade.

Na poesia de Alphonsus de Guimaraens, essas formulações deslizam pelos versos, sem que se fixem em expressão definitiva, em forma de contornos nítidos, e a morte, como vimos, frequentemente se associa à vida. Vida e morte chegam, às vezes, a converter-se uma na outra: o poeta vive com a morte na alma, e sua morte é vida para além da vida. Longe de ser isso uma contradição, o que vemos surgir são figuras instigantes e atormentadoras, que convivem na vida e na poesia. Um exemplo que comprova a oscilação do pensamento do poeta entre esses dois extremos pode ser observado nestes versos: "A vida... a morte... tudo nos crucia. / Quem não sabe onde, mísero, nasceu? / Mas onde morrerá quem sabe um dia?" (p. 509). O verbo "cruciar" significa afligir muito, atormentar, martirizar, mortificar, crucificar. E a cruz, com seus dois planos, o vertical e o horizontal, é lembrada, através desse verbo, pois, a horizontalidade que marca a posição do sujeito morto contrasta com a postura vertical do sujeito vivo. O eu lírico, no entanto, sabe que só lhe resta uma opção: "E eis-me a esperar a morte, o momento supremo!" (p. 203). Aqui, a morte é instante, é trânsito, passagem.

As metáforas da morte, portanto, agrupam-se num campo semântico em que, na maior parte das vezes, evocam um lugar amplo, ermo, escuro, de ambientação noturna, de contornos indefinidos, onde se vive outra vida, que se segue à desintegração do corpo físico, caracterizada por um sono interminável, eterno.

O poeta, com frequência, vale-se de alguns eufemismos, ou seja, de palavras e expressões de teor mais leve do que a palavra morte, com a finalidade de suavizar a maneira de se referir ao fim inevitável de todos os seres: "Sempre esperar *aquela que não chega*, / Que já veio talvez sem que eu a visse..." (p. 281); "Fecham-se os olhos para *o jamais*" (p. 87); "Ah se chegasse em breve *o dia incerto*!" (p. 349) e "Não me beijem os pássaros sombrios / Da quietude de *além-fim*..." (p. 358, grifos nossos).

Outro aspecto que importa salientar é a presença deste verso: "Ó sonora audição colorida do aroma!" (p. 100), muito citado em antologias e livros didáticos, como exemplo de sinestesia, ou seja, a mistura de sensações cromáticas, sonoras e olfativas. Esse verso, que segue a sugestão baudelaireana das correspondências, pode ser relacionado com a epígrafe, em latim, do soneto IX, de *Câmara Ardente*: "*Per istam Sanctam Unctionem, et suam piissimam misericordiam, indulgeat tibi Dominus quidquid peccasti per visum, per auditum, per odoratum, per gustum, per tactum, per incessum...*" (p. 133).

A epígrafe acima citada é parte da oração que o sacerdote profere, enquanto abençoa o enfermo, unge-o, e intercede a Deus pelo perdão dos pecados cometidos através dos órgãos dos sentidos. O soneto "IX" destaca esses mesmos órgãos, caracterizando-os de uma maneira muito sensível: 'olhos sublimes'; 'ouvidos almos, como conchas do Amor de Deus'; 'lábios em oração, calmos'; 'mãos brancas e incorpóreas'; 'pés doloridos, pés de arminho...' O último terceto faz a recolha de todos os órgãos, chamando a atenção para o fato de que estão "quietos e frios para sempre entre mistérios, / Por toda a Eternidade eternamente ungidos!" (p. 133).

Os versos seguintes "Tudo te guia os passos para a cova: / O som, a luz, a cor, o aroma, a trova / Vêm dizer-te que vais deixar o mundo..." (p. 260) também nos fazem lembrar o conhecido verso "Ó sonora audição colorida do aroma!" (p. 100). Deve-se, entretanto, notar que os elementos percebidos pelos sentidos se encontram separados por vírgulas, não existindo, portanto, naqueles versos, a fusão sinestésica. As vírgulas põem em evidência o papel que cada um dos sentidos desempenha no anúncio da morte. Isso reforça a ideia de que os sentidos, observados separadamente, podem nos conduzir às metonímias, índices da morte.

Roman Jakobson assinalou que as metonímias, na poesia, são menos exploradas que os recursos do campo da metáfora, uma vez que o procedimento metafórico põe em evidência o signo, enquanto o modo de pensar metonímico se fixa no universo a que ele se refere. Segundo Jakobson, o princípio de similaridade domina a poesia e as pesquisas acerca dos tropos poéticos se orientam, principalmente, para a metáfora (Cf. JAKOBSON, 1985, p. 62). A despeito dessas considerações de ordem geral, o papel desempenhado pelas metonímias da morte, na poesia de Alphonsus de Guimaraens, não pode ser ignorado.

Alguns elementos recorrentes fazem dessa poesia um campo semeado de fragmentos associados à morte e/ou aos restos da vida, tais como: 'caixão de defunto' (p. 55), 'eremitério, cruz, cova' (p. 56), 'ciprestes, sete palmos, sepulturas' (p. 57), 'esqueleto, lousa, espectros' (p. 59), 'enterro, flores' (p. 60), 'sudários, mortalha, sinos, coveiro (p. 61), 'campo-santo dos defuntos' (p. 62), 'essas, múmias de cal, Santo Sepulcro' (p. 67), 'mosteiro de treva, sinal da cruz' (p. 71), 'jazigos' (p. 73), 'esquife, dobras de sudário, espectro funerário, visões defuntas, horas tumulares' (p. 79), 'cinza dos meus ossos, lodo e poeira, caveira' (p. 80), 'covas e valos (p. 81), 'regiões do eterno sono' (p. 83), 'réquiem' (p. 84), 'sombras de luto, lutulentos caminhos, cantochão funéreo' (p. 89), 'paz medonha' (p. 100), 'vestes de lama' (p. 102), 'flores roxas, prantos roxos, horas mortas, fatais caveiras' (p. 107), 'réquiem eterno' (p. 114), 'céu todo em luto, caixão de morte' (p. 117), 'cinza fria dos teus ossos, chão de cinza e pó' (p. 122).

De livro em livro, a lista seria interminável e repetitiva, constituindo como que uma rede de signos que aludem a objetos existencialmente afins. Todos eles mantêm, com a morte, uma relação de contiguidade, seja indicando o corpo morto, o local onde se colocam os despojos de um defunto, a capela onde se realizam os ritos funerários, enfim, todos pertencem ao mesmo campo semântico. Tais elementos são, portanto, metonímias que, por sua vez, têm o poder de apontar sempre para a mesma situação: a morte.

Outro exemplo significativo de metonímia pode ser encontrado nestes versos: "O teu passo caminha para a morte. / Junto do berço está o teu jazigo." (p. 343). Assim, temos berço a indicar o nascimento e jazigo sinalizando a morte. É interessante notar que até uma expressão coloquial é aproveitada pelo poeta, para nomear o cemitério. É este o verso: "Segues para a imperial cidade dos pés juntos / E dos olhos em paz e dos braços em cruz!" (p. 297) Observe-se que o adjetivo imperial quebra um pouco a coloquialidade, imprimindo ao verso um tom mais elevado, mais nobre. As qualidades da nobreza são intensificadas, quando o lugar da morte é mostrado como um trono: "Eis-me esperando o derradeiro trono." (p. 79). Em outras passagens, temos a morte associada ao sagrado, quando o cemitério é nomeado como campo-santo: "Basta, talvez, a cova enorme / Para abrigar o homem que dorme / No campo-santo dos defuntos." (p. 62).

Ao falar do leito de Jesus, na segunda dor, em *Setenário das Dores de Nossa Senhora*, temos as imagens de berço e de sepulcro: "Diante do leito em que Ele adormecia, / Hoje de flores, amanhã de crepe, /

Berço de Deus, Santo Sepulcro um dia." (p. 145). Flores e crepe também são metonímias, uma vez que fazem parte de adornos próprios para cada um dos objetos mencionados. Os versos "As flores roxas do teu vestido / Deram-me tanto que pensar!" (p. 240) são, por sua vez, outro exemplo de metonímia, pois aludem a um sinal indicativo da perda de um ente querido: a roupa característica do luto, sinal de viuvez feminina. Esse é um signo muito recorrente na obra do poeta. "Quantas vezes beijei as cruzes do Aqui-Jaz!" (p. 232) é outro verso que nos remete diretamente para uma lápide de sepulcro, onde se inscreve o nome do defunto.

Em todos esses exemplos, o que importa destacar é a utilização dos recursos que a linguagem oferece, visando sempre ao mesmo fim. As metonímias enriquecem os poemas na medida em que compõem um sistema de significação. Como o estatuto de contiguidade é o traço estrutural da metonímia, os exemplos citados situam-se nas vizinhanças do que se pretende referir, no caso, a morte. Vale lembrar que ela é um referente não palpável, pois o máximo que se lhe consegue associar são elementos que funcionam como índices, segundo a terminologia peirceana. Assim, através da rede metonímica, logramos apenas uma aproximação daquilo que habita as profundezas da forma em que foi expressa a matéria poética.

Ao lado do recurso a metáforas e metonímias, para capturar, na forma do poema, o objeto pretendido, a poesia de Alphonsus de Guimaraens lança mão, com frequência, de um terceiro e importante recurso, a alegoria. Sendo impossível relacioná-las todas, vamos nos ater a alguns casos em que a morte é personificada. Embora o processo poético e os recursos privilegiados da metáfora e da metonímia se relacionem, em graus variáveis, com questões relacionadas à noção de símbolo, as alegorias nos conduzem, de um modo particular, a essa questão.

Nos versos seguintes, o poeta declara serem os espectros o símbolo da morte: "Tantos espectros! Sede vós bem-vindos, / Pois sois na vida o símbolo da morte." (p. 359). É certo que um espectro nunca apresenta contornos definidos, pois ele é sombra, fantasma, algo imaterial, e, muitas vezes, está personificado, tornando-se alegoria. Sendo assim, o espectro se aproxima do âmbito do símbolo, ou seja, apenas sugere a forma daquilo que pretende referir. Símbolo, aqui, obviamente, é o símbolo de acordo com os critérios da escola simbolista. Jamil Almansur Haddad assim o distingue de "metáfora" e "comparação:

> O símbolo é coisa diversa da comparação ou da metáfora. Na comparação colocamos em presença dois termos para daí tirarmos a diferença ou a analogia. Na metáfora um dos termos reveste-se do nome ou das qualidades do outro. Já no símbolo um dos dois termos existe, mas isolado, o outro está oculto por ele, apenas deixando-se adivinhar (HADDAD, 1945, p. 9).

Na obra do poeta Alphonsus de Guimaraens, o termo conhecido é constituído pelos poemas, e o outro, o "termo oculto", é comumente o mesmo: a morte. Essa ideia surge de expressões imprecisas e obscuras, já que o "símbolo" consiste na busca da sugestão da imagem e não em sua representação direta. A essas observações, acrescente-se a distinção que Albert Mockel estabelece entre símbolo e alegoria:

> A alegoria, como o símbolo, exprime o abstrato por meio do concreto. O símbolo e a alegoria também são baseados na analogia e ambos contêm uma imagem expandida. Mas eu gostaria de chamar de alegoria o trabalho da mente humana onde a analogia é artificial e extrínseca, e chamarei de símbolo aquilo em que a analogia parece natural e intrínseca. A alegoria seria a representação explícita ou analítica, por uma imagem, de uma ideia abstrata *preconcebida*; seria também a representação *consensual* – e por isso mesmo explícita – dessa ideia, como vemos nos atributos de heróis, deuses, deusas, que são de certa forma as etiquetas dessa convenção. Ao contrário, o símbolo supõe a *busca intuitiva* dos vários elementos ideais dispersos nas Formas (MOCKEL *apud* PAQUE, 1989, p. 33-34, grifos do autor).[3]

---

3 No original: "L'allégorie, comme le symbole, exprime l'abstrait par le concret. Symbole et allégorie sont également fondés sur l'analogie, et tous deux contiennent une image développée. Mais je voudrais appeler allégorie l'œuvre de l'esprit humain où l'analogie est artificielle et extrinsèque, et j'appellerai symbole celle où l'analogie apparaît naturelle et intrinsèque. L'allégorie serait la représentation explicite ou analytique, par une image, d'une idée abstraite *PRÉCONÇUE*; elle serait aussi la représentation *convenue* et par cela même explicite – de cette idée, comme on le voit dans les attributs des héros, des dieux, des déesses, lesquels sont en quelque manière les étiquettes de cette convention. Au contraire le symbole suppose la *RECHERCHE INTUITIVE* des divers éléments idéaux épars dans les Formes." (MOCKEL *apud* PAQUE, 1989, p. 33-34, grifos do autor).

Alegoria significa, literalmente, "dizer o outro". Na poesia, um recurso muito utilizado, principalmente pelos simbolistas, são as maiúsculas alegorizantes. Morte, com M maiúsculo, já se impõe como uma espécie de alegoria. Por exemplo: "Sem que possa fugir, vejo a Morte ao meu lado..." (p. 66). Curioso é que, às vezes, "o signo alegórico tem certo caráter icônico, indicia o seu significado em seu significante" (KOTHE, 1986, p. 16). Nesse sentido, ele não é totalmente arbitrário, aproxima-se da natureza do símbolo, tal como o entendiam os simbolistas.

Ocorre personificação alegórica quando noções abstratas aparecem em personagens capazes de falar e agir. Citamos, por exemplo, a Bondade, a Tentação, o Tédio, a Desgraça. Na poesia de Alphonsus de Guimaraens, temos: "Surge a desgraça. Donde viestes, donde?" (p. 336); "Quem conversa comigo? É a voz do tédio." (p. 333); "A Desgraça rezou quando eu nasci: a lua / Quis proteger-me, abrindo as asas sobre mim." (p. 302). Ou nesta variação dos mesmos versos: "A desgraça poisou sobre os meus ombros, / Abrindo sobre mim as suas asas." (p. 202). Note-se que ora é a lua que possui asas, ora a desgraça. Em outros versos, veremos que também a morte, bem como o sujeito poético, as possui.

Em vários poemas, podemos perceber uma quase interminável procissão de monstros, sombras, esqueletos, almas, espectros, múmias... Muitas vezes, eles podem se reunir em uma única estrofe, como nesta: "Passam pelo ar sombras de esqueletos, / Almas tristes que não choram mais. / Passam esguios como esqueletos, /

Espectros e múmias imortais." (p. 121). Em "Dobre a Finados" (*Outras Poesias*), os espectros estão personificados, mas são indistintamente nomeados como "Sombra tal, Fantasma tal". E ainda: "E muitas saudações de Almas todas de preto: / — Espectro meu! Múmia gentil! Dom Esqueleto!" (p. 520). Mesmo sem falar diretamente da amada que já se foi, é a ela que o sujeito poético se dirige, enquanto a vislumbra: "O teu vulto de angélico duende / Se espiraliza em luz e se distende / No alvor que ninguém vê a não ser eu..." (p. 343).

Alguns dos vultos que aparecem podem ser: da amada, ou de uma Rainha, às vezes até de um Anjo eterno: "Tu, Rainha imortal de algum Sabá celeste? // Fantasma, és a Mulher! Levanta-te, Anjo eterno!" (p. 66). Outras sombras e fantasmas também surgem, juntamente com o fantasma da amada: "Errante multidão de espectros e de sombras / Anda em redor de ti como para um combate." (p. 66). O poema "*Spectrum*", composto de dois sonetos, evoca um Espectro, "que era um Anjo espiritual", e que "esvoaça / Pelo ar tranquilo, e sobe ao céu." (p. 69). É o Espectro da amada, "Anjo tristonho", que insiste em visitar o sujeito poético, como pode também ser verificado nestes versos: "Ela surgiu-me branca e pura de tal sorte, / Que vi passar por mim sombras inexistentes." (p. 70).

Às vezes, surgem "Monstros que passam como um lampejo. // Passam calados. Nenhum me disse / Onde Ela está. Vai passando, e ri-se." (p. 114). A mudez se repete nestes versos: "Olhos, olhares evocadores / De espectros mudos de altivo porte... / Fechai a campa dos meus amores, / Oficiantes da minha morte!" (p. 209).

Há sempre um fantasma que ri e que zomba do eu lírico: "Sempre, ai! Sempre, ante os olhos vagos vemos / O mal, fantasma infiel de rir marmóreo." (p. 267). Entretanto, nem sempre é um simples fantasma que ri. Entre os inúmeros espectros, surge a morte, alegoricamente figurada. E é ela, com seu atro semblante, que aparece, num poema, com seu riso irônico: "Quando a morte entre sombras vier surgindo, / Possas tu contemplar-lhe o atro semblante... / Nem pasmo fiques, nem te curves diante / Das ironias do seu riso infindo." (p. 339).

Neste soneto de *Dona Mística*, os fantasmas já não se apresentam mudos e cantam acompanhados pelo som dos sinos:

> Na solidão suprema dos conventos,
> Em horas de pavor tão sossegadas,
> Veem-se passar fantasmas sonolentos,
> Vultos de freiras mortas e de fadas.
>
> Soluça a paz dos grandes monumentos,
> Debruçados à beira das estradas:
> Sombras de luto, pelos lutulentos
> Caminhos, choram mágoas já choradas.
>
> Vozes de além, pungentes de mistério,
> Cantam: e os sinos dobram nas ermidas,
> Acompanhando o cantochão funéreo...
>
> (Brancas visões remotas, enfadonho
> Enterro infindo de ilusões queridas
> Na solidão suprema do meu Sonho!) (p. 89).

Alguns espectros, por outro lado, choram, como ocorre nestes versos: "Na tua alma imortal, como sombras no poente, / Vinham chorar de noite espectros visionários..." (p. 130). Às vezes, não se sabe se são vivos ou mortos: "Surge diante de vós uma abantesma: / Não sabereis se o espectro é vivo ou morto." (p. 337). As visões fantasmagóricas terminam por se introjetar no eu lírico de tal modo que encontram abrigo em seu coração e esse se antropomorfiza: "Sim, bato, bato, mas somente pela morte." (p. 321). Ao se sentir como um fantasma, esse sujeito poético vai seguindo por uma estrada, e assim descreve as barreiras que transpõe:

> Os círculos fatais, ei-los transpostos:
> Abro as asas de espectro rebelado,
> Olhos além, os braços em cruz postos...
>
> O silêncio infinito não me aterra,
> Mas a dúvida põe-me alucinado...
> Se encontro o céu deserto como a terra! (p. 357).

A dúvida se transforma, para o poeta, em constante inquietação e, lembrando indiretamente *Hamlet*, de Shakespeare, evidencia a grande incógnita do nosso estar no mundo, como acontece nestes versos: "E a dúvida, que é a nossa eterna chaga, / A repetir-nos sempre a mesma história: / O mistério do ser e do não ser..." (p. 348). Embora alucinado por causa das dúvidas, o sujeito poético segue o seu caminho: "Do Létis vejo ao longe os amplos portos: / Hoje eu sou um fantasma a errar seguindo / Um batalhão satânico de mortos..." (p. 358).

Às vezes, o poeta fala de um fantasma como se fosse de outra pessoa, e, de repente, ele se vê como o próprio fantasma:

E o sacristão que nunca dorme
(É um esqueleto que não conheço).
(...)
Só neste instante é que, fitando
Os finos ossos que Deus me deu,
Me reconheço no miserando
Espectro vil: sou eu! Sou eu! (p. 211).

Ao imaginar o instante cruel, o momento supremo, o sujeito lírico se vê como um bruxo: "E espero o instante cruel em que os musc'los distenda, / Bruxo réprobo e mau, morto de fome e gula." (p. 300). Outras vezes, ele se considera também um mendigo, um espectro: "Sou o mendigo que bate, e ninguém abre a porta, / O espectro para quem o mundo é um cemitério." (p. 301). Assim, não nos causa surpresa quando o eu lírico manifesta seu prazer de passear por entre sepulturas: "— Ando pelas sepulturas, / Como os noturnos vampiros. / Seguem-me visões impuras, / Em laudares de suspiros." (p. 229).

Os exemplos até agora apresentados não caracterizam propriamente a morte, embora se relacionem estreitamente com ela. Nesse âmbito, interessa-nos, sobretudo, a sua sugestiva presença sob a forma de alegoria. Associar a morte a um fantasma, a um ser imaterial, sem contornos definidos, ainda que portador de certas características humanas, equivale a considerá-la como um ser que pode ser visto ou tocado. O verso, "Que para ver a Deus cumpre abraçar a morte..." (p. 303), por exemplo, pressupõe na morte qualidades de um ser existencial concreto. Cumpre explicitar que espécie de ser é esse e verificar as figuras que sugerem seu aparecimento.

No soneto "*Mors*", surge "uma visão circundada de cruzes..." e o eu lírico ouve a seguinte fala: "— Sonhas comigo?" E ele, "de joelhos, chorando", confirma: "Vi--te, ó morte, que a terra e o céu com as asas cobres, / Abraçar o teu Infante miserando." (p. 304). Temos, então, a fala da morte e sua ação: abraçar. E ela tem asas suficientes para encobrir a terra e o céu. Entretanto, sua forma se apresenta, no conjunto, indeterminada. Nesse e em outros poemas, as formas da visão são apenas parcialmente reveladas. Há, por exemplo, um soneto em que a morte aguarda o sujeito poético, chamando-o de "tímido consorte", e ainda lhe diz: "Eu, Deusa, bendirei, com a foice áurea da Parca, / O castigo fatal de haveres vindo ao mundo!" (p. 302). A figura da morte com uma foice é bem conhecida no imaginário coletivo, sendo representada, em geral, por um esqueleto humano armado de uma foice. No poema acima mencionado, comparece uma das três deusas da mitologia grega — Cloto, Láquesis e Átropos — que fiavam, dobavam e cortavam o fio da vida.

Em alguns momentos, a morte se apresenta carinhosa e protetora. É o que se verifica neste soneto, em que ela conversa com o sujeito lírico, apaziguando-o com doces palavras:

> Devagar, devagar, alma senil, palmilha,
> Ensanguentando os pés, esta escura devesa...
> Nenhuma estrela agora entre as nuvens rutila
> E vai assim com mais tristeza, mais tristeza...
>
> Sofreste muito. O amor não mais te maravilha.
> Cerrou-se em denso luto o olhar da natureza.

Nada vês, nada vês... Podes seguir tranquila,
Lentamente, a chorar, pobre criança indefesa.

Ah! Não penses que o luar te oscculará o torvo
Olhar, mais uma vez, florindo nos teus olhos...
O teu sonho crocita e grasna como um corvo.

Ampara-te na mão que, entre gelos, te estendo.
Contrita espera a extrema-unção dos santos óleos.
Com mais tristeza, mais tristeza, vai morrendo...
(p. 304).

Em outras passagens, a figura da morte aparece ora como noiva do sujeito poético, ao declarar "Noivo da Morte, em branca primavera, / Se acaso tens um leito onde te escondas, / Aperta a mão piedosa que te espera..." (p. 81), ora como sublime Rainha, que oferece o braço, como apoio, ao eu lírico "Segue-me o Tédio, todo de preto... / E a sublime Rainha dá-me o braço, / Que é branco porque é braço de esqueleto." (p. 72). Como podemos observar, a morte, nesses poemas, apresenta alguns poucos atributos concretos, como a voz, o braço, a mão. Metonimicamente, a figura alegorizada da morte, "ela mesma", é percebida por meio desses fragmentos e pela extensão sonora de sua voz.

Em *Outras Poesias*, há um poema em que a morte aparece como mãe: "Morte, descanso eterno, horrível Mãe sublim[e,] / Com as tuas mãos vem afagar os meus cabel[os.] / Não mais remorso, não mais dores, não mais crim[e!] / Sem pesadelos, sem pesadelo[s...]" (p. 531). Essa estrofe nos causa certa surpresa, pois a morte, como "horrível Mãe sublime", é ladeada por dois adjetivos que expressam ideias antagônicas.

A antevisão da morte é "horrível", mas a crença na paz da morte, em contraposição ao padecimento da hora fatal, é "sublime". O que advirá após essa passagem é insistentemente qualificado como uma doce visão que põe fim à dor, quando o sujeito lírico se livrar da errância neste mundo. Apesar de opostos entre si, os adjetivos "horrível" e "sublime", que caracterizam a morte como "Mãe", sinalizam um modo de evocação de nosso eterno e insolúvel mistério. Porém, ter consciência da finitude e da contingência, que consiste em compreender que se é mortal, gera um sentimento de angústia. A morte como mãe sublime é uma representação arbitrária, já que, por esse processo, ela é personificada e, portanto, alegorizada.

Em contrapartida, as metáforas, pelo fato de não lidarem com uma figura em sua totalidade, mas sim com alguns de seus atributos, em consonância com as qualidades de outra figura, possibilitam a realização, no máximo, de um esboço da ideia de morte, no sentido de propiciar ao sujeito poético uma tentativa de capturá-la em imagem. Em outras palavras, as metáforas, baseadas em qualidades amplas e difusas, deslizam pelos versos, sem que se fixem em expressão definitiva, pois vida e morte não podem ser pensadas em separado. Elas, vida e morte, se confundem e se superpõem.

Por essas razões, os esforços para encontrar a metáfora justa resultam, com frequência, em deslizamentos do campo da morte para o mundo da vida. Os poemas, ao mesmo tempo em que falam da morte, falam também da vida. E o mais interessante é que vida e morte compartilham os mesmos atributos. Tudo irá se decompor, virando ruínas, restos, fragmentos, ossos, pó: "Hei de sonhar que a vida é poeira e nada" (p. 529); "que aos poucos me desfaço em poeira e nada" (p. 336); "Irás comigo ao pó da sepultura" (p. 505); Ó lábios que sereis de lodo e poeira" (p. 80); "Nada somos, sabeis, e que seremos / Mais do que duas míseras ossadas?" (p. 255). Essas ideias opostas habitam, frequentemente, o mesmo espaço e se encontram lado a lado, em muitos versos: são antíteses reveladoras da oposição solidária entre vida e morte.

A morte de alguém é sempre uma espécie de escândalo e nos dá a ocasião de repensar a nossa própria mortalidade. No entanto, a morte do "outro" não é a minha morte, pois a minha morte está situada no futuro, fora de mim. Não sendo uma recordação do passado, imaginar a "própria" morte e conceber a ideia de aniquilação é uma experiência praticamente impossível de ser descrita: ela é sem precedentes, única, singular, irrepetível. A visualização da "própria" morte só pode ocorrer com a concepção de uma imagem visual mental de algo que não é visível no momento em que ocorre de fato. Entretanto, esse algo jamais se apresentará em momento algum, pois, para formar ou conceber qualquer imagem, é necessário estar vivo. E é exatamente isso que José Luiz de Souza Maranhão tenta elucidar:

> Sempre que o homem tenta imaginativamente se ver como morto (no seu enterro, por exemplo), jamais consegue eliminar o seu "eu", visto que ele permanece precisamente como o espectador. Para se imaginar morto é preciso estar vivo. Portanto, é

> impossível pensar a própria inexistência sem cair numa contradição (MARANHÃO, 1992, p. 66).

É possível ver o "outro" morto, isso é visível. Mas visualizar a "própria" morte é, ao mesmo tempo, um pesadelo e uma incógnita, embora ela nos aguarde a todos, não se sabe onde, nem como, nem quando. Praticamente impossível é a conformação plástica da ideia da morte, ela mesma. Esse é o desafio que a poética de Alphonsus de Guimaraens nos propõe. Ao considerarmos tal desafio, convém retomar as reflexões de Rancière (2012), quando ressalta a existência de imagens que contrariam o regime representativo que conduz à interpretação: as imagens da arte [e aqui pensamos em arte poética] operam a partir de outro tipo de dispositivo, produzindo intervalos que interrompem o fluxo consensual de legibilidade.

Na figuração, o sujeito tem que escapar à tentativa incessante de tudo categorizar, analisar, julgar e submeter ao já familiar: ele deve permanecer estranho, infamiliar e, por isso mesmo, inquietante. A figuração envolve um regime de percepção, de leitura e de escuta por meio do qual elementos diversos se justapõem e se atritam de forma a permitir um deslocamento de nossa percepção ao modo como apreendemos e percebemos as demandas do outro e os eventos do mundo.

Cumpre esclarecer que não se trata de eliminar a representação como operação que dá forma ao visível, mas de produzir e manter uma distância para tentar compreender a escolha lexical e semântica realizada pelo poeta, por meio das figuras de linguagem e de expressão, o que confere uma mirada transversal, oblíqua, no sentido de desconfiar da maneira como usualmente as representações tendem a revelar imagens de morte, dor, vazios e ausências. É na exploração desse processo que se torna possível distinguir brechas e interstícios, que permitem reconfigurações e deslocamentos necessários ao olhar e à interpretação.

Todas essas figuras presentes na poesia de Alphonsus de Guimaraens encontram-se em perfeita sintonia com a busca da sugestão da imagem e não da sua apresentação/representação direta. A imagem surge de palavras imprecisas e expressões obscuras, sem que se chegue a uma forma concreta. Parece-nos plausível, assim, afirmar que a tentativa de capturar a ideia da morte "pura e simples" e da "própria morte" consiste em perscrutar vários espaços intervalares, privilegiando as figurações e não as representações.

Referências Bibliográficas

BRUZZI, Nilo. Alphonsus de Guimaraens, o poeta da morte. *Jornal do Comércio*, Rio de Janeiro, 23 nov. 1947. p. 4.

FILIPAK, Francisco. *Teoria da metáfora.* Curitiba: HDV, 1983.

GUILLÉN, Jorge. *Lenguaje y poesía.* Madrid: Alianza, 1983.

GUIMARAENS, Alphonsus de. *Obra completa.* Rio de Janeiro: José Aguilar, 1960.

HADDAD, Jamil Almansur. Essência e forma do Simbolismo. *Revista do Arquivo Municipal*, São Paulo, Ano XII, v. 104, p. 7-28, ago-set. 1945.

HURST, John Willis *et al. The heart, arteries and veins*. Tokyo: McGraw- Hiel Kogakusha, 1974, p. 590.

JAKOBSON, Roman. *Linguística e Comunicação*. São Paulo: Cultrix, 1985.

JANKÉLÉVITCH, Vladimir. *La mort*. Paris: Flamarion, 1977.

LAKOFF, George & TURNER, Mark. *More than cool reason – A field guide to poetic metaphor*. Chicago: The University of Chicago Press, 1989.

MARANHÃO, José Luiz de Souza. *O que é morte*. São Paulo: Brasiliense, 1992.

MARQUES, Ângela Maria Salgueiro. *O sublime na poesia de Alphonsus de Guimaraens*: presença da morte. 1998. 137 f. Dissertação (Mestrado em Literatura Brasileira) – Faculdade de Letras, Universidade Federal de Minas Gerais, Belo Horizonte, 1998.

PAQUE, Jeannine. *Le symbolisme belge*. Bruxelles: Labor, 1989.

RAMOS, Maria Luiza. *Fenomenologia da obra literária*. Rio de Janeiro: Forense, 1974.

RANCIÈRE, Jacques. *O destino das imagens*. Rio de Janeiro: Contraponto, 2012.

_______. *Le travail des images*. Conversations avec Andrea Soto Calderón. Dijon: Les Presses du Réel, 2019.

SILVA RAMOS, Péricles Eugênio da. *Hamlet*. Editora Abril, 1976.

O arquitetural e a dobra

Armando Gens

Do ato de se debruçar sobre a obra de Alphonsus de Guimaraens, vem a impressão de que se circula por uma espécie de câmara, nem sempre ardente. Portanto, afigura-se como infringência ao vislumbre não atentar para o componente arquitetural, se o que está em jogo diz respeito às transações do eu com a linguagem na construção de um espaço poético devotado à absorção e ao velamento. A ideia de câmara irrompeu dos estudos de Peixoto[1] (1999, 226), Ricieri[2] (2014, p. 48) e Veras[3] (2016, p. 103) que, ao potencializarem a presença do arquitetural na obra de Alphonsus de Guimaraens, descerraram uma via favorável à ancoragem da impressão

1 Cf. "preparamo-nos para adentrar o grande recinto da poesia e viver os grandes mistérios dessa 'câmara ardente'".

2 Cf. "além do marianismo católico dado no tema, a forma livro remete à reflexão sobre a obra literária como objeto passível de edificação racional, objeto arquitetável".

3 Cf. "Como já dissemos, nos trechos iniciais deste trabalho, apesar da constatação de que a arquitetura do *Setenário* é um elemento da maior relevância para os estudos críticos sobre a obra, não houve, até onde conhecemos da fortuna crítica do poeta mineiro, quem se detivesse nessa questão a ponto de extrair dela uma interpretação para a obra".

inicial de tal recorrência na lírica do poeta, tanto em títulos quanto em poemas e livros.

Contando com o passe oferecido pelos estudos dos especialistas, foi possível avançar em direção ao interior da câmara. Em meio a um universo de temas e questões que tornam visíveis os vínculos entre poesia lírica, arquitetura e cenas insólitas, ali ressoa ainda uma musicalidade que, proveniente de uma vocalização atormentada em estreita interlocução com o plano do alhures, recorre a dobres de sinos, canções, óperas, cantos litúrgicos e populares para modular desde o sisifismo dominante na busca pelo absoluto até o caráter lutuoso da existência. Por conseguinte, a musicalidade, ao conjugar-se às oscilações e ressonâncias anímicas do sujeito poético, orquestra o verso: "No entanto, a minh'alma chora /As notas de um cantochão" (GUIMARAENS, 2020(b), p. 59).

Após as primeiras impressões visivas e auditivas, surge a curiosidade de olhar esta espécie de câmara mais de perto, colocando em evidência um registro que se destaca na obra do poeta Alphonsus de Guimaraens: o arquitetural. Sem desconsiderar a existência de uma dimensão que privilegia o inefável e as formas difusas, chama a atenção a constante presença de edificações na obra do poeta. Câmara-ardente, campa, campanário, capela, castelo, catedral, claustro, convento, eremitério, ermida, escadaria, jazigo, palácio, solar, templo e torres, por vezes iluminados pela luz do luar, integram cenários validados pela crise do sujeito lírico. Ao que parece, as construções arquitetônicas mantêm estreitos liames com propósito de impedir a ação da instabilidade e do transitório, o que leva o sujeito lírico a se enunciar como um prédio: "Minh'alma é a torre de uma igreja/que tem um sino sempre a dobrar..." (GUIMARAENS, 2001, p. 53).

Sobre essa peculiaridade de enunciação, com o sujeito lírico identificado a uma estrutura arquitetural, Philippe Hamon, em *Expositions* (1989), aponta que, em vários textos líricos da segunda metade do século XIX, o "eu", em eterna busca de sua identidade, recorre a "torre", "gruta", "túmulo" (HAMON, 1989, p. 188). As constatações do ensaísta oferecem chaves de leitura do sujeito da lírica, permitindo ainda compreender a recorrência às edificações para driblar a implacabilidade do tempo e o caráter proteico do mundo das formas. Além disso, elas endossam, do ponto de vista teórico, a ideia de câmara como espaço poético em que o sujeito lírico abriga-se e deixa velar-se. Ao se nomear como uma construção arquitetônica, teria por finalidade "transformer ce sujet en habitant d'un monde où il se sente (ou ne se sente pas) "localisé" (*Ibidem*, p. 186).[4] Por isso, a ideia de câmara, antes tão somente uma impressão, vem corporificar o espaço poético como um lugar de pertencimento que desvela, pelo viés do arquitetural, a condição insular do sujeito da lírica.

A visita à câmara, convertida em metáfora arquitetural do espaço poético, permite reanimar o que ali estava em repouso por meio do exercício de leitura, uma

4 Trad.: "transformar esse sujeito em habitante de um mundo no qual ele se sinta (ou não se sinta) 'localizado'."

vez que "S'énoncer comme bâtiment, c'est se proposer à résurrection par le lecteur-visiteur" (*Ibidem*, p. 189).[5] Cenas enunciadas pelo sujeito lírico tornam visíveis a absorção de construções arquitetônicas infiltradas no projeto artístico do poeta. Concebidos como signos culturais e históricos plenos de simbologia, os prédios podem aparecer submetidos aos efeitos de uma escala cromática reduzida ao claro e ao escuro. Com certa regularidade, surgem embaciados pela luz da lua, sinalizando que o sujeito lírico não é afeito à claridade total – "Toda minha Alma é um sol poente" (GUIMARAENS, 2001, p. 35) –, porque se considera "Exilado da luz" (*Ibidem*, p. 140).

A privação de luz sugere uma fotofobia manifesta pelo sujeito lírico com maior evidência em cenas pouco iluminadas, como a que se desenha no soneto de abertura de *Dona Mística*. A presença do arquitetural – conventos – desponta em um cenário um tanto macabro: "Na solidão suprema dos conventos, /Em horas de pavor tão sossegadas, /Veem-se passar fantasmas sonolentos, /Vultos de freiras mortas e de fadas" (GUIMARAENS, 2020(a), p. 13). A fotofobia contribui para uma ambiência de reduzida luminosidade, compatível com a aparição de "fantasmas" ou "vultos". Procedendo como um vidente – "Acostumei de há muito os meus olhos cansados, coitados, /A olharem para além desta vida terrena" (GUIMARAENS, 2001, p. 130) –, o sujeito lírico atravessa as barreiras da realidade e regis-

---

5 Trad.: "Enunciar-se como uma edificação, é se propor à ressurreição pelo leitor-visitante."

tra uma cena do além-mundo em uma temporalidade ameaçadora: "horas de pavor tão sossegadas". Ali, as corporeidades perdem volume e assomam "Vultos", "sombras de luto" ou "Brancas visões", que consolidam a atmosfera espectral e insólita de dominância na cena.

Verifica-se que, no soneto, o detalhamento da forma arquitetural e a localização dos "conventos" não acontece. O tratamento concedido a eles indica, como aventa o plural, uma generalização, procedimento que também se repete em "estradas" e "caminhos", sem que se saiba onde estão realmente situados. A esse respeito, o poema é mudo. A ausência de informação topográfica e de contornos arquiteturais dos "conventos", em uma vagueza pertencente aos domínios do onírico, exibe, diante dos olhos do leitor, uma cena sem plano de sustentação, como se a força gravitacional não existisse, em paralelo à aguçada capacidade visual do sujeito lírico.

Além da desenvolvida acuidade visual para fenômenos sobrenaturais, o olhar que o sujeito-poeta dispensa à cena promove uma reflexão sobre si mesmo, como demonstra a última estrofe do soneto. Essa reflexão se realiza a partir do paralelismo entre "solidão suprema dos conventos" e "solidão suprema do meu Sonho", na qual as construções arquiteturais – "conventos" – descortinam-se como parâmetro de aderência da subjetividade do sujeito lírico em uma vocalização enclausurada entre parênteses, materialização gráfica da radical solidão: "(Brancas visões remotas, enfadonho/Enterro infindo de ilusões queridas/Na solidão suprema do meu Sonho!") (GUIMARAENS, 2020(a), p. 13).

Por sua vez, o paralelismo entre "conventos" e "sonhos" põe a descoberto um desejo de conectar-se a uma estrutura mais sólida, a algo com maior possibilidade de permanência e estabilidade. No entanto, institui-se, assim, um dilema do qual se ocupa o sujeito lírico. Em sua solidão, mostrando-se divido entre a evanescência do sonho e a solidez das edificações, deixa transparecer estar vocacionado a uma correspondência nem sempre segura com o arquitetural.

Se as construções arquitetônicas podem ficar restritas a uma simples menção no espaço poético fundado por Alphonsus de Guimaraens, o efeito da fotofobia converge para situá-las em uma zona insólita e macabra, segundo se observa no soneto "Sun down" (GUIMARAENS, 2001, p. 129). Como o próprio título prefigura e o léxico corrobora, "cova", "peito morto", "vultos", "poente", "enterro" moldam a poética do ocaso e desempenham uma função ativa na elaboração do drama de que a vida é um sonho na iminência de se esgotar.

Já é possível pressentir que, em "Sun down", a experiência agônica tem início com a mensagem antecipatória do anjo – "Segues naquele esquife" –, na medida em que conscientiza o sujeito lírico da trágica condição de ser para a morte. Desenvolvendo-se progressivamente, a experiência agônica atinge o ápice quando o sujeito lírico assiste ao seu próprio colapso, em franca correspondência com o "poente", em um lugar bastante simbólico: "porta". A referência à estrutura arquitetural, além de representar fluxo e comunicação entre o interior e o exterior, entre o terreno e o celeste, designa uma região fronteiriça em que o sujeito lírico se situa, tragicamente vocalizada nos dois últimos versos: "Suplício imemorial de quem estando vivo, /A receber no olhar todo o céu compassivo, /Vê passar o seu próprio enterro pela porta!" (*Idem*).

Assim, o paroxismo experimentado pelo sujeito lírico decorre de uma visão favorecida pela estrutura arquitetural e pelo desdobrar-se em um outro. Infere-se que a "porta", em sua riqueza simbólica, representa um espaço de revelação, transitoriedade e de confirmação da finitude da vida, informando ainda um estado de vigília e vigilância – "Noites passadas de olhos abertos" (*Ibidem*, p. 15) – típico de seres cindidos. Fica patente que o arquitetural vai transformando-se numa via de acesso, com variações, entre a ordem dos vivos e a ordem dos mortos por meio da intervenção do sujeito lírico.

Dando continuidade às relações entre arquitetura e o sujeito da lírica, no poema intitulado "A catedral" (GUIMARAENS, 2020(b), p. 207-208). a construção se edifica por meio de um processo óptico que acompanha diligentemente os efeitos da luz e de sua ausência. Durante todo o andamento da contemplação empreendida pelo sujeito lírico, a "catedral ebúrnea" surge "branca de sol" devido às primeiras luzes do dia. À noite, banhada pela luz da lua, sua cor não se altera, embora o céu tenha perdido a alegria e apresente-se "tristonho". E, quando o "céu é todo trevas", devido a uma tempestade, a "catedral" soçobra "como um astro que já morreu".

Como se fosse uma aparição, a "catedral" irrompe no espaço sem informações topográficas objetivas.

Como em outros poemas, o sujeito lírico também não informa a localização de seu observatório, porém estima de modo preciso a duração de sua experiência visiva, bem como externa ter controle sobre a cena que pinta/descreve. A edificação, por sua vez, mostra-se em suspensão, por conta de sua diafaneidade.

Fica muito claro que a construção arquitetônica desprovida de densidade – "branca de sol", "branca de luar" – levita, reforçando uma ambiência onírica. Como já se disse, o sujeito lírico e o objeto de contemplação não permitem serem identificados de forma precisa no espaço, embora todo o poema se desenvolva numa marcha periódica do tempo. Reaparecem na paleta do poeta mineiro o branco e o preto, agora combinados para criar um efeito de antipintura, já que, em "A catedral", todo o encaminhamento dado à composição sugere um estudo de desenho, no qual a construção arquitetônica, após receber luz solar e lunar, desaparece em meio às trevas, dando a entender que se converte em um borrão opaco: "Afunda-se no caos do céu medonho!" (*Ibidem*, p. 208). Sublinha-se que, no poema, "A turvação, a alternância de sentidos contidos no negror ou na alvura erige-se, aliás, em constante dessa poética" (RICIERI, 2014, p. 150).

A "catedral ebúrnea do meu sonho", enquanto obra arquitetônica caracterizada pela solidez, permanência e grandiosidade, dissipa-se diante da supremacia que vem do alto, confirmando o predomínio da impermanência e da queda. Depreende-se que, nessa cena, o esboroamento do edifício coincide com o do sujeito lírico ("meu sonho"), realizando a correspondência da condição desvalida do sujeito – "Pobre Alphonsus" – com o naufrágio da "catedral". Buscando dinamizar a câmara, toma-se a violência com que a edificação "Afunda no caos medonho" para realizar uma conexão com o poema "A Cabeça de Corvo", analisado pela autora de *Imagens do poético em Alphonsus de Guimaraens* (2014), especialmente no que concerne ao gesto violento do poeta ao usar o "negro tinteiro" – "meto-lhe a pena goela a dentro" – que estimula a problematização entre pintar e escrever, entre o tinteiro e a catedral, em possíveis articulações com o traço arquitetural presente à composição dos poemas mencionados.

Não há dúvida de que a dimensão arquitetural, ao apresentar parâmetros de solidez, permanência e subjetividade projetadas na realidade objetiva, promove um precário vínculo entre o eu e o mundo das formas em devir. Ao contemplar realidades nem sempre próximas de seu tempo, Alphonsus de Guimaraens privilegia também planos do mundo sobrenatural habitados por anjos, demônios, almas, visões e fadas, ratificando um modo de ver para o qual não há barreiras visuais. Desse modo, a metáfora da câmara materializa um espaço de experimentação privilegiado, no qual o sujeito lírico se exercita na criação de outros mundos, na contemplação e nas experiências alquímicas do verbo a favor de um projeto poético que tende a espacializar a crise do sujeito diante da sentida ameaça de fim eminente que paira sobre todas as coisas.

Ao lado do temor que conduz o sujeito lírico ao confinamento e afeta as certezas a respeito da sobrevivência dos poemas, encontra-se o livro. De acordo com Michel Melot, "a arquitetura do livro se casa, página após página, com aquela do edifício" (MERLOT, 2012, p. 134). Torna-se evidente que, nessa concepção, as relações entre tipografia e arquitetura verificadas na forma do livro também se fazem notar nas seguintes nomenclaturas: portada, frontão e frontispício. Ampliando o traço arquitetural do livro, nele cabem ainda as representações de abrigo, jazigo e até mesmo câmara, pois, sem levar em consideração fatores externos de conservação, o livro protege, resguarda e pereniza a escrita, impedindo-a de se esvanecer na memória dos tempos. Porém, não há garantias totais de preservação, se não receber a visita de leitores que promovam a ressurreição dos sentidos em latência: "Abençoai-me com os olhos ciliciados... / Vinde ler-me, que sofro como os mortos" (GUIMARAENS, 2020(b), p. 35). Portanto, sob ameaça constante, os poemas só não se convertem em "corpos" mortos quando existem leitores para abrir um livro e dedicarem-se à leitura, a despeito de seguirem ou não as ordenações rígidas de deslocamento impostas pelo formato do objeto.

Mantendo à vista os traços arquitetônicos na forma do livro, ressalta-se, de início, um modo de concebê-lo como câmara, parte de um "edifício", (MERLOT, 2012, p. 134). para pensar o componente arquitetural, já desenvolvido no âmbito da poética de Alphonsus de Guimaraens, na esfera da materialidade de duas publicações que abrigam poemas do autor. Em um primeiro momento, a incursão transita pela parte externa do livro, em diálogo com as artes visuais. Portanto, buscar diretrizes para abordar a materialidade do objeto implica rememorar algumas notas a respeito da dobra e da forma do livro em suas respectivas temporalidades.

A importância de se pensar o sentido da dobra para o formato do livro, tal qual se deu a conhecer na era moderna, diz respeito a uma tecnologia que, ao utilizar a pele/pergaminho como suporte, propôs, por exemplo, significativas mudanças na forma, no modo de leitura e nos gestos de manuseio do objeto. Ela funciona como um traço identitário que distinguiu o livro dos demais suportes de escrita, como placas de argila, couro, papiro e pergaminho. A dobra, de acordo com Michel Melot, é um artifício que envolve precisão e prescrição. Por ser pensada com rigor, essa "forma geométrica, totalmente simétrica, cada superfície batendo exatamente com a outra" (*Ibidem*, p. 49-50) promove a ordenação do percurso a ser realizado em ritmos contínuos e descontínuos.

A dobra não só determina a forma do livro como possibilita a mobilidade das páginas e o conforto ao transitar por elas. Do ponto de vista geométrico, as dobras respondem por formas complexas que derivam da multiplicidade e da superposição, agenciando volumes resultantes da vinculação entre partes simétricas conectadas entre si. Contudo, esse nexo promove tanto o contato imediato (a vizinhança das folhas) quanto o seu contrário, ambos observáveis nas noções de frente e verso.

Enquanto acabamento, as dobras determinam o conteúdo. Não sendo uma exclusividade do livro, elas detêm diferentes formas: em cruz, em paralelo, em acordeão/sanfona/concertina. Aqui, vale recordar a obsessão de Mallarmé pela dobra, já estudada por Gilles Deleuze, Michel Foucault e Haroldo de Campos, entre outros, que se torna manifesta nas correspondências entre leque, pássaro, asa e livro, em correspondência com ventar, esconder e revelar, abrir e fechar, desvelar e velar. Esses "atos operatórios" (DELEUZE, 1988, p. 43)[6] mostram-se com muita clareza em *Quant au livre* (2010), quando Mallarmé profere que "Les plis perpétueront une marque, intacta, conviant à ouvir, fermer la feuille, selon le maître" (MALLARMÉ, 2010, p. 19).[7]

Ainda sobre esse ato de abrir e fechar um livro, Mallarmé sublinhou que a "brochura" e "antigos tomos" propunham um ato de violência em sua posse, evidentemente porque as publicações tradicionais não apresentavam as folhas cortadas. Segundo ele, tratava-se de um ato de extrema agressividade que se realizava com objetos cortantes – "couteau" e "coupe-papier" (*Ibidem*, p. 19)[8] – tão significativamente expresso na comparação com o "le cuisinier égorgeur de volailles" (*Idem*).[9] Em contraponto, o poeta francês dizia que, se o jornal escapava a este tipo de procedimento, sua influência sobre o "livro divino", próprio da literatura, era lamentável, porque impunha a ele uma monotonia decorrente das colunas: "l'insupportable colonne" (*Ibi-*

6 Trad.: "ato operatório".

7 Trad.: "as dobras perenizarão uma marca intacta convidando a abrir, fechar a folha, em conformidade com o mestre".

8 Trad.: "faca" e "abre-cartas".

9 Trad.: "o cozinheiro degolador de aves".

dem, p. 2).[10] Porém, para Mallarmé, a monotonia não se restringiu apenas às colunas, já que também manifestava-se no movimento repetitivo do olhar – "le va-et-vient successif incessant du regard" (*Ibidem*, p. 19)[11] – seguindo as linhas do texto. Compreende-se que, para Mallarmé, o livro implicava mobilidade e expansão, ao mesmo tempo que demandava um arejamento da página (o ar circulando entre as palavras), cujo melhor exemplo encontra-se em *Un coup de dés jamais n'abolira le hasard* (1897).

Após a elaboração dessa linha de pensamento, volta-se à câmara de Alphonsus de Guimaraens para colocar em exame a materialidade do livro *Dona Mística* (1899). Na apreensão do objeto, a prevalência incidirá sobre a capa, visto que, de acordo com Melot (2012), ela "é o segundo traço característico do livro" (MERLOT, 2012, p. 56), uma vez que o primeiro é a dobra. É sempre bom lembrar que, inicialmente, a capa tinha como propósito preservar o livro. Porém, na fabricação em grande escala, ela se colocou a serviço da publicidade, reivindicando um investimento visual, por vezes impactante, com vários propósitos; em destaque, o de atrair a atenção do leitor e de promover a primeira interação entre ele e o livro, cujo melhor exemplo encontra-se inicialmente na capa ilustrada. Nela, o estilo conta bastante, pois, via de regra, deve espelhar em sua superfície uma harmonia entre o conteúdo e a feição grá-

10 Trad.: "a insuportável coluna".

11 Trad.: "o vaivém repetitivo e sem interrupção do olhar".

fica do livro e, se possível, atiçar a imaginação do leitor por meio de um entrosamento entre palavra e imagem, sem bloqueio das possibilidades de sentido.

Mais um desvio se torna necessário antes de retomar a proposta de análise da capa do livro *Dona Mística*, de Alphonsus de Guimaraens, publicado em 1899, pela Tipografia Leuzinger & Cia. Como contraponto, convém revisitar uma versão manuscrita da obra[12] (1894), cujo desenho da capa ficou a cargo de Archangelus de Guimaraens, poeta e irmão do autor. Caracterizando-se como uma produção familiar e não sendo propriamente um livro, o manuscrito oferece elementos sobre a gênese da obra e ainda se mostra revelador dos ritmos de escrita, da variação da caligrafia sob a influência de estados anímicos e da articulação entre corpo e escrita que se apaga em consequência das demandas do impresso. As rasuras e emendas refletem o processo de escrita, embora se constituíssem em marcas restritivas de acesso, quando o manuscrito circulava somente na esfera do privado.

No que diz respeito à capa do manuscrito, a ilustração reúne elementos religiosos e medievais – figura feminina com hábito de freira; figura masculina com trajes e acessórios de cavaleiro; uma cruz pátea. O título se posiciona com certa inclinação descendente. O nome do autor sem o sobrenome instala-se na transversal da quina superior direita seguido por uma cruz, enquanto o ano e a localização foram distribuídos nos cantos inferiores. Fora das orientações tipográficas, a capa revela

---

12 GUIMARAENS. *Dona Mística*. (manuscrito).

uma intenção infantil de preencher os espaços vazios, o que causa um embaralhamento visual. Contudo, uma avaliação geral da capa e do manuscrito – produção caseira produzida em parceria por dois adolescentes –, determinaria que seus valores residiriam numa produção poética que, desde cedo, foi sendo planejada para aparecer em livro, e numa coerência entre imagem e texto com fortes vínculos com signos medievais e cristãos, que permeavam os poemas ali reunidos.

Os signos medievais e cristãos já circulando no manuscrito parecem ter orientado a proposta de capa do livro *Dona Mística* impresso pela editora Leuzinger. Medindo aproximadamente 9 cm de largura e 18 cm de altura, simula um livro de horas, de acordo com as vozes da crítica. A capa investe na profusão de elementos ornamentais fitomórficos e geométricos, bem como utiliza de modo excessivo frisos e vinhetas. São citações gráficas cujo propósito era impor um caráter arcaizante e, ao mesmo tempo, artesanal ao que já não era produzido somente pela mão humana. Embora haja alguma possibilidade de se pensar que o projeto gráfico procura articular a ilustração da capa com o título da obra, tal inferência sofre abalos, quando se constata que a capa do livro *Setenário das dores de Nossa Senhora* (1899), (Cf. VERAS, 2016, p. 103).[13] publicado pela mesma editora,

13 O pesquisador registra que "alguns críticos já haviam observado que a constituição formal é um dos elementos que mais se destacam em *Setenário das Dores de Nossa Senhora*. Henriqueta Lisboa já havia associado essa obra de Alphonsus a um "livro de horas" (Lisboa, 1945, p. 40), mas sem desenvolver suficientemente a analogia."

não passa de uma reprodução daquela que veste os poemas de *Dona Mística*. Nesse caso específico, a proposta gráfica não se atém a um projeto diferenciado para cada obra que, sem levar em consideração as singularidades, reaproveita uma capa já utilizada, fornecendo elementos, ao que parece, para a estereotipagem das obras e do poeta. Um exemplo significativo da difusão do estereótipo confirma-se, quando se avista, na primeira página do jornal *Conceição do Serro*, em 1º de maio de 1904, o poema de circunstância escrito por Polidoro Reis. Lá, o leitor-poeta divulgou os seguintes versos: "Os teus livros abri – dois relicários/Cheios de raras gemas preciosas, / Brilhando, como unidos em rosários/Que debulhei em preces fervorosas! (REIS, 2021, p. 1).

O poema, escrito com a intenção de agradecer a oferta de duas obras de Alphonsus de Guimaraens – "*Setenário* e *Dona Mística*" –, aciona uma cadeia de metáforas que sacraliza os livros – "dois relicários"–, atribui a eles traços de mineralidade preciosa – "raras gemas"– e, mantendo os elos da cadeia metafórica unidos, ressignifica a leitura como oração – "preces fervorosas". Presume-se que a sequência metafórica acionada por Polidoro Reis, sem excluir a marcação medieval e cristã implantada aos poemas, pode ter sido alavancada pelas capas de *Dona mística* e *de Setenário das dores de Nossa Senhora,* já que apelam para essa dimensão religiosa ao simular um livro de horas. Ainda que o sentido de joia e sacralidade pudessem ser facilmente esvaziados pela publicação em série, a conexão com os signos históricos e religiosos continuaram a se propagar devido ao forte apelo que exercem no imaginário sociocultural.

O certo é que a capa que envolve as duas obras já citadas de Alphonsus de Guimaraens ressurge em uma temporalidade outra e tira partido de ornatos que se distanciavam das iluminuras (douração) e de todo o conjunto decorativo aplicado ao livro de horas na Idade Média. Tanto o deslocamento no tempo quanto a organização de ornamentos para simular o original criam áreas de tensão entre manuscrito e impresso, entre ser e parecer, entre sagrado e profano, ilustrando a posição ambígua do livro em um contexto que vai se definindo como mercadológico, indispondo-se assim com a posição dos poetas simbolistas em relação as obras que produziram.

Não é demais afirmar que vestígios do universo artesanal e do manuscrito podem repercutir nos produtos a serem comercializados, numa tentativa de mascarar os traços do trabalho realizado em série, como exemplifica a publicação de *Dona mística*, pela Tipografia Leuzinger, cuja simulação, extrapolando os limites da capa, vai atuar sobre o formato do livro que, estreito, incita a reprodução do gesto do usuário do livro de horas, ao sustentá-lo entre as mãos, como se pode conferir, por exemplo, no quadro de Ambrosius Benson, intitulado *Young woman in Orison reading a book of hours* (BENSON, 2021).

Em uma sucinta descrição da capa, observa-se que nela comparecem, em especial, o preto e o vermelho em explícita citação à cartela de cores comumente utilizada na confecção dos livros de horas. Na parte superior, encontra-se uma estreita borda com motivos geométricos e, no sentido da altura do lado esquerdo, surge uma outra borda mais larga com pequenos ramos entrelaçados com marcações *art nouveau*, circundada por um arremate de minúsculas gregas, enquanto, no cruzamento das bordas, na parte superior do canto esquerdo, instala-se uma letrina[14] em vermelho, de largo emprego nos códices da Idade Média para dar realce à palavra inicial, neste caso "Dona".

A capa, além de exibir as indicações de praxe – título, autor, ano –, conta com uma epígrafe em latim (Recomendação da alma partindo) e registra o local de nascimento do poeta. Todas as referências ali presentes estão separadas por frisos com motivos geométricos que convivem com a letra gótica, ao mesmo tempo que os espaços existentes entre as informações mencionadas são preenchidos por vinhetas, resultando em um congestionamento visual devido ao excesso de ornamentos. Levando-se em consideração os preenchimentos e as sobreposições, nada lhe falta para que se alinhe à categoria do *kitsch*.[15]

Não sendo um livro de horas, mas buscando imitá-lo com ornamentos discordantes, a proposta da capa falseia a aparência artesanal de um objeto religioso, avivando uma sacralidade que o livro, ao se transformar em objeto produzido em série, já havia perdido. O efeito

14 Uma grande letra maiúscula utilizada para assinalar o início do texto e de largo emprego pelos escribas. Também recebe as seguintes denominações: capital, capitular ou versal.

15 Levaram-se em conta as marcas do excesso, da saturação e a artificialidade da simulação.

que emana da capa leva o leitor, como pode ter ocorrido com Polidoro Reis, a visualizar uma sacralidade que se materializa numa imagem edificada pelo emprego racional de artifícios tipográficos para tal finalidade.

Se a capa de *Dona Mística* propõe uma leitura visual que forja proximidade com um objeto de prática religiosa, ela também contribui para que a obra seja concebida como uma câmara, caso haja a percepção de que possui potencial para corresponder a uma porta de acesso aos poemas e a um circuito a ser percorrido pelos leitores. Desse modo, o arquitetural expande-se em direção aos poemas impressos que passam a prefigurar colunas que sustentam a edificação (câmara-livro).

Tomando o rumo de um outro formato de dobra, vem à lembrança o poema "Ismália", de Alphonsus de Guimaraens. Ao evocá-lo, o primeiro encantamento que produz advém da mobilidade e da flexibilidade que, paradoxalmente, asseguram-lhe a condição de monumento (portátil?) e favorecem dobras de sentido que fazem dele um corpo semanticamente receptivo às mais diversas leituras e usos.

A pesquisa na *internet* é suficiente para comprovar o traço deambulatório que espacializa o poema, quando, por exemplo, transita do vídeo à ilustração de *T-shirts*, ou, quando declamado ou cantado, ecoa uma multiplicidade de vozes, sotaques, timbres, como se pode ouvir no canto de Marília Vargas, e na declamação de Fernanda Montenegro para a faixa "Ismália" (part. de Larissa Luz e Fernanda Montenegro), do álbum *AmarElo*, do conhecido *rapper* Emicida, cuja composição, recorrendo à intertextualidade, amplia o sentido do poema, ao relacionar o drama da personagem ao racismo estrutural: "No fim das conta (sic), é tudo Ismália, Ismália /Ismália, Ismália /Ismália, Ismália /Quis tocar o céu, mas terminou no chão /Ter pele escura é ser Ismália, Ismália".[16]

Para endosso dos deslocamentos ou deslizamentos propostos ao poema "Ismália", cabe ainda mencionar a presença dele na estação Paraíso, no metrô de São Paulo. Tendo a parede como suporte, a colocação do poema diante das escadas rolantes proporciona ao leitor tanto uma leitura ascendente quanto descendente, materializando as tensões entre o alto e o baixo explicitadas na cisão da personagem. A exposição do poema em espaço público de grande fluxo, além de favorecer um raro momento de conexão com o que está ao redor, convida o usuário-leitor a ler em trânsito, contrariando um tipo de leitura que exigiria uma certa quietude. Subindo ou descendo as escadas rolantes, o poema pode ser lido, e o pacto de inserir a poesia do cotidiano das grandes cidades se cumpre.

Não há como negar que o poema "Ismália" exerce um grande fascínio sobre os leitores que com ele interagem. Não o reconhecer como um monumento seria negar que ele, enquanto alvo de culto e admiração, perpetua a obra e o poeta em sucessivas ressureições que ficam a cargo de usos e leituras que dele fazem. É como se estivesse fadado, na esfera da recepção, a ser transformado indefinida-

---

16 EMICIDA. *AmarElo*. Disponível em: AmarElo - Emicida - Álbum - VAGALUME. Acessado: 20 ago. 2021.

mente: ato que reduplica as versões pelas quais passou até chegar àquela que se popularizou e "que se encontra nas páginas da obra *Pastoral aos Crentes do Amor e da Morte*, publicada em 1923" (RICIERI, 2014, p. 139), conforme desvenda o percuciente estudo de Ricieri, em "As várias faces de Ismália" (2014).

Especula-se ainda que o poder encantatório do poema "Ismália" e o seu tanto de "asa" e "leque" procedam das tantas camadas que nele subjazem, e dos signos ali presentes que despertam o imaginário, tudo orquestrado por uma linha melódica promovida pelo estrato fônico – sons sibilantes, fricativos palatais e vibrantes – evocativo de uma modulação sussurrante.

Dando continuidade ao mapeamento do percurso do poema "Ismália", encontra-se significativo exemplo em uma publicação da Cosac Naif, de 2006. O poema, em edição de 1500 exemplares, sendo 50 numerados, ressurge com ilustrações de Odilon Moraes e guarnecido por um protocolo de leitura – "Reflexos de Ismália" – assinado por Isabel Lopes Coelho. Medindo aproximadamente 12 cm por 16,7 cm, o objeto vem dentro de uma luva que não só o protege, mas também propicia um melhor acondicionamento para um livro-acordeão.

Por enquanto, toma-se distância da análise do objeto para elaborar uma base teórica de sustentação que dê conta da imagem – ilustração de Odilon Moraes – e do texto – poema de Alphonsus de Guimaraens. Primeiro, é preciso considerar que a relação entre imagem e texto em uma página se realiza de forma tensional. Não é por meio da conciliação que a imagem se articula com o texto, visto que a não linearidade contrasta com o movimento contínuo das linhas. Como ensina Michel Melot, "se o livro é um percurso, a imagem um obstáculo (ou uma área de repouso) na marcha regular do leitor" (MERLOT, 2012, p. 139). O ponto de vista assumido pelo pesquisador apoia-se na constatação de que a dobra, ao privilegiar o texto, varou "a superfície plana da qual a imagem dependia" (*Idem*), de tal modo que sua inserção nele não se deu sem entraves. Em termos gerais, a forma do livro tornou-se adversária das imagens. Embora haja vitórias – *offset*, litografia, fac-símile, autotipia –, a imagem para muitos ainda parece subordinada ao texto, quando é concebida como ilustração.

Em adesão ao pensamento defendido por Régis Debray em *Manifestos midiológicos* (1995), coloca-se em realce que a imagem não é linguagem, pois não se submete "a um sistema com dupla articulação" (DEBRAY, 1995, p. 182) e tampouco se coaduna com "a sucessividade linear da língua" (*Ibidem*, p. 184). O que chega aos olhos, na verdade, equivale a um disparo emotivo com a probabilidade quase certa de aceitação. "A imagem é uma síncope, contração dos momentos" (*Idem*), cuja fruição visual reivindica uma interrupção dos ponteiros do relógio para que se realize a contemplação de forma súbita e arrebatadora.

Para Lise Sabourin, em *Poésie et illustration* (2009), ilustrar um texto poético é iluminá-lo. Dilatando o sentido de ilustrar, ela propõe que se trata de conferir ao texto uma luz através de outras artes, "le plus souvent visuels, mais aussi sonores, parfois gestuels, éventuellement scéniques" (SABOURIN, 2019, p. 2).[17] Adverte que, nas relações entre poetas e artistas, pode ser detectada uma política de boa vizinhança, motivada por encontros de natureza diversa, a saber: composição de um livro de artista, leituras poéticas em galerias, abertura ao público de ateliês de artistas visuais seguidos de encontros de escritores. Contudo, cada um mantém-se em seu campo de atuação como forma de garantir autonomia e liberdade. Há muito poetas já expressaram suas desconfianças em relação a pintores e músicos que ilustravam suas obras com uma outra visão estética, porque tal iluminação poderia acarretar acréscimos, cortes ou mutação de sentido.

Sublinha ainda Lise Sabourin (2009) que a edição ilustrada, na história do livro, apresenta-se ligada à instrução popular, à educação infantil, porque se atribui à imagem o poder de suprir as dificuldades no desenvolvimento da leitura. Nessa concepção redutora, o que prevalece é o preconceito. Interpreta-se que tal preconceito encontra apoio em pilares grafocêntricos que ascenderam fortemente, segundo Debray (1995), no período da tipografia (*grafoesfera*) (DEBRAY, 1995, p. 215),[18] no qual a imagem era secundária em relação ao texto.

É indiscutível que a ilustração de um texto poético exerce forte atração sobre autores e leitores, como sub-

17 Trad.: "na maioria das vezes visual, mas também pode ser sonora, às vezes gestual e ocasionalmente cênica."

18 Cf. "período aberto pela técnica da tipografia: transmissão, principalmente, livresca de saberes e dos mitos."

linha Lise Sabourin. De modo geral, em lugar de criar embaraços ou destituir o texto do vigor inerente às palavras, a ilustração pode oferecer a ele um ornato, um esclarecimento de caráter simbólico, uma atualização, que "n'évacue pas les risques d'infidélité ou de perturbations" (SABOURIN, 2009 p. 2),[19] mas que faculta ao texto a possibilidade de alcançar um público leitor mais amplo, mais global ou renovado no decorrer das gerações, como ocorreu com o livro *Conto de escola*, ilustrado por Nelson Cruz, publicado pela Cosac Naify, em 2002.

Tais questões ecoam na ilustração do poema "Ismália", de Alphonsus de Guimaraens, por Odilon Moraes. Embora haja uma tendência em considerar que a obra se destina ao público infantil e juvenil, muito provavelmente por se tratar de uma obra ilustrada e com grande potencial lúdico, ela se endereça a todas as idades. Mais que um livro, é um objeto que propõe aos leitores uma experiência de leitura que se realiza em um espaço de mobilidade patrocinado pelo tipo de dobra. O formato sanfona, de franca influência oriental, propõe uma ideia de fluxo, refletindo a "antiga maneira de pensar dos chineses" (MERLOT, 2012, p. 53). Diferindo do tipo de dobra fixado pelo códice, o formato sanfona costuma ter maior rendimento nos chamados "livros de criação" e nos livros únicos.

Configurando-se como um livro que contém um certo acento artesanal, *Ismália* (2006) apresenta uma característica de considerado rendimento em obras

---

19 Trad.: "não elimina os riscos de infidelidade e de interferências".

voltadas para colecionadores, quando separa 50 exemplares que foram numerados e receberam a assinatura do ilustrador. Tal procedimento, além de reforçar a distinção, confere um valor não só venal, mas também artístico ao objeto, tendo em vista que, neste contexto, o ilustrador pleiteia o seu projeto gráfico.

Desdobrando o objeto, a ilustração de Odilon Moraes é de grande impacto emocional. O cenário, com forte carga de irrealidade, intensifica a imprecisão que ronda os espaços mencionados no poema. Nada se sabe acerca do lugar em que a torre se assenta e tampouco sobre que mar é esse a que o poema se refere. A entrada na obra se dá por um plano superior. Lá estão os dois primeiros versos do poema sucedidos pela parte mais alta da torre. Ambos estampados sobre um fundo escuro do qual mistérios podem surgir.

O plano/página, que vem a seguir, oferece uma panorâmica da cena – céu, mar, torre e lua em reflexo – e insere a imagem como baliza entre o segundo e o terceiro versos do poema. A ilustração em seu dinamismo orienta o movimento dos olhos no curso da narrativa, ao investir em aproximação e distanciamento, assim como em movimentações ascendentes e descendentes.

Ao mesmo tempo em que o espectador-leitor lê os versos do poema, ele também acompanha visualmente o desenrolar do drama, por meio de um jogo de reflexo que se atualiza tanto na duplicação da personagem quanto da lua, com o propósito de ilustrar de modo enfático a cisão existencial de Ismália proposta pelo poema. Ora vemos a cena do voo/salto de muito perto, ora a contemplamos de longe: *close* e panorâmica. Toda essa movimentação que regula o olhar do leitor-espectador quebra cinematograficamente a monotonia que poderia decorrer da redundância das imagens: torre, lua, céu, terra e a "Ismália criada por Odilon".

Quanto à personagem Ismália, a criação de Odilon Moraes evoca uma figura frágil e inflada de luz, quase lua/lírio no alto da torre. Na figuração proposta pelo artista, surge diante dos olhos do leitor-espectador uma imagem bastante ambígua e que tem a forma humana problematizada, muito embora esteja provida de braços e pernas. De forma genial, o ilustrador promove uma abertura de sentido em relação à personagem, já que, em algumas "tomadas", a figura de Ismália pode evocar, "um lírio", conforme destacou Isabel Lopes Coelho, mas também uma macabra bailarina de caixinha de música ou ainda uma espécie híbrida, entre tantas outras possibilidades, uma vez que a imagem, sendo portadora de ambiguidades, também vela e revela, assim como se abre e fecha-se aos olhos de quem a admira.

Se a ilustração comporta traços oníricos presentes ao poema, ela também quebra expectativas. Portanto, se o isolamento da personagem entra em sintonia com as donzelas encarceradas nas torres de castelos medievais, a "Ismália de Odilon", não se encaixa em tal modelo. A localização da torre, à beira-mar, faz supor que se trata de uma ilha, o que intensificaria mais ainda o insulamento da personagem, deixando uma brecha para que a torre possa valer como atalaia ou farol. Os sentidos do texto se ampliam, já que a imagem "é sempre promessa de outra coisa, equívoco infinito, nó de possibilidades" (*Ibidem*). Vê-se que o projeto de Odilon Moraes engendra jogos de ser e parecer, de forma que os constituintes das cenas suscitem ambivalências e permutas.

Em relação à cartela de cores, céu e terra se fundem em um mesmo tom que acentua a ambiência noturna, enquanto a técnica da aquarela – camada sobre camada – confere profundidade, recria a imensidão e visualmente transmite as correspondências tão ao gosto da estética simbolista. A articulação entre o claro e o escuro, entre luz e sombra, além de criar pontes com a poética de Alphonsus de Guimaraens, expõe, por meio da cor, a dualidade tão presente no poema.

Em perspectiva física, a arquitetura do livro-sanfona encena duplicidades, asas e sobressaltos. Os movimentos sugeridos pela dobra proporcionam tanto uma visualização ampla – versos e ilustração se o livro for desdobrado inteiramente –, quanto uma visão de dois em dois planos, se o desdobramento se realiza como um percurso a seguir. Há uma articulação permanente entre as duas formas de ver e ler a obra: uma, em que o todo se oferece à contemplação; e outra, em que se alcança o todo por meio dos planos. O desdobramento inerente à dramática condição da personagem se dissemina por todo o objeto e a vivência do salto da morte revela-se e esconde-se no abrir e fechar dos planos/páginas.

Segundo Isabel Lopes Coelho, o "tom das ilustrações, no entanto, de forma alguma permite aproximar a leitura da obra à rapidez contemporânea" (COELHO, 2006, s/p.). Sem dúvida, a aceleração do tempo que domina diferentes instâncias da vida humana acarreta mudanças significativas no modo de ver e ler. O sentido de poupar tempo leva às mediações facilitadoras e ao culto à mirada rápida, instaurando uma demanda do breve e do instantâneo. A *Ismália* de Odilon Moraes não faz acordo com a rapidez. O projeto gráfico estica o tempo de leitura, já que, sendo os versos balizados pelas imagens, o leitor-espectador atraído por elas desvia-se do texto para entregar-se à contemplação das aquarelas do artista. Mas para realizar o ato de contemplação, é indispensável que haja uma desaceleração do tempo, sem a qual o prazer e a fulguração despertados pelas imagens se esvairiam.

A desaceleração do tempo também se espraia pelo poema e expande-se até o ato de leitura, como consequência de uma diagramação que interfere no tradicional formato – coluna – do texto lírico composto por Alphonsus de Guimaraens. Os vinte versos distribuídos em cinco estrofes, publicados em *Pastoral aos crentes do amor e da morte,* recebem uma nova distribuição gráfica. Ora os versos são apresentados como dísticos encimando a ilustração, ora a ilustração se interpõe entre eles, desfazendo a estrofe de dois versos, procedimento que redobra a dualidade e a cisão experimentadas por Ismália.

Um exame mais detalhado da diagramação revela que os versos, deslocados para a esquerda, funcionam não só como legendas para as aquarelas de Odilon Moraes, mas também direcionam o olhar do leitor para cima e para baixo – céu e mar –, convertendo o dilema da personagem em uma vivência visual que culmina com uma dramática solução para conflito entre corpo e o espírito: "Sua alma subiu ao céu, / Seu corpo desceu ao mar" (GUIMARAENS, 2020(b), p. 92).

Ainda sobre a ilustração de "Ismália", é importante destacar que, embora mantenha fidelidade aos elementos presentes ao poema – lua, torre, céu, mar, figura feminina –, a eles não se subordina. As dinamizações promovidas pela paleta de cores, pelo desenho, pela aquarela e pela forma do livro ampliam os sentidos do texto lírico composto por Alphonsus de Guimaraens, assim como reconfiguram e potencializam elementos e traços recorrentes na poética do autor. De outro ângulo, o projeto gráfico opera dobras nos sentidos previsíveis e estáveis do poema, quando o liberta da rigidez de sua forma primeira – a coluna –, propondo mobilidade e arejamento das estrofes. Mais uma vez, o poema "Ismália" ressuscita.

Enfim, o que se buscou neste texto foi dar curso a uma percepção suscitada pelo arquitetural em diferentes instâncias. Tendo como ponto de partida a presença inquietante de edificações na poesia lírica em relação direta com a questão identitária, seguiu-se em direção ao livro, perseguindo sua forma arquitetural seja como edifício, câmara ou "tumba" (MERLOT, 2012, p. 50), para se chegar a um projeto de ilustração que dialoga com a arquitetura do livro.

Ambientado no espaço poético de Alphonsus de Guimaraens, o itinerário percorrido privilegiou poemas relacionados às construções arquitetônicas, a capa do livro *Dona Mística* e a obra *Ismália* com ilustrações de Odilon Moraes. Evidentemente, nesse percurso houve alguns desvios que foram ocasionados pela hesitação em avançar na proposta focada na arquitetura, sempre que o respaldo conceitual se fez necessário.

A presença de construções arquitetônicas em poemas de Alphonsus de Guimaraens problematiza duas questões caras à poética do autor. A primeira refere-se a um sujeito lírico cuja enunciação, ao realizar-se por meio de edificações, interroga a condição instável e insular de um "eu" constantemente ameaçado pela impermanência e pela marcha em direção a morte. A segunda diz respeito aos movimentos ou posicionamentos espaciais com direções bem fixadas – do baixo para o alto, do alto para o baixo, do interior para o exterior –, dando a impressão de que o sujeito lírico quer controlar o espaço, dominá-lo. Contudo, por não se localizar nem entre os vivos e nem entre os mortos, entrega-se à vigília e à vigilância, sem que consiga impedir o desvanecimento das formas arquiteturais geralmente obnubiladas pelas brumas, pelo "sol incerto", pelo ocaso.

No espaço poético – espécie de câmara em que habita – Alphonsus de Guimaraens apresenta-se como um operador de dobras enquanto sujeito lírico. Em sua vocalização, realiza dobras que rompem com a lógica da linguagem comum para "Cantar o que jamais fosse cantado, / Dizer as sensações que ninguém disse!" (GUIMARAENS, 2001, p 142). Para realizar tal desejo, busca uma linguagem lábil na qual lhe seja possível dobrar o verso em direção à música, as palavras em direção a deslizamentos, ambiguidades e permutas semânticas, bem como elaborar metáforas direcionadas ao inusitado – "Sou o cálice de lis onde murmura o vento" (*Ibidem*, p. 126).

Outro ponto a ser observado entre arquitetura e lírica assenta-se em uma posição consignada por Philippe Hamon: "Tout texte lyrique, en ce sens, est un peu stèle, épitaphe e tombeau" (HAMON, 1989, p. 189).[20] Assim, o poema lírico, do ponto de vista da construção arquitetônica, apresenta-se como monumento funerário que conta com a possibilidade de ser vivificado não só por meio de leituras e usos, mas também pelo diálogo com as artes visuais, como bem demonstrou a trajetória do poema "Ismália". Os livros enquanto objeto, conforme já observou Michel Melot, podem ser configurados também como "monumentos de pedra" (MERLOT, 2012, p. 137), pelo caráter duradouro e protetor do objeto. Tal observação estimula a pensar que os poemas, nessa dimensão mineralizante, equivalem a monumentos que ficam à espera da visita dos leitores.

Finalizada a visita à câmara nem sempre ardente e aos monumentos que a ela se agregam, fica a ideia de que Alphonsus de Guimaraens – sujeito da lírica – investe em edificações e opera dobras para fundir a firmeza material a valores simbólicos, processos que não evitam a dissolução do sujeito lírico, mas que permitiram ao poema "Ismália" converter-se em monumento de sua própria obra e da dramática condição humana.

20 "Todo texto lírico, neste caso, é um pouco estela, epitáfio e tumba"

Referências bibliográficas

BENSON, Ambrosius. *Young woman in Orison reading a book of hours*. Disponível em: https://www.wga. Acesso em: 18 ago. 2021.

COELHO, Isabel Lopes. Os reflexos de Ismália. In: GUIMARAENS, Alphonsus. *Ismália*. Ilustração de Odilon Moraes. São Paulo: Cosac Naify, 2006.

DEBRAY, Régis. Imagem não é linguagem. In: ___. *Manifestos midiológicos*. Tradução de Guilherme João de Freitas Teixeira. Petrópolis, RJ: Vozes, 1995.

DELEUZE, Gilles. Qu'est-ce qui est le Barroque? In: ___. *Le pli*: Leibniz et le Barroque. Paris: Les Éditions de Minuit, 1988.

EMICIDA. AmarElo. Disponível em: https:www.vagalume.com.br. Acesso em 20 ago.2021.

GUIMARAENS, Alphonsus. *Dona Mística*. Ilustração da capa de Archangelus de Guimaraens. Vila Rica, MG: [*s.n.*], 1894. (Manuscrito). Disponível em: https://bdlb.bn.gov.br. Acesso em: 5 ago. 2021.

_______. *Melhores poemas de Alphonsus de Guimaraens*. Seleção de Alphonsus de Guimaraens Filho. 4. ed. São Paulo: Global, 2001.

_______. *Ismália*. Ilustração de Odilon Moraes. São Paulo: Cosac Naify, 2006.

_______. *Dona Mística*. 2. ed. Rio de Janeiro: Editora 7Letras, 2020.

_______. *Pastoral aos crentes do amor e da morte*. 2. ed. Rio de Janeiro: Editora 7Letras, 2020(b).

HAMON, PHILIPPE. Texte lyrique et exposition. In: ____. *Expositions*: littérature et architecture au XIXe siècle. Paris: José Corti, 1989.

MALLARMÉ, Stéphane. *Quant au livre*. Périgueux, FR: Art&Arts; Willian Blake and Co. Edit., 2010.

MERLOT, Michel. *Livro*,. Prefácio à edição brasileira de Marisa Midori Deaecto; prefácio à edição francesa de Régis Debray; fotografia de Nicolas Taffin; tradução de Marisa Midori Deaect e Valéria Guimarães. Cotia, SP: Ateliê Editorial, 2012. (Coleção Artes do Livro).

PEIXOTO, Sérgio Alves. Alphonsus de Guimaraens: a vivência poética do amor e da morte. In: ____. *A consciência criadora na poesia brasileira*: do barroco ao simbolismo. São Paulo: Annablume, 1999.

REIS, Polidoro. A Alphonsus de Guimaraes pela oferta do "Setenário" e de "Mística". *Conceição do Serro:* órgão oficial do município, Cidade da Conceição (MG), ano 1, n. 7, p. 1, 1º maio 1904. Disponível em: https://bn.gov.br/hemeroteca-digital/. Acesso em: 30 jul. 2021.

RICIERI, Francine Fernandes Weiss. *Imagens do poético em Alphonsus de Guimaraens*. São Paulo: Editora Fap-Unifesp: Edusp, 2014.

SABOURIN, Lise (dir.). *Poésie et Illustration*. Nancy: Presses Universitaires de Nancy, 2009.

VERAS, Eduardo Horta Nassif. *O oratório poético de Alphonsus de Guimaraens*: uma leitura do *Setenário das Dores de Nossa Senhora*. Belo Horizonte, MG: Relicário Edições, 2016.

A catedral e o oratório: arquiteturas poéticas

Eduardo Veras

Palavra, pedra e cal

É difícil ler e estudar Alphonsus de Guimaraens sem se deixar levar pela imaginação das vielas, das noites enevoadas, das igrejas de Ouro Preto, Conceição do Serro e Mariana. Críticos de alto quilate foram mais longe e viram na relação do poeta com aquele espaço algo atemporal uma chave de leitura para a sua obra. Andrade Muricy, por exemplo, diz o seguinte:

> Alphonsus de Guimaraens, vivendo a alma das cidades mortas de Minas, ao pé das velhas igrejas e dos venerandos cemitérios "em sagrado", foi talvez o único que não "escolheu" aqueles temas, por que eles lhe eram impostos pela sua vida e pela paisagem em que transcorreu a sua existência meditativa (MURICY, 1987, p. 448).

Já para Wilson de Melo da Silva:

> Alphonsus de Guimaraens provavelmente não teria sido o poeta simbolista e místico que foi se não tivesse morado em velhas cidades mineiras, repletas de igrejas e impregnadas de religiosidade, como Ouro Preto, Conceição do Serro e Mariana (SILVA, 1971, p. 236).

Se a abordagem de ambos soa determinista demais, nada nos impede, por outro lado, de pensar em outros termos a relação da poesia de Alphonsus com as cidades históricas, sua arquitetura, sua religiosidade. Eu arriscaria dizer que essa convergência se efetiva na excelência do trabalho estético-arquitetônico-simbólico materializado, principalmente, nos edifícios religiosos, nas igrejas, nas catedrais. Num texto de 1859, discorrendo sobre a representação artística de temas religiosos, Baudelaire (1995, p. 810) afirma que "a religião é a mais alta ficção do espírito humano" e que "ela exige dos que se dedicam à expressão de seus atos e sentimentos a imaginação mais vigorosa e os esforços mais intensos." No mesmo texto, um pouco mais à frente, o poeta francês afirma ainda que

> o poeta, o ator e o artista, no momento em que executam suas obras, acreditam na realidade daquilo que representam, inflamados que estão pela necessidade do próprio trabalho. Assim, a arte é o único campo espiritual em que o homem pode dizer: "acreditarei se quiser, e, se não quiser, não acreditarei!" (BAUDELAIRE, 1995, p. 818).

A ideia da religião como a mais alta ficção do espírito humano não deve ser entendida sob um perspectiva ontológica, que oporia verdade/realidade e ficção. O termo "ficção", aqui, aparece no sentido aristotélico de construção, elaboração, arranjo, fabulação. Dessa forma, a religião constitui sobretudo, para o artista, um grande desafio técnico-formal, que pouco tem a ver com sua condição de crente ou não. Isso desloca o problema da arquitetura religiosa em Alphonsus de Guimaraens para o plano da forma poética entendida como realidade paralela à experiência histórica do "solitário de Mariana", do poeta das "cidades mortas". Isso me permite falar não somente das catedrais *na* obra de Alphonsus de Guimaraens, mas também dos poemas, livros e ideias de Alphonsus de Guimaraens *como* catedrais, como arquiteturas saturadas de sentido simbólico.

Paul Verlaine (1962, p. 701), num poema que começa com os versos "La cathédrale est majestueuse / que j'imagine en pleine campagne" (É majestosa a catedral / que imagino em pleno campo), parece se apropriar da catedral menos como imagem realista do mundo, de um objeto do mundo, que como imagem estrutural, isto é, como figura capaz de simbolizar o funcionamento da própria imaginação poética:

> Ce n'est pas un rêve ni la vie,
> C'est ma belle et ma chaste pensée,
> Si vous voulez, ma philosophie.
> (VERLAINE, 1962, p. 701)[1]

Trata-se de uma catedral esboçada justamente no intervalo entre o sonho e a vida, ali onde Verlaine identificará seu "belo e casto pensamento". No poema "A catedral", que integra, sozinho, o capítulo IV de *Kiriale*, Dona Guiomar pede a Deus que lhe conceda a graça da eternidade em troca da construção de uma catedral:

1 Tradução livre: Não é um sonho nem a vida, / É meu belo e casto pensamento, / Se quiserem, minha filosofia

Senhor Deus de Alta clemência,
Eis o que hoje vos imploro:
Seja eterna a minha existência
Neste deserto onde moro.

A Catedral que vos levanto
É feita de pedra e cal...
Senhor Deus, que eu exista enquanto
Existir a Catedral.
(GUIMARAENS, 1997, p. 150)

A promessa da personagem se organiza em torno de alguns paralelismos. A existência humana, finita, associada ao deserto; a eternidade, divina, à qual aspira Dona Guiomar, associada à Catedral. Essa, portanto, se opõe à finitude e ao vazio, à morte e à ausência de sentido. O gesto da personagem, que se tornaria uma condenação diante do envelhecimento do corpo e da inexorabilidade da Casa de Deus, antes de se configurar como obra de "pedra e cal", se apresenta como uma declaração, como "palavras [que vão] céu arriba", para citar outro verso do poema. Ao torná-la imortal, a Catedral reatualiza também *ad infinitum* a promessa, a história (não por acaso uma "Lenda do Báltico Transplantada para Portugal", como diz o subtítulo) e, consequentemente, o próprio poema, que se torna, como toda lenda, uma espécie de monumento cultural destinado a se repetir sempre.

A Catedral de *Kiriale* é também, portanto, o próprio poema construído sobre a base lendária, que contribuiria para instaurar "um afastamento algo hierático" do texto em relação à experiência subjetiva do poeta e de um eventual leitor (considerando-se a inacessibilidade do referencial lendário em questão), conforme a leitura que Francine Ricieri (2014, p. 162) faz do poema em seu livro *Imagens do Poético em Alphonsus de Guimaraens*.

Não seria incorreto dizer que nosso poeta realiza, em várias de suas produções poéticas, um desejo de arquitetura eclesiástica. *Setenário das Dores de Nossa Senhora* é um caso exemplar, cuja estrutura procurei, em meu livro de 2016, aproximar do funcionamento dos oratórios musicais, formas arquitetônicas, à sua maneira, constituídas de palavras e sons.

Um oratório poético[2]

Escrito entre 1892 e 1894, mas publicado somente em 1899, dividindo volume com *Câmara ardente*, *Setenário das Dores de Nossa Senhora* é o ponto de partida de uma trajetória poética marcada pela tensão entre o sentimento religioso e a razão poética moderna. Sabemos que, na história da arte cristã, a racionalidade poética esteve a serviço da verdade religiosa; na *Divina Comédia*, de Dante, nas grandes catedrais europeias, nos oratórios de Bach, a inteligência artística e o esmero da forma alcançam níveis poucas vezes igualados de excelência, sempre com o intuito de espelhar a grandeza e perfeição do Criador. E é justamente essa perfeição formal o que primeiro a atenção no conjunto do *Sete-*

2 Nessa seção, retomo trechos do ensaio " "O poeta que quiser chorar convosco" – sentimento religioso e razão poética no *Setenário das Dores de Nossa Senhora*", publicado em GUIMARAENS, 2018.

nário. Concebido como uma arquitetura significativa, o livro é composto por sete capítulos, contendo cada um sete sonetos, que, organizados em torno dos sete episódios bíblicos que retratam as sete Dores de Maria, diretamente evocados por epígrafes retiradas da *Vulgata*, compõem um tecido narrativo ao mesmo tempo que se apresentam como meditações de cunho ora lírico ora metalinguístico sobre as cenas narradas.

O livro é, portanto, espaço de celebração e meditação do Evangelho, espaço de conexão com o sagrado, desejo de elevação, materializado na forma, como nas catedrais. Seguindo o esquema de celebração das Dores de Maria, estabelecido no século XIV, a narrativa recomposta por Alphonsus de Guimaraens respeita a seguinte sequência: 1ª Dor) profecia de Simeão; 2ª Dor) matança dos inocentes e a fuga para o Egito; 3ª Dor) perda de Jesus em Jerusalém; 4ª Dor) prisão e julgamento de Jesus; 5ª Dor) crucificação e morte de Jesus; 6ª Dor) descida da cruz e 7ª Dor) sepultamento. Explicitamente fundada sobre o número sete da perfeição (sete Dores, sete capítulos, sete sonetos), a arquitetura do *Setenário das Dores de Nossa Senhora* representa uma concepção orgânica e significativa de livro, que se opõe ao mero conjunto de poemas esparsos ou à ideia de coletânea e onde cada pedra é plena de sentido em vista do edifício completo da catedral.

A tensão a que me refiro está na base do debate que se estabeleceu no âmbito da fortuna crítica de Alphonsus de Guimaraens a respeito do livro. Entre o sentimento religioso e o artesanato verbal, houve quem fizesse questão de enfatizar a lealdade do poeta ao universo cristão. Henriqueta Lisboa (1945, p. 40), por exemplo, em conferência proferida no Rio de Janeiro, em 1937, a convite do então Ministro da Educação Gustavo Capanema, define o *Setenário das Dores de Nossa Senhora* como "um livro de orações", "mais que um livro de versos". Na visão da grande poeta, os fragmentos consagrados às Dores de Maria se unem como um "rosário maravilhoso que se desgrana como contas", "pelo mesmo fervor angelical e pela mesma graça lírica". Por fim, Lisboa propõe uma chave de leitura biográfica para o interesse do poeta pelo destino da mãe de Jesus, que remete à tendência biografista que marca a primeira recepção da obra de Alphonsus:[3] "Desenganado da vida bem cedo, (se é que algum dia a ilusão chegou a deslumbrar-lhe a natureza de asceta), recolhe-se ao silêncio e à meditação, porque também ele, com a Virgem da Soledade, deveria sentir a mág[o]a de 'Ser do céu e viver longe de Deus'".[4]

A fim de ilustrar o outro lado do debate acerca da relação entre religiosidade e literatura na obra de Alphon-

3 Para uma reflexão mais aprofundada a respeito da recepção crítica da obra de Alphonsus de Guimaraens, remeto a leitor ao primeiro capítulo de meu livro: VERAS, 2016.

4 Importante ressaltar que o viés biográfico de leituras como a de Henriqueta Lisboa é inseparável de uma certa mitificação da figura de Alphonsus como o solitário de Mariana ou como o jovem desenganado diante da perda precoce da noiva Constança. Nesse sentido, sua adesão à crítica biográfica tradicional, fundada sobre a relação direta entre vida e obra, deve ser relativizada pelo reconhecimento do caráter notadamente ficcional dessa imagem de poeta que a própria obra de Alphonsus, de alguma maneira, ajuda a criar.

sus de Guimaraens, tomo como exemplo o artigo de Murilo Mendes publicado na edição de 3 de julho de 1937 do jornal *Folha de Minas*, no qual defende que "a simpatia de Alphonsus pela liturgia [tem] sua origem na leitura de seus autores prediletos", dentre os quais cita Villiers de L'Isle Adam, além de Huysmans, Verlaine e Mallarmé. Mendes procura demonstrar, em seu texto, que a motivação estética prevalece sobre a confissão religiosa na poética de Alphonsus de Guimaraens, a exemplo do que se verifica nos grandes nomes do Simbolismo francês e, consequentemente, da modernidade poética.

Com efeito, ao ressaltar a supremacia do estético ou, em outras palavras, a autonomia do poético sobre o extraliterário, Murilo Mendes, falando não apenas como leitor de Alphonsus mas também como um dos principais representantes de nossa modernidade poética, reivindica para o autor do *Setenário das Dores de Nossa Senhora* o status de poeta moderno. Nesse caso, o ponto central que define o pertencimento à tradição da lírica moderna é o processo de *despersonalização* do discurso poético, que se explica pela quebra da "unidade de poesia e pessoa empírica" (FRIEDRICH, 1991, p; 50), de matriz romântica.

Essa afinidade entre a poética de Alphonsus e a modernidade lírica seria cada vez mais ressaltada pela crítica especializada. Em virtude de sua complexidade estrutural, *Setenário das Dores de Nossa Senhora* torna-se um campo privilegiado de reflexão sobre o construtivismo poético que diversos críticos, principalmente no âmbito universitário, passariam a identificar na poética de Alphonsus de Guimaraens. Para o jornalista Tácito Pace:

> A intencionalidade da escolha do tema [do *Setenário*], a arquitetura de sua estruturação, o lirismo litúrgico e a apoteose à Virgem Maria excluem qualquer devaneio relacionado com os problemas sentimentais do poeta e mesmo com seu comportamento emocional, derivado de seu noivado (PACE, 1984, p. 97).

Pace fala em "intencionalidade" e privilegia, em sua apreciação da obra, elementos internos à obra literária em oposição à abordagem biográfica tradicional, que entende a obra como expressão de uma pessoa empírica anterior ao texto. Anos mais tarde, Francine Ricieri (2001, p. 36) identificaria, sob o "aparente confessionalismo anacrônico" da obra justamente uma "intelecção do poético que remete diretamente a concepções que começam a ser concretizadas em obras poéticas como a de Charles Baudelaire e escritores afins".

Os esforços da Crítica em "rever a perspectiva biografista comum à leitura consagrada do poeta" (RICIERI, 2014, p. 40) buscaram evidenciar a riqueza formal e autorreflexiva do livro inaugural de Alphonsus de Guimaraens, características que o inserem de fato no coração da lírica moderna, ao lado de nomes como Baudelaire e Mallarmé. Em *O oratório poético de Alphonsus de Guimaraens* (VERAS, 2016), procurei reforçar essa leitura do *Setenário*, evidenciando a relação entre misticismo e intelecção poética que se estabelece graças à complexa arquitetura da obra, constituída pela convergência de elementos narrativos, líricos, dramáticos e metalinguísticos no interior dos quarenta e nove sonetos e dos dois poemas de abertura e encerramento que compõem o livro. Associei essa estrutura discursiva ao oratório, gênero da música religiosa inserido na tradição litúrgica do cristianismo. A exemplo dos recitativos dos oratórios, os trechos narrativos do *Setenário* remetem de maneira mais direta aos episódios da trajetória de Maria representados na Bíblia, enquanto os trechos líricos se associam às meditações e aos momentos de louvor a cargo, no gênero musical, das árias e ariosos.

Mas a dimensão mística e a celebração religiosa, que marcam o parentesco desse oratório moderno com a tradição litúrgica do cristianismo, não corresponde à totalidade da experiência poética arquitetada no livro de Guimaraens. Ao impulso místico, ao desejo de vivenciar poeticamente o sofrimento de Maria, deve-se acrescentar a interrupção crítica do voo espiritual, realizada pela emersão do sujeito lírico convertido em voz metalinguística, isto é, em dispositivo autorreflexivo, presente em todos os capítulos da obra. Nesses momentos, é comum que os limites da humanidade do poeta diante da santidade de seu objeto de louvor apareça associado aos limites da própria linguagem, numa interessante convergência entre um problema de ordem teológica e outro de ordem literária. Cito, à guisa de exemplo, os tercetos do soneto VII da Sexta Dor:

> Nem pretendo, Senhora, (fora um sonho)
> Dizer toda a agonia que sofrestes
> Nos versos que ante vós, humilde, ponho.

> Por mais nobre que seja, é sempre tosco,
> Tem sempre versos pálidos como estes
> O poeta que quiser chorar convosco.
> (GUIMARAENS, 1997, p. 215)

Aqui, vemos o poeta abrir mão da própria narração e da celebração das Dores para, num gesto de distanciamento religioso e discursivo, denunciar a insuficiência da poesia diante do Mistério. Esse reconhecimento dos limites ontológicos da palavra poética, dramatizado no âmbito mesmo de uma empreitada mística, é o elemento moderno – associável à ideia de crítica – que estabelece a tensão poética que distingue o *Setenário das Dores de Nossa Senhora* tanto de obras confessionais quanto de obras reduzidas ao materialismo poético que vingaria principalmente em vertentes vanguardistas da modernidade poética e que seriam confundidas por muitos críticos com *a modernidade* em si.[5]

A dialética entre a fé e o reconhecimento dos limites da linguagem se realiza, então, graças à arquitetura dinâmica da obra, que pode ser resumida pela convergência de três dimensões discursivas: 1) a narrativa, correspondendo à busca do eu lírico (identificado a uma espécie de recitador) pela vivência poético-mística das Dores de Maria, 2) a lírica, caracterizada pela celebração religiosa dos episódios narrados, e, finamente, 3) a metalinguística, na qual assiste-se à emersão do sujeito

5 A esse respeito remeto o leitor ao livro *Os cinco paradoxos da modernidade* (COMPAGNON, 2003).

poético e à reflexão sobre os limites ontológicos e poéticos de sua proposta de cantar/vivenciar o sofrimento da mãe de Cristo.

Entre a narrativa, a celebração e a autocrítica, o *Setenário* de Alphonsus de Guimaraens se constrói como um dos livros mais originais da literatura brasileira, conforme a apreciação de Manuel Bandeira em sua *Apresentação da poesia brasileira*. Tal originalidade se deve ao casamento perfeito entre sentimento religioso e razão poética, entre a *expressão* da fé e a *construção* do discurso. Nesse livro, conforme a intuição dos críticos que sobre ele se debruçaram, o problema dos limites que separam vida e obra, credo religioso e trabalho poético, se coloca de imediato, em função justamente da tensão entre a temática da obra e sua arquitetura formal rigorosamente elaborada.

Lúgubres responsos

Outra "catedral", publicada incialmente em periódico no ano de 1915, encerra o livro *Pastoral aos crentes do amor e da morte*, organizado postumamente em 1923 sob os cuidados de João Alphonsus. Trata-se de um dos poemas mais conhecidos de nosso poeta e que merece ser relido na íntegra:

A Catedral

Entre brumas ao longe surge a aurora,
O hialino orvalho aos poucos se evapora,
    Agoniza o arrebol.

A catedral ebúrnea do meu sonho
Aparece na paz do céu risonho
    Toda branca de sol.

E o sino canta em lúgubres responsos:
"Pobre Alphonsus! Pobre Alphonsus!"

O astro glorioso segue a eterna estrada.
Uma áurea seta lhe cintila em cada
    Refulgente raio de luz.
A catedral ebúrnea do meu sonho,
Onde os meus olhos tão cansados ponho,
    Recebe a benção de Jesus.

E o sino clama em lúgubres responsos:
"Pobre Alphonsus! Pobre Alphonsus!"

Por entre lírios e lilases desce
A tarde esquiva: amargurada prece
    Poe-se a luz a rezar.
A catedral ebúrnea do meu sonho
Aparece na paz do céu tristonho
    Toda branca de luar.

E o sino chora em lúgubres responsos:
"Pobre Alphonsus! Pobre Alphonsus!"

O céu e todo trevas: o vento uiva.
Do relâmpago a cabeleira ruiva
    Vem acoitar o rosto meu.
A catedral ebúrnea do meu sonho
Afunda-se no caos do céu medonho
    Como um astro que já morreu.

E o sino geme em lúgubres responsos:
"Pobre Alphonsus! Pobre Alphonsus!"
(GUIMARAENS, 1997, p. 372)

Como na Catedral de *Kiriale*, nessa também está em jogo uma tensão entre o tempo e o espaço, entre a finitude humana e a perenidade do monumento. No plano linguístico, temos o contraste entre a estrutura musical do poema – construído em quatro sextetos e quatro dísticos que servem de refrão – e a progressão semântica que representa a evolução do dia (da aurora ao tenebroso céu noturno) e suas correspondências com as idades e os estados de espírito do poeta. Tem-se aqui, em primeiro lugar, uma catedral flagrada sob os efeitos da jornada do sol, como na emblemática série de trinta quadros da Catedral de Rouen pintados por Claude Monet no início da década de 1890.

Além disso, tem-se um poema-catedral, ritmado pela repetição do dobre lúgubre do sino, que representa um dos poucos elementos de perenidade no âmbito de um poema-arquitetura todo atravessado pelo fluir temporal. "Pobre Alphonsus! Pobre Alphonsus!" é, ao mesmo tempo, reprodução sonora, no plano do significante (atente-se para o ataque da oclusiva /p/ sucedido pela abertura dos sons vocálicos /al/ e /on/, reproduzindo uma estrutura rítmica associável a uma possibilidade de dobre de finados), e profecia de morte (decreto prematuro do destino), no plano do significado, que ecoa desde a "manhã" do poema/vida do eu-lírico. Por fim, fechando o círculo de analogias, ressaltemos a identificação do poema-catedral também com o próprio eu-lírico, conforme se lê no verso "A catedral ebúrnea de meu sonho", que se repete ao longo de todas as estrofes, inalterado, exceto pela introdução de uma conjunção aditiva em sua última aparição. Digamos, portanto, que a catedral é igualmente o templo *no* poema, o templo *do* poema e o templo *do* poeta. Identificada ao poema e ao próprio sujeito, a catedral é imagem da totalidade no cruzamento dos eixos horizontal (do tempo) e vertical (da eternidade).

O "solitário de Mariana" não apenas caminha entre catedrais, à sombra de torres e cruzes e ao som de dobres e badalos. A poesia de Alphonsus, para além da rasa associação explicativa entre a vida e a obra, mas também num lugar outro em relação à leitura mera e friamente estrutural, apropria-se da catedral, quer tornar-se catedral em seu desejo de forma saturada de simbolismo, em sua característica tensão mística. As pedras-palavras que formam essas catedrais são também projeções corporais, carnes-palavras de um sujeito lírico fora de si.[6] Um eu que é tempo e eternidade também.

Referências bibliográficas

BANDEIRA, Manuel. *Apresentação da poesia brasileira – seguida de uma antologia de versos*. Rio de Janeiro: Livraria – Editora da Casa do Estudante do Brasil, s/d.

BAUDELAIRE, Charles. *Poesia e prosa*. Vários tradutores. Edição organizada por Ivo Barroso. Rio de Janeiro: Nova Aguilar, 1995.

6 Aqui tenho em mente a seguinte afirmação de Michel Collot a respeito da constituição da subjetividade lírica: "o sujeito não pode se exprimir senão por essa carne sutil que é a linguagem, que dá corpo ao seu pensamento, mas que permanece um corpo estranho" (COLLOT, 2018, p. 51.).

COLLOT, Michel. *A matéria-emoção*. Trad. Patrícia Souza Silva. Rio de Janeiro: Oficina Raquel, 2018.

COMPAGNON, Antoine. *Os Cinco paradoxos da modernidade*. Trad. Cleonice Mourão, Consuelo Santiago e Eunice Galéry. Belo Horizonte: Editora UFMG, 2003.

FRIEDRICH, Hugo. *Estrutura da lírica moderna. 2º.ed.* Tradução de Marise M. Curioni e Dora F. da Silva. São Paulo: Duas Cidades, 1991.

GUIMARAENS, Alphonsus de. *Poesia completa*. Rio de Janeiro: Nova Aguilar, 1997.

_______. *Setenário das Dores de Nossa Senhora*. Ipatinga: Casa Sol Invictus, 2018.

LISBOA, Henriqueta. *Alphonsus de Guimaraens*. Rio de Janeiro: Agir, 1945.

MENDES, Murilo. Alphonsus de Guimaraens. *Folha de Minas,* Belo Horizonte, 3 jul. 1937.

MURICY, Andrade. *Panorama do movimento simbolista brasileiro*. São Paulo: Perspectiva, 1987. 2v.

PACE, Tácito. *O simbolismo na poesia de Alphonsus de Guimaraens*. Belo Horizonte: Comunicação, 1984.

RICIERI, Francine Fernandes Weiss. *A imagem poética em Alphonsus de Guimaraens:* espelhamentos e tensões. Tese de Doutorado. Campinas: Instituto de estudos da linguagem, UNICAMP, 2001.

_______. *Imagens do poético em Alphonsus de Guimaraens*. São Paulo: Editora Fap-Unifesp: Edusp, 2014.

SILVA. Wilson Melo da. *O simbolismo e Alphonsus de Guimaraens*. Belo Horizonte: Imprensa Oficial, 1971.

VERLAINE, Paul. *Œuvres poétiques complètes*. Texte établi et annoté par Y.-G. Le Dantec, Édition revue, completée et présentée par Jacques Borel. Paris: Gallimard, 1962. Coll. Bibliothèque de la Pléiade.

VERAS, Eduardo Horta Nassif. *O oratório poético de Alphonsus de Guimaraens:* uma leitura do Setenário das Dores de Nossa Senhora. Belo Horizonte: Relicário, 2016.

Gestos de envio, anacronismos, inscrições tumulares[1]

Francine Fernandes Weiss Ricieri

> Porque o século XIX descobriu um espaço de imaginação cuja potência as épocas precedentes não haviam sem dúvida pressuposto. Esse novo lugar dos fantasmas não é mais a noite, o sono da razão, o vazio incerto aberto diante do desejo; pelo contrário, é a vigília, a atenção infatigável, o zelo erudito, a atenção às emboscadas. Daí em diante, o quimérico nasce da superfície negra e branca dos livros impressos, do volume fechado e poeirento que se abre para um voo de palavras esquecidas; ele se desdobra cuidadosamente na biblioteca aturdida, com suas colunas de livros, seus títulos alinhados e suas prateleiras que a fecham de todos os lados, mas entreabrem do outro lado para mundos impossíveis. (...) O imaginário não se constitui contra o real para negá-lo ou compensá-lo; ele se estende entre os signos, de livro a livro, no interstício das repetições e comentários; ele nasce e se forma no entremeio dos textos. É um fenômeno de biblioteca (FOUCAULT, 2001, p. 79-80).

---

1 Os argumentos que organizam este texto não estariam completos sem indicações bibliográficas que, desde 2018, foram muito gentilmente compartilhadas comigo por Jean Nicolas Illouz, a quem agradeço.

Salut!!!

A expressão aparece duas vezes no mesmo soneto de Alphonsus de Guimaraens: no verso de abertura, pode referir a saudação ou o encontro (simbólico?) entre pares; no verso de fechamento, parece *encenar*, com valor de interjeição, um ou ambos os gestos – além de possíveis outros mais. Na primeira estrofe, o poema se dirige às *Musas* convocadas a contemplar a cena. Na última, um gesto presentifica o enunciador e se abre em oferenda sem destino nomeado: quem seriam os interlocutores saudados e/ou convocados a um específico *brinde* que congrega pares?

Escrito em francês, o poema integrou a publicação póstuma *Pauvre lyre* (1921) e traz, em seu título, no mesmo golpe, um gesto de endereçamento, um curioso movimento no tempo e a formulação de um elogio fúnebre:

Pour le tombeau de Jacques D'Avray

Muses, vous le voyez: c'est le salut des pairs.
Ci-gît le chevalier du saint Luth, douce Altesse
Du rhythme: comme une ombre étoillée, il se dresse
Bercé par l'harmonie insigne de ses vers.

Le laurier sur sa tête une guirlande tresse:
Dans ses yeux, morts pourtant, éclosent des éclairs,
Et sur la tombe dort l'apaisement des airs,
Les barcaroles en paroles de détresse!

Son âme, sur la pointe et sur l'aile des glaives,
Fleurit dans l'élysée étincelant: ses rêves
Renaîtront ici-bas aux cordes du saint Luth....

Son plectre, volant vers la demeure solaire,
Étoile blanche dans les toiles du mystère,
S'enfonce dans le ciel comme une croix... Salut!![2]
(GUIMARAENS, 1960, p. 374)

Valendo-se de uma posição que recorre à afetação de modéstia, como na alusão ao estilo "fraco e rude" (GUIMARAENS, 1960, p. 167)[3] presente em um dos mais conhecidos poemas do *Setenário das Dores de Nossa Senhora*, já o título *Pauvre lyre* reverbera os incontáveis movimentos de reflexão sobre a atividade da escrita disseminados no contexto mais amplo da poesia de Alphonsus de Guimaraens. No caso específico desse poema, à *pobre lira* decantada naquele volume é im-

2 Preparei uma tradução semântica:
Para o túmulo de Jacques D'Avray

Musas, notai: é a saudação dos pares.
Aqui jaz o cavaleiro da Lira santa, doce Alteza
Do ritmo: como uma sombra estrelada, ele se eleva
Embalado pela harmonia insigne de seus versos.

O louro sobre sua testa trança uma guirlanda:
Em seus olhos, não obstante mortos, eclodem clarões,
E sobre o túmulo repousa a quietude dos ares,
As canções com palavras aflitas!

Sua alma, sob a proteção das espadas,
Floresce nos elísios cintilantes: seus sonhos
Renascerão aqui nas cordas da santa Lira ...

Seu plectro, voando em direção à morada solar,
Estrela branca nas teias do mistério,
Dissolve-se no céu como uma cruz... Salve!

3 Soneto VII, da Sétima Dor, do *Setenário das Dores de Nossa Senhora*.

posto um deslocamento em relação à primeira pessoa (muito mais frequente em seus versos – a ponto de Mário de Alencar, em carta, perguntar ao amigo: "Por que não objetivas a tua poesia?") (BUENO, 2002, p. 11).[4] Nesse caso, a escolha da terceira pessoa, se não elimina a presença de uma voz em enunciação (que será, aliás, o ponto de ancoragem afetiva da saudação/convite com a qual se fecha o poema), parece ter, ao menos, o atributo de desviar o núcleo semântico dos versos para o que se promete no título. Recuperando a prática do *elogio fúnebre*, os versos comporão um *retrato literário* do homenageado que é, a um só tempo, gesto de emulação, participação cerimonial nos procedimentos (coletivos) do luto (pela perda de um morto ilustre) e constituição ou afirmação de um grupo.

Escrevendo recentemente sobre alguns elogios fúnebres dedicados a Cruz e Sousa a partir de um poema de Alphonsus de Guimaraens ("Poetas exilados"), percorri a recorrência mais ou menos explícita, entre poetas brasileiros cronologicamente situados no cruzamento entre os séculos XIX e XX, da prática de uma específica espécie poética, os poemas *tombeaux*, que implicitariam, ainda, o diálogo com poemas franceses do final do século XIX. Teríamos a prática de um discurso encomiástico, em exercício diverso da formalização ou da *expressão de um "eu"* e que indiciaria uma operação coletiva de constituição de audiência, comunica-

4 A frase é citada por Alphonsus de Guimaraens em carta de 10 de julho de 1908.

ção, partilha. Recuperando um aspecto comum àquele texto, lembro que Alain Génetiot, em introdução à coletânea de ensaios *L'éloge lyrique,* a propósito do *elogio* (fúnebre ou de outra natureza), percorre a eloquência demonstrativa ou epidíctica desde a Antiguidade até a Renascença, para aproximar o *elogio lírico* de gêneros encomiásticos, situando-o segundo perspectiva proposta por Jean-Michel Maulpoix, que viu na ode a "forma-mãe do lirismo", já que, a despeito de suas atualizações históricas mais recentes, o lirismo não seria, em sua origem, *expressão subjetiva* de um *eu* mais ou menos biográfico, mas uma palavra coletiva, derivada do canto coral. Nesse sentido, da Antiguidade ao século XVIII (GÉNETIOT, 2008) a primeira pessoa do poema cumpriria a função de suporte de identificação patética, sendo o que se denominou, posteriormente, *sujeito lírico,* uma função retórica ou alegórica discernível nos textos:

> Assim a pessoa que profere o elogio não é um eu privado, mas ao contrário uma postura enunciativa simbólica, ou melhor, um corifeu que, como em Píndaro, torna-se o intérprete de uma comunidade cívica ou religiosa. Esses referentes antigos permitem deslocar a questão da sinceridade do encomiasta sempre suspeito de desempenhar uma encomenda interessada, especialmente no caso do mecenato em que o elogio não deve se transformar em solicitação e demanda por recompensa (J. Balsamo), em um serviço interessado que lançaria retrospectivamente uma sombra sobre a veracidade e o valor de seu objeto, fundamento último da perspectiva encomiástica. O sujeito enunciativo de um poema de louvor, portanto, im-

> porta menos que a comunidade que ele representa e confedera por sua palavra, inteiramente admirativa em relação ao objeto de seus louvores. Mais que sobre a identidade e a sinceridade do eu lírico, o enfoque é colocado no *dedicatário*, no endereçamento a um *tu* dado como exemplar e cujos méritos o poema detalha segundo os mesmos lugares já identificados pela tradição greco-latina (Tradução minha).[5]

Pela observação da prática do elogio fúnebre (especialmente recorrente no período em análise)[6] e a propósito também dessa noção de uma comunidade que se confedera pela palavra, é possível pensar que o poema “Pour le tombeau de Jacques D’Avray” coloca em cena muito mais que duas figuras centrais à poe-

---

5 Texto original: “Ainsi la personne qui profère l’éloge n’est pas un moi privé, mais au contraire une posture énonciative symbolique, ou, mieux, un coryphée qui, comme chez Pindare, se fait l’interprète d’une communauté civique ou religieuse. Ces référents antiques permettent de déplacer la question de la sincérité de l’encomiaste toujours suspect de s’acquitter d’une commande intéressée, notamment dans le cas du mécénat où l’éloge ne doit pas se transformer en sollicitation et en demande de récompense (J. Balsamo), en un service intéressé, ce qui jetterait rétrospectivement une ombre sur la véridicité et la valeur de son objet, enjeu ultime de la perspective encomiastique. Le sujet énonciateur d’un poème de louange import donc moins que la communauté qu’il représente et fédère par sa parole, toute entière admirative envers l’objet de ses louanges. Plus que sur l’identité et la sincérité du *je* lyrique, l’accent est mis sur le dédicataire, l’addresse à un *tu* donné comme exemplaire et dont le poème détaille les mérites selon les mêmes lieux déjà identifiés par la tradition gréco-latine.” (GÉNETIOT, 2008, p. 9-10).

6 Remeto a levantamento que realizei a respeito: RICIERI, 2019. Como este ensaio estabelece uma relação de continuidade com o anterior, vou recuperar os argumentos do primeiro, em alguns momentos.

sia brasileira naquele momento, em especial se considerarmos as tendências *simbolistas*. Alphonsus de Guimaraens (o autor de *Pauvre lyre*) e José de Freitas Valle (registrado aqui e na quase totalidade de suas publicações literárias pelo pseudônimo Jacques D'Avray) são, para referir Andrade Muricy, simbolistas "de primeira linha". No capítulo dedicado a D'Avray em seu *Panorama*, Muricy enfatiza a relevância da confraria literária sediada em sua Villa Kyrial, e assim sintetiza suas relações com Guimaraens:

> Deram início ao movimento, em São Paulo, ele e seus íntimos amigos Alphonsus de Guimaraens, Severiano de Resende, Álvaro Viana e outros. Conservou-se fiel àquela estética até a última produção. Alphonsus de Guimaraens, dedicando-lhe *Câmara-Ardente* (sic), chamou-o "*Prince Royal du Symbole et Grand Poète Inconnu*". Já em *Kiriale* lhe havia dedicado o poema "Ocaso". Dessa amizade literária existem, ainda, outros testemunhos. É notória a citação de dois versos, como epígrafe, no poema "A Catedral", dos mais conhecidos de Alphonsus de Guimaraens. O livro deste chamado *Pauvre lyre* abre com um soneto intitulado "*Pour le Tombeau de Jacques d'Avray*". Além disso, traduziu para o português o soneto "*Prière*", de Jacques D'Avray, o qual, sob o título "Prece", figura no livro *Escada de Jacó*" (MURICY, 1973, p. 470).

A propósito de "Poetas exilados", observei (no texto referido) como o poema erigia, em torno da imagem de Cruz e Sousa morto toda uma *corporação*: corporação reunida pela partilha de valores literários e pelo exílio de um mundo em contraposição ao qual a posição dos poetas se definia.[7] Fisicamente reunidos em uma velha edificação religiosa, estabeleciam, *no poema*, por meio da homenagem ao ilustre desaparecido e para além dessa homenagem, uma rede de afinidades e concepções de escrita que pressupunha a instauração de um patrimônio comum. Estendendo as considerações para outros poemas escritos a propósito da morte de Cruz e Sousa, observava um deslizamento do *elogio fúnebre* em direção ao elogio do grupo, prática recorrente em *tombeaux* publicados em honra de homens de letras. A propósito dos projetos editoriais que reuniam, em contexto francês, essas homenagens póstumas, Amaury Fleges observa que "bastaria analisar em detalhes a lista de participantes das diferentes coletâneas para explicitar a rede de solidariedades – e de hierarquias – no interior da comunidade literária".[8]

No caso de Cruz e Sousa, os poemas encontram-se dispersos na imprensa ou passaram a compor, posteriormente, livros organizados segundo outros critérios, em diferentes datas, o que certamente impede de pensá-los nos mesmos termos da prática editorial do *tombeau*, tal como a descrevem Fleges e Bélanger. No entanto, o

---

7 Para aspectos da trajetória histórica dos "tombeaux littéraires", na França, remeto a Joël Castonguay Bélanger (2002) e Amaury Fleges (2000), bem como ao dossiê publicado na revista *La Licorne* sobre o tema (1994).

8 Texto original: "(...) suffirait d'analyser en detail la liste des participants aux différents recueills pour faire apparaître le réseau des solidarités – et des hierarchies – au sein de la communauté littéraire". FLEGES, 2000, p. 84, citado por BÉLANGER, 2002, p. 62.

caráter circunstancial daqueles *elogios fúnebres* (sua proximidade temporal com a morte do homenageado, além da proximidade intelectual ou afetiva entre os envolvidos) também parece servir "à enunciação de valores comuns, de princípios nos quais se reconheciam – ou contra os quais lutavam – os poetas reunidos" (BÉLANGER, 2002, p. 62).[9] Também o arrolamento preparado por Andrade Muricy e acima transcrito explicita, de forma equivalente, uma rede solidariedades e hierarquias e a existência de um investimento em um projeto que se revela enquanto partilha de algo *comum*.

Além do poema dedicado a Jacques D'Avray, o "Epitáfio para o túmulo de Álvaro Viana", de modo muito mais evidente do que "Poetas exilados", indica uma retomada da prática do elogio fúnebre nos termos em discussão. Álvaro Viana foi mencionado por Muricy, no trecho transcrito, como um dos amigos que compunham a "primeira linha" dos simbolistas então alocados em São Paulo. E se, no caso desse grupo, não podemos percorrer as páginas de uma coletânea de homenagens póstumas com intenção de mapear a "rede de solidariedades e hierarquias" implícitas aos gestos editoriais, o próprio Muricy fornece os elementos, digamos, *literários*, para uma tal reconstituição. A propósito de Viana, informa o nome literário adotado; o nome do irmão, Augusto Viana; a dedicatória que Alphonsus lhe dirige no livro *Dona Mística* (chamando-o *primo*

9 Texto original: "(...) à l'énonciation de valeurs communes, de principles dans lesquels se reconaissaient – ou contre lequels luttaient – les poétes réunis".

inter amicos auctori); a proximidade com Freitas Valle; a alcunha coletivamente partilhada, "jardineiros do ideal"; entre outras informações:

> Entre 1900 e esse último ano processou-se em Belo Horizonte forte movimento simbolista. Alphonsus de Guimaraens, que nesse tempo assinava "Vimaraens", vivia no interior; Severiano de Resende, em Mariana e no Rio. O movimento local de Belo Horizonte teve a direção de Álvaro Viana, que fundou a revista *Horus*, da qual só foram publicados dois números, em julho e agosto de 1902. Alphonsus de Guimaraens nela colaborou, inclusive em francês, sob o pseudônimo de "Viconte Antoine de Grandeuil"; o Padre Severiano, também (MURICY, 1973, p. 801).

Alphonsus de Guimaraens também teria dedicado ao amigo *Spiridiam* (um dos pseudônimos de Álvaro) o poema "Aspirações supremas", de *Escada de Jacó* e "Mors", de *Kiriale* (nesse caso, sem pseudônimo). Finalmente, o livro que reuniu seus poemas e foi editado, em 1906, por seus amigos, sob o título "*Para quê?*" dividia-se em duas partes: a primeira, dedicada a Horácio Guimarães; a segunda, "Ao mestre Alphonsus de Vimaraens, o primeiro entre os primeiros" (BUENO, 2002, p. 43).[10] Nesse mesmo livro, os poemas são precedidos pelo seguinte *Epitáfio*:

---

10 Ainda a propósito dos laços em discussão, evoco carta de 11 de outubro de 1901, em que Horácio Bernardo Guimarães relata a "Afonso" a ideia de se buscarem assinaturas para a publicação do livro *Kiriale*, proposta e organizada por Viana: "Spiridiam tem sido infatigável e a ele se deve, em grande parte, o bom êxito da empresa".

Epitáfio para o túmulo de Álvaro Viana,
Discípulo amado

Musas! Este que aqui, no último sono, abraça,
Braços postos em cruz, o seu próprio esqueleto,
Sustinha (o Poeta é como alvo cisne que passa)
Uma cítara d'oiro a gemer-lhe no peito.

Do céu baixou-lhe um dia a indefectível Graça:
De cota d'armas sempre e sagrado amuleto,
O cruzado ancestral de uma eloísta raça,
Ei-lo à espera do Juízo-Extremo neste leito.

Plectro ascendido além dos astros! lírio e círio
Clareando e perfumando as ameias augustas
Onde choram de roxo as noivas do martírio:

Junto aos restos mortais que sob a terra informe
Poisam, poisai! que após as sacrossantas justas
Entre os braços do sol o paladino dorme...
(GUIMARAENS, 1960, p. 506)

Como um *epitáfio* poderia integrar um livro organizado como um presente para o próprio autor dos poemas lá contidos? Em 1906, Álvaro Viana (objeto daquele elogio *fúnebre)* tinha menos de 25 anos e estava a cerca de três décadas da própria morte. Também Jacques D'Avray, ou Freitas Valle (1870-1958), no ano da morte de Alphonsus de Guimaraens e da publicação de *Pauvre lyre* (1921) encontrava-se a mais de 30 anos do próprio falecimento. Tanto o *Epitáfio*, quanto o *Tombeau*, nesse sentido, desviam-se das convenções adotadas entre seus praticantes franceses do final do XIX e parecem dotados de algum tipo de *anacronismo* – o elogio precedendo a morte do elogiado.

Para continuar contrapondo esses dois poemas a uma convenção então estabelecida, evoco Stephane Mallarmé (a ser retomado na sequência). Poderíamos anotar sua participação, com seu "Toast Funèbre" (1873), na publicação coletiva *Le tombeau de Théophile Gautier*, preparada para o poeta morto em 1872. "Le tombeau d'Edgar Poe" integrou um volume coletivo (1876), que se seguiu à construção de um monumento erguido sobre a tumba do escritor, em Baltimore. Fazem parte desses tributos "Le tombeau de Charles Baudelaire" (1894) e o "Tombeau" escrito para Verlaine para marcar o primeiro ano de sua morte. Considerando a tradição do elogio fúnebre, Jean-Nicolas Illouz analisou a constituição de um discurso sobre a morte ao longo da trajetória de Mallarmé, pontuando as situações de escrita em que se pode observar a busca de apreensão melancólica de um objeto desaparecido: discursos, poemas ou homenagens (sem esquecer as "Notes pour un tombeau d'Anatole", dedicadas ao filho morto precocemente) em que se poderia observar a constituição de uma tanatografia mais ou menos explícita, até o estabelecimento de uma espécie de esquema geral do *tombeau* mallarméano (ILLOUZ, 2008, p. 375-390).

A morte de Cruz e Sousa é um episódio bastante elucidativo para examinarmos uma adoção equivalente dessa convenção (com especificações observáveis), no Brasil finissecular, como tivemos a oportunidade de observar no estudo mencionado. Em ambos os casos (os escritos de Mallarmé e as homenagens póstumas a Cruz e Sousa) a morte precede o elogio, como ocorre, aliás, no poema de Alphonsus de Guimaraens, "Poetas eleitos". As duas homenagens em causa, constituem-se, portanto, a partir de deslocamentos em relação ao *gênero*. Comparando-as, registramos diversas recorrências (ainda afins ao padrão do elogio fúnebre, que estamos delimitando): os dois sonetos escrevem-se rigorosamente em terceira pessoa; executam a construção *simbólica* de um *túmulo* (ou *tombeau*); enumeram descrições valorativas destinadas a compor o retrato e o *louvor* que congrega (em análise neste ensaio) e até mesmo elementos imagéticos adotados como alusivos à atividade literária se repetem. Mas gostaríamos de nos demorar no vocativo com que se abrem ambos os poemas:

> No *Tombeau*:
> Muses, vous le voyez: c'est le salut des pairs.
> Ci-gît le chevalier du saint Luth, douce Altesse
> Du rhythme: comme une ombre étoillée, il se dresse
> Bercé par l'harmonie insigne de ses vers.
>
> No *Epitáfio*:
> Musas! Este que aqui, no último sono, abraça,
> Braços postos em cruz, o seu próprio esqueleto,
> Sustinha (o Poeta é como alvo cisne que passa)
> Uma cítara d'oiro a gemer-lhe no peito.

É possível identificar diálogos entre poetas brasileiros e os franceses de que eram mais ou menos contemporâneos e que liam atentamente desde as primeiras edições, a considerar os depoimentos do *mecenas* Freitas

Valle (1952, p. 55).[11] De todo modo, para além daquele primeiro deslocamento (os poemas não derivam de uma específica situação socialmente partilhada: a morte de uma figura pública), outros se apresentam. A presença das *musas*, na abertura dos sonetos, é uma delas e coloca em cena uma questão central ao pensamento da poesia finissecular, no Brasil (ou, de modo mais geral, da poesia). Desde sua formulação clássica, a questão da inspiração (àquela, correlata) põe em jogo uma dualidade que diz respeito ao debate em torno de pelo menos duas representações opostas do poeta, o *inspirado* e o *artesão*:

> O *inspirado* se encontra em discursos que privilegiam estados de desapropriação e de clarividência e que colocam a potência da obra em relação direta com a qualidade do abandono ao irracional e ao inconsciente. O *artesão* é por excelência o clássico: um trabalhador da linguagem, voltando a se empenhar por cem vezes na execução de sua obra (MAULPOIX, 2000, p. 121-122).[12]

11 Freitas Valle: "Em Paris, o editor Léon Vanier, com a animosidade de muitos e a indiferença de quase todos, arriscava as suas pequenas edições dos arautos da renovação da Poesia. E nós, daqui, acompanhávamos, simpatizantes, a tentativa, lendo em primeiras edições, hoje raríssimas, Verlaine, Mallarmé, Jean Moréas, Jules Laforgue, Arthur Rimbaud, Vielé-Griffin, René Ghill, Gustave Khan, Stuart Merril, Marterlinck, Verhaeren e tantos outros" (VALLE. Sobre Alphonsus de Guimaraens, p. 55).

12 Texto original: "L'inspiré se reencontre en des discours qui privilégient les états de dépossesion et de voyance, et qui proportionnent la puissance de l'oeuvre à la qualité même de l'abandon à l'irrationnel ou à l'inconscient. *L'artisan* est par excelence le classique: un ouvrier du langage, remettant cent fois sur le métier son ouvrage".

Jean Michel Maulpoix, em seu capítulo sobre a inspiração poética (no volume que dedicou ao estudo do lirismo) (MAULPOIX, 2000)[13] lembra que, para Platão (*Íon*), o poeta seria possuído por um sopro divino que lhe permitiria criar. Os deuses falariam às Musas, que inspirariam os poetas, que por sua vez fariam dom dessa inspiração a seus leitores (em uma "cadeia de inspirados"). Nesse processo, a escrita pressuporia uma despossessão da razão e uma abertura para algum tipo de *outro*. Muito antes de Rimbaud (e seu "je est un autre") o discurso sobre a inspiração posicionaria a *alteração* e a *alteridade* no coração de toda experiência poética. A poesia inspirada seria a impossibilidade radical de qualquer escrita que se propusesse como pura e simples expressão de uma subjetividade fechada em si mesma.

Por outro lado, a inspiração implicaria uma "mística da origem": ao preparar-se para proferir o seu canto, o poeta anunciaria sua subordinação à autoridade das Musas, único recurso para acessar um estado anterior à escrita, bem como uma experiência *essencial* da memória e da origem. Se à alma são facultadas reminiscências de um Belo essencial, é só na medida em que a inspiração possa reconduzir "a um tempo imemorial em que a língua ainda não era a manifestação de uma queda" (MAULPOIX, 2000, p. 133). Se a reflexão sobre a inspiração conduz, por um lado, à ideia de abertura e passagem, colocando o poeta em comunicação com

13 O parágrafo dialoga com o capítulo "De l'inspiration poétique", p. 111 a 147.

algo que não é ele (e que, contudo, permanece enigmático, inalcançável), ela o converte, em contrapartida, em uma espécie de porta-voz desse enigma não decifrável. E, enquanto ministro de uma divindade anterior, o poeta se encontra despossuído de boa parte de sua responsabilidade e de sua glória.

Ainda que, na continuidade de sua reflexão, Maulpoix sugira que um outro nome para "inspiração" pudesse ser "experiência poética" (já que tal experiência *sempre* pressuporia uma saída de si e uma abertura ao *outro*), as considerações anteriores fornecem elementos para examinar mais detidamente o papel ocupado pelas *Musas* naqueles dois poemas fúnebres de Guimaraens. Retornando às estrofes iniciais, podemos observar que ambas se apresentam a partir de apóstrofes: no poema dedicado a Jacques D'Avray, o que se pede, contudo, é que elas *observem* a saudação entre os pares; no poema dedicado a Álvaro Viana, não parece haver pedido às Musas até o penúltimo verso do poema e, evocadas, supõe-se que elas acompanhem, também *observando*, a composição do retrato do homenageado, que se segue.[14]

---

14 Escrevi, em outros momentos, sobre a produtividade que pode vir a ter a recuperação, pela *lírica*, de elementos convencionalmente associados à *épica* (pelo emprego do itálico, registro o quão problemático considero a dualidade, assim, sem outras problematizações – que não poderia desenvolver nesse texto). Seria o caso, entre outros, de um livro cujo título remete a valores bélicos (*Broqueis*, de Cruz e Sousa) e se abre por um poema ("Antífona") que mantém tensas relações com a noção de "invocação épica". Um elemento relevante, em específico, seria a possibilidade de inserção, no jogo poético (ou *lírico*), do recurso de afetação da modéstia (também

Outro elemento também recorre nos dois poemas: a imagem do *plectro*. Nos dois casos, o plectro é o utensílio para fazer vibrar as cordas: sejam cordas da *Lira* (no *Tombeau*), sejam da cítara (no *Epitáfio*). Aparece associado à figura do poeta, metonimicamente aludindo sua atuação em relação àqueles instrumentos e, por fim, constituindo-se (em cada poema a seu modo) como o símbolo mais forte da extinção daquelas subjetividades pela morte. Em linguagem figurada, *plectro* aparece dicionarizado como alusivo a "inspiração poética; poesia" (FERREIRA, 2004, p. 1579). E se recuperarmos, ainda, a convencional associação entre *lira* e *lirismo*, o plectro pode ser pensado como relativo à atividade poética – à ação que constitui o poeta e o poema.

No poema dedicado a D'Avray, o Poeta aparece subsumido nas imagens "cavaleiro da Lira santa" e "doce Alteza do ritmo" e sua morte, na estrofe final, parece

presente no patrimônio da *lírica*) ao qual já fiz referência. Observando que muitos dos elogios fúnebres (ou honrarias mortuárias em geral), recorrem ao imaginário militar e guerreiro, a ênfase na incapacidade de o poeta erigir um canto à altura do homenageado parece ser, ainda, outro elemento para a operação de elogio em processo: "Na epopeia, a invocação constitui, tradicionalmente, um recurso de efeito retórico relacionado a uma pretensa disparidade entre a dimensão do texto que vai ser escrito e o fôlego do poeta para realizá-lo. Assim, invocando a "musa", registra o poeta seu pedido de inspiração, amparo, energia e clareza, para que o resultado seja adequado à matéria-épica enfocada" (RAMALHO, 2013, p. 374.). Supondo como criticamente verossímil a possibilidade de uma presença residual da tradição épica e seu apelo à musa, a modéstia que se *afeta* poderia reforçar outros dos elementos em discussão – ainda que não ajude a pensar essa presença um pouco *escanteada* das musas invocadas.

condensar-se na imagem do plectro que se dissolve ou se afunda no céu, como uma cruz – o instrumento que define o poeta (por sua ação, *poetar*) marca (ao dissolver-se) o desaparecimento dos versos (e sua harmonia insigne). Os versos (sonhos do poeta) poderão ainda renascer nas cordas da Lira (por outro poeta?), enquanto as Musas, ainda que convocadas na abertura, parecem permanecer passivas. O diálogo, se houve, foi "entre pares" e saudação final ("Salut!") ainda as exclui, enquanto aproxima autor e objeto da homenagem.

No poema dedicado a Viana, a construção da imagem do homenageado, já no primeiro verso parece reservar às Musas uma posição secundária. Sua presença na cena permanece em suspensão até que o terceto final lhe atribua algum sentido pela duplicação do verbo:

> Junto aos restos mortais que sob a terra informe
> Poisam, poisai! que após as sacrossantas justas
> Entre os braços do sol o paladino dorme...

Convocadas a pousar, portanto, por sobre os restos mortais, encontram-se, como no outro caso, alheias à operação de escrita, anterior à cena mortuária. Acresce que as diferentes imagens que, em um e outro caso, associam-se à figuração do poeta são imagens de elevação e distinção: paladino, cavaleiro, cruzado, testa laureada. Se retomarmos os elementos associados à prática dos elogios fúnebres e nos lembrarmos de que tais escritos prestaram-se historicamente também à constituição e exaltação dos grupos, além de suportarem a afirmação até mesmo dos mais humildes de seus integrantes (o elogio ao morto era, também, o elogio daqueles que proferiam a homenagem), uma hipótese talvez se possa formular para pensar esses específicos poemas fúnebres – anteriores à existência dos *mortos* que os justificariam.

Essa hipótese diria respeito à observação do modo como tais poemas constituem (internalizam) aquilo que Maulpoix pensou em termos de *alteração* e *alteridade*. Com quais *outros* o que teria sido um *eu* (*lírico*) se apresenta (ou oculta) nos versos que compõem esses dois sonetos? *Epitáfio* e *tombeau* escrevem-se em terceira pessoa, dirigindo-se à comunidade enlutada pressuposta no gênero e integrando uma operação coletiva de exposição do cadáver (operação correlata ao *velório*). Dirigem-se indiretamente também ao destinatário da homenagem – sem que uma voz em enunciação possa efetivamente se ausentar completamente do processo, como propusemos a propósito da saudação que finalizava o *tombeau*. Essa voz, também sugerimos, compõe-se, ainda, enquanto voz plural (pelo caráter coletivo da "cerimônia") – voz de grupo, mais que de indivíduo.

Parece contribuir com o pensamento em curso o exame de um terceiro poema, que também se abre colocando em cena suas "musas":

Anachronisme
(Sonnet dédicace à Paul Verlaine)

Les muses m'ont bercé dans mon berceau. J'étais
Un pauvre enfant chétif et mon âme était vaine
Comme celle de qui, sans amour et sans haine,
Pâle, dans la pâleur de la mort, sanglotait.

Depuis, les ans s'en vont, et pour moi tout se tait.
Dans mon ciel apparut une étoile de peine...
Et j'ai pleuré. Mais toi, ô mon maître Verlaine,
Tu m'as souri, et moi, ô je le méritais!

À toi, le maître doux, à toi toute la gloire
De mes vers parsemés d'or, d'onix et d'ivoire,
Perdus dans les sentiers augustes de la foi...

Et pourtant, si je suis ton fils et ton élève,
En te suivant, en te baisant l'âme sans trêve,
Je rêve, ami, que toi, tu as rêvé de moi![15]
(GUIMARAENS, 1960, p. 373).

Dedicado a Paul Verlaine, o soneto retoma uma relação explicitada no *Epitáfio* a Álvaro Viana, por meio da qual o poeta mais jovem era referido como "discípulo ama-

15 Preparei uma tradução semântica:
Anacronismo
(Soneto em dedicatória a Paul Verlaine)

As musas me embalaram em meu berço. Eu era
Uma pobre criança frágil e de alma vaidosa
Como a daquele que, sem amor e sem ódio,
Pálido, na palidez da morte, soluçou.

Desde então, os anos se passam e para mim tudo se cala.
Em meu céu apareceu uma estrela de luto...
E eu chorei. Mas tu, meu mestre Verlaine,
Sorriste para mim, e eu, ah, eu mereci!

A ti, mestre sereno, a ti toda a glória
De meus versos espargidos de ouro, ônix e marfim,
Perdidos nos augustos caminhos da fé...

E no entanto, se sou teu filho e teu discípulo,
Seguindo-te, beijando-te a alma incessantemente,
Eu sonho, amigo, que tu, tu sonhaste comigo.

do". Uma relação *amorosa* de ordem similar une, agora, o enunciador, que se dirige (no segundo quarteto) ao poeta a quem se dedicam os versos como "mestre", enquanto se coloca, no terceto final, na mesma posição em que se encontrava Viana, no outro poema. *Dédicaces* é o título de um livro de Paul Verlaine publicado em 1890. Yves-Alain Favre o denomina "memorial consagrado à amizade" (FAVRE, 1992, p. 10):[16] cada um dos poemas que o integram agracia um amigo ou uma mulher/pessoa amada (dentre os quais, Rimbaud), oscilando entre o tom jocoso, emocionado, empostado, a sensualidade e a ternura. Ao comentar a variedade de tons e as facetas insuspeitas de que se constitui o conjunto, o prefaciador especifica como o poeta "cede à emoção ao sonhar a morte de Villiers ou de Rimbaud"[17] (mortos, respectivamente em 1889 e 1891).

Dos quarenta e um poemas da primeira versão, chega-se, na segunda, em 1894, a cento e nove *dédicaces* (noventa das quais são sonetos), cada uma com um dedicatário estabelecido com precisão. A maior parte dos poemas adota a terceira pessoa (como os poemas a Huysmans, Jean Moréas ou Laurent Tailhade e como também se pode observar nos dois poemas de Alphonsus de Guimaraens); outros se dirigem diretamente ao homenageado, como no caso do poema a Mallarmé, em que Verlaine se vale de um trocadilho hoje banalizado: "... comme / Vous n'êtes pas mal armé / Plus que Sully

---

16 "....mémorial consacré à l'amitié. FAVRE. Préface, p. X.

17 "... il cède à l'émotion en songeant à la mort de Villiers ou de Rimbaud...".

n'est pas Prud'homme" (VERLAINE, 1962, p. 299).[18] Como a grande maioria dos referidos, Mallarmé aparece tratado com solenidade formal (*vous*). Já Villiers (*Ibidem*, p. 300)[19] e Rimbaud (*Ibidem*, p. 329),[20] com proximidade afetiva (*tu*), o que também se observa a propósito de algumas das amigas lembradas com indicação de proximidade física e/ou amorosa.

Discorrendo em tom solene *sobre* Álvaro Vianna e Jacques D'Avray, Alphonsus os distingue em terceira pessoa, ao passo que, no soneto "Anachronisme", aborda diretamente seu *mestre* Verlaine (a quem nunca conheceu pessoalmente) e o faz em português: "En te suivant, en te baisant l'âme sans trêve, / Je rêve, ami, que toi, tu as rêvé de moi!". Não seria de se esperar tal proximidade se adotado um padrão de formalidade francês: nesse sentido, a amizade, verbalmente construída por aquele que a enuncia, produz, por sobre o padrão do poema *dédicace*, uma relação com o outro poeta que o declara como ainda mais próximo do que homens que, em vida, estiveram, sem dúvida, entre os melhores amigos do *homem real*.

---

18 Em português, teríamos, de modo aproximativo: "Como não sois mal armado, assim como Sully não é um homem prudente." (Alusão a Mallarmé e Sully Prudhomme).

19 O verso com que se inicia o soneto a ele dedicado é: "Tu nous fuis, comme fuis le soleil sous la mer", que em português poderia ser algo como "Tu desapareces, como o sol desaparece no mar". Publicado originalmente em 7 de setembro de 1889, no *Le Chat* noir.

20 O verso de abertura do poema a ele dedicado assim se inicia: "Toi mort, mort, mort!". Uma versão possível: "Estás morto, morto, morto!"

Ao dedicar, além do mais, a Verlaine o tipo de poema que Verlaine dedicou a amigos e pares nas letras, Alphonsus realiza uma operação amplamente descrita por críticos[21] que trataram da imagética dos *tombeaux* ou, de modo mais amplo, dos *elogios*: "O *tombeau* é um objeto híbrido: ele oculta na língua de um autor o corpo subjetivo da língua de um outro".[22] No caso do poema em análise, essa incorporação pode ser apontada pela observação de diversos elementos, tais como: a incidência cadenciada de rimas internas e ecos; o abuso de uma sonoridade montada a partir de grupos de assonâncias e aliterações que se costuram ao longo dos versos; versos em que a dicção se torna entrecortada pela inserção de vocábulos ou intercalações que produzem contrapontos sonoros à cadência inebriante usual em Verlaine; fórmulas afetivas discerníveis em diversas das *dédicaces* do livro mencionado; ou mesmo a recorrência de índices vocabulares, conceituais e temáticos marcantes na poética do homenageado. Se é verdade que o conjunto da produção de Alphonsus internaliza e torna *seus* diversos dos procedimentos poéticos tomados pela crítica como "traços verlaineanos", também é verdade que, no caso específico de

---

21 Essa questão encontra desenvolvimento (e recensão bibliográfica mais detalhada) no texto de Jean Nicolas Illouz já referido e também em: WOJTYNEK-MUSIK, 2004, p. 185-197.

22 Jean Michel Maulpoix: "Le tombeau est un objet hybride: il enveloppe dans la langue d'un auteur le corps subjetive de la langue d'un autre". Em: MAULPOIX. Verlaine caché dans l'herbe. Le tombeau de Verlaine, s.p.

um poema *dédicace*, esse dado pode ser interpretado como um elemento de adequação a uma prática discursiva ou a um gênero de escrita específicos.[23]

Mas e as *musas*? No poema "Anachronisme" as musas ocupam, em dez das doze sílabas que totalizam o primeiro verso, um período independente. Sua presença não é *invocada*. São referidas apenas, no passado, por terem *embalado* os primeiros dias do poeta (em possível alusão a uma infância livresca?). Ao contrário, também, do que ocorreu nos demais, o poema se escreve em primeira pessoa e, a certa altura, em diálogo direto com o interlocutor a quem se dedicam os versos. Seria talvez mais preciso dizer que a voz em enunciação se subdivide em dois núcleos semânticos, ou duas posições, oscilando entre eles e se constituindo por meio dessa dualidade: *eu*

23 A propósito da proposição de Maulpoix transcrita, a rigor, "Anachronisme" não poderia ser tomado como um *tombeau*. Aproximando-se, contudo, das *dédicaces* praticadas por Verlaine, encontra-se, ainda, no território dos *elogios*, permanecendo pertinente a observação quanto a certo *hibridismo* linguístico em que se misturam as duas perspectivas envolvidas na homenagem. Curiosamente, essa consideração de uma voz híbrida constituída pela mistura e/ou fusão de perspectivas díspares (ou, ainda, pelo modo como tais perspectivas se podem *alternar*, figurando *alteridades*) reverbera teorizações em que a possibilidade de um "eu-lírico" solar ou expressivo de uma subjetividade prévia ao poema é posta em dificuldades em favor de uma concepção, digamos, *performática*, em que se considera a possibilidade de emergência de um certo tipo de subjetividade a se apresentar *no* processo que é o poema, enquanto *devir* e confronto de posições. Ver, a propósito, Joëlle de Sermet, no texto citado, ou os seguintes estudos: ÆGIDIUS, 2007; MAULPOIX, 1996; RABATÉ, DOMINIQUE, 2007.

e *tu* em relação.[24] Essa é uma transição, de resto, que vale a pena marcar: a *presença de Verlaine é invocada* (ou presentificada) já na segunda metade do primeiro quarteto e *por sua presença* o *entusiasmo* lírico se apropria daquele que não fora mais que uma *pobre criança frágil* e de alma vaidosa. As ações que se atribuem, portanto, ao *outro*, alteram o *eu* – que constitui, ainda, alternância entre antes e depois, entre eu e tu, entre ausência e presença. Também se turvam as posições hierárquicas: esse poeta e aquele poeta *anacronicamente* podem se ocupar um do outro, em transgressão também espacial.

Raul Antello, em seu "A anástase do real: Mallarmé indiano" (ANTELLO, 2014, p. 191-216), abordando a reciprocidade das relações entre política e estética (em coerência com o pensamento de Jacques Rancière), recolhe (entre outras referências) um poema póstumo de Ruben Dario, "um soneto sobre anacronismo de Alphonsus de Guimaraens" e uma ópera sobre o artista como *clown* (de Freitas Vale) para tomar os conceitos de *beleza* e *redenção* (ou *Pulchérie* e *Anástase*, que, para Dario, resumiriam a poética de Mallarmé), como ponto de partida para sua interpretação de algumas poéticas (finisseculares ou não; letradas ou visuais). Considerando que uma ampliação do campo da estética política "é sempre fruto de um intercâmbio entre uma obra de arte e sua interpretação" (*Ibidem*, 2014, p. 191), explora, a partir de um prefácio de Mallarmé o conceito de "fantástico de biblioteca", que se

24 Ver: SERMET, 2019, p. 261-279.

construiria a partir de dois procedimentos: *éffacement* e *anachronisme*. Em resistência ao primeiro (*apagamento*), uma obra de arte poderia produzir sobrevivência (e redenção) – a técnica levaria ao problema do apagamento do gesto em que se constitui o objeto estético e o *clown* de Freitas Valle permitiria pensar também esse aspecto. Já Alphonsus de Guimaraens forneceria um exemplo "de como a coexistência, no tempo, de elementos separados no espaço torna-se um modo de reconstrução histórica para esses escritores" (*Ibidem*, p. 200). Reconstrução histórica pressupondo a possibilidade de (re)interpretar.

Reinterpretando como procedimento de reconstrução histórica a coexistência no tempo de elementos separados no espaço, podemos ser levados a reinterpretar a disjunção no tempo de elementos aproximados no espaço como, de modo equivalente, operação de reconstrução histórica. Se Paul e Alphonsus (assim, em prenome) podem compartilhar o mesmo poema, a morte do poeta a meu lado talvez possa ser requisitada como estratégia discursiva (*estratégias de jogo, encontro e arquivo*, no texto de Antello) para que se coloquem em cena relações entre poetas que são, ainda, relações entre poéticas. Pouco importa se é preciso *matar* o amigo que se homenageia para que se possa proferir o *elogio*. No caso de Álvaro Viana, o título escolhido para o livro que se abriria com o *epitáfio* preparado por Alphonsus (*Para quê?*) reaparece em um de seus sonetos[25] prefi-

---

25 Transcrevo o terceto final do soneto "Eu":
E assim perdido na quimera, absorto,

gurando um sentido buscado que se pudesse eventualmente alcançar por meio da morte futura: um sentido é o que prefigura, ainda, o *epitáfio* escrito pelo *mestre* para o *discípulo* vivo. As musas, então, pousando ao lado dos restos mortais do paladino que dorme talvez pudessem, em inversão do *topos* e da tradição, apreender um tal sentido.

Os túmulos, tumbas e *tombeaux* aparecem, na obra de Alphonsus de Guimaraens, de muitas outras maneiras e o levantamento que transcrevemos anteriormente, de Muricy, recupera algumas.[26] Mas é na abertura de uma das seções de *Kiriale* (Caput V/ *Ossa Mea*) que se apresenta, em forma de epígrafe, uma presença que não parece possível negligenciar. Abrindo o conjunto de sete sonetos, dois versos de Mallarmé surgem parcialmente transcritos:

> Caput V / *Ossa Mea*
>
> .... Une pourpre s'apprête.
> A ne tendre royal que mon absent tombeau.
> (S. Mallarmé)

Espera pela paz, depois de morto.
Quem nunca soube para que nasceu. VIANA. In: MURICY, 1973, p. 803.

26 Como um dos dois poemas intitulados "A catedral", que é antecedido por duas epígrafes. Transcrevo a segunda:
"De mon espoir je suis la tombe...
Espoir! Ó tombe de ma vie!" (Jacques D'Avray, Prince Royal du symbole, Grand poète inconnu).

O trecho foi extraído do soneto "Victorieusement fui le suicide beau", de 1885 (*Poèsies*, 1887).[27] A primeira edição de *Kiriale* data de 1902 (com poemas escritos entre 1891 e 1895) e, na nota 13, transcrevemos um trecho de carta datada de 1901, em que o amigo *Spiridiam de Viana* (o Álvaro, do *epitáfio*) cuida de procedimentos que hoje denominaríamos "pré-venda" do volume. Um mapeamento mais minucioso da *presença*[28] de Mallarmé em Alphonsus de Guimaraens ainda não foi feito, mas seria possível adiantar alguns elementos a propósito dessa outra convivência entre poéticas ou dessa escolha, por parte de Alphonsus, de *mestres* e *pares* em diálogo com os quais sua escrita se constrói. Nesse sentido, o modo de inserção dessa epígrafe, no livro usualmente considerado o primeiro do poeta (de uma perspectiva cronológica de escrita, não de publicação), *encripta* várias questões

A primeira diz respeito à amputação imposta a um dos versos. Uma recuperação (ainda que sucinta) da re-

27 O soneto é muito conhecido, limito-me a transcrever tradução de Joaquim Brasil Fontes do primeiro quarteto:
"Vitoriosamente eludido o suicídio belo
Tição de glória, sangue em espuma, ouro, tormenta!
O riso se além uma púrpura prepara-se
A erigir real só o meu túmulo ausente" (FONTES, 2007, p. 163).

28 Propositadamente recorro ao termo escolhido *por sua generalidade* (em detrimento de outros como recepção ou influência) por Júlio Castañon Guimarães para tratar de questão mais ampla, relacionada com minha preocupação neste texto. (GUIMARÃES. "Presença de Mallarmé no Brasil". P. 9.) Algumas indicações adicionais podem ser encontradas em Álvaro Faleiros (2012), Arline Anglade-Aurand (1971) e Wiliam Mariano Pereira (2012).

cepção crítica desse soneto vai muito além dos propósitos desse ensaio. Poderíamos, contudo, apontar que uma primeira leitura (talvez excessivamente simplista e parafrástica, como sugere o crítico em que nos apoiaremos) tem visto na abertura do poema a cena de contemplação de um ocaso, em paralelismo com outra contemplação apresentada nos tercetos: "Os críticos concordam que o poema descreve o pôr do sol nos quartetos e, nos tercetos, o nascer de uma outra espécie de sol, aquele de uma cabeleira feminina que "evoca" os restos de uma luz passada" (KELS, 2016, p. 79).[29] O movimento do astro que voluntariamente *desaparece*[30] no mar (em *suicídio* belo) se encerra, nesse primeiro quarteto, com a *visão* de um *túmulo ausente*: *mon absent tombeau*. Indicando como eventual suporte o ensaio citado, evito recuperar um longo e complexo raciocínio por meio do qual William Kels aproxima, por vias etimológicas, essa enunciação de um túmulo vazio (*mon tombeau*), correlato a certo "eu" em construção no poema e toda uma discussão sobre o que teria sido desaparecimento do sujeito ilocutório, na poesia de Mallarmé. Emulando o gesto de Guimaraens, vou me concentrar no corte que reduz essa cena a dois ele-

29 Texto original: "La critique s'entend pour dire que le sujet du poème décrit le couchet du soleil dans le quatrains et le lever d'une espèce de soleil noveau dans les tercets, celui d'une chevelure de femme "retenant" les restes d'une lumière passée".

30 Observo a proximidade do verso de Verlaine em relação ao do soneto (que o antecede). É por meio da imagem do ocaso que Verlaine lamenta a morte do amigo Villiers de L'Isle Adam (morto em 1898): "Tu nous fuis, comme fuis le soleil sous la mer" (ver nota 28). Em Mallarmé, tínhamos: "Victorieusement fui le suicide beau...".

mentos: a confusão de cores que culminou em um único tom (púrpura); a imposição forte, a constatação *real* de um túmulo ausente associado a esse *eu*.

Para pensar a expressão "*mon absent tombeau*", Kels propõe a utilização de uma hipálage ("tombeau dont je suis absent"), ou seja, propõe que a expressão "meu túmulo ausente" seja lida em referência a um túmulo do qual "*meu corpo* esteja ausente". Sem considerar os desdobramentos daquela análise, talvez faça sentido, no contexto da leitura em processo, recuperar as referidas disjunções temporais: assim, a mesma voz encena-se enquanto corpo ausente em túmulo *futuro* (GUIMARAENS, 1960, p. 79)[31] (percebido, contudo, em sua inevitabilidade *real*). O túmulo em que *ainda* não estou e no qual estarei: essa seria a certeza concreta evocada nos versos e no livro. Essa hipótese talvez pudesse se fazer acompanhar da recuperação dos procedimentos temáticos ou formais que organizam os sete sonetos que se seguem e que se oferecem à leitura a partir (ou sob a égide) dessa epígrafe. Para este ensaio, vou me limitar a observar o contraste entre o que restou do primeiro verso, no excerto, e aquilo que poderíamos ler no segundo: duas visões.

---

31 Transcrevo, a propósito, o primeiro quarteto do soneto I, desse Caput V (*Ossa mea*), cuja epígrafe comento:

Desesperanças! Réquiem tumultuário
Na abandonada igreja sem altares ...
A noite é branca, o esquife é solitário,
E a cova, ao longe, espreita os meus pesares.

O grifo é meu. Para o argumento em desenvolvimento, a cova (túmulo) pareceria longe no tempo e não no espaço.

Une Pourpre s'apprête: na transposição, o fragmento ressurge, em maiúscula, desligando-se da imagem que lhe era anterior no poema de Mallarmé (a fuga vitoriosa do sol para dentro das águas do mar). Temos, portanto, agora, apenas o que pode haver de impactante nessa *cor em apresentação.* Na palheta recorrente no universo alphonsino, púrpura seria um tom familiar, aproximável das variantes entre rubro e violeta e, considerando-se um céu em ocaso, avizinha-se das tonalidades noturnas. No *Petit Robert*, a *pourpre* associa-se, como *sentido literário*, "tecido tingido de roxo (entre os Antigos), de um vermelho brilhante, um símbolo de riqueza ou de uma alta dignidade social. Púrpura real..." Outro sentido literário: "cor vermelha viva. O vermelho de seus lábios" (ROBERT, 1998, p. 1034).[32] Em um e em outro caso, o sensorialismo *tátil* (implicitado no toque erótico que se pudesse depreender de uma associação aos lábios), ou tátil e visual (se recuperarmos a visão de uma figura feminina, registrando-se a leitura do poema de Mallarmé), ou apenas *visual* (com suas conotações de dignidade ou riqueza), mais que definido, ganha em ser *acolhido, percebido* enquanto tal. Sem a alusão ao deslocamento do sol, o fragmento se oferece enquanto pura experiência sensorial e é enquanto tal que se contrapõe ao que se sintetizou no título do Caput V (*Ossa mea): A ne tendre royal que mon absent tombeau.* Qualquer dignidade elevada ou nobreza (real)

32 Versões originais: "étoffe teinte de pourpre (chez les Anciens), d'un rouge vif, symbole de richesse ou d'une haute dignité sociale. La pourpre royal ...". E: "couleur rouge vif. La pourpre de ses lèvres".

que aventássemos a partir de conotações associáveis à *púrpura* que o verso anterior apresentou, rebaixa-se, agora, necessariamente, diante da *realidade* dos ossos, do devir morte: da cova à espreita de todos os pesares.

Na *Obra completa* de 1960, há uma nota em que João Alphonsus faz um pequeno histórico da amizade entre Alphonsus de Guimaraens e Mário de Alencar, a propósito de uma dedicatória constante do "Epílogo" de *Kiriale* (a ele é dedicada uma versão do *Dies Irae,* que se encontra imediatamente após os sete sonetos do Caput V e que encerra o livro). Uma memória evocada na nota relata que a correspondência outrora fecunda entre os dois amigos teria progressivamente escasseado, segundo o próprio Alphonsus, "porque nas cartas Mário se pusera a repetir um apelo para que o A. não se entregasse a prejuízos e exageros do Simbolismo" (GUIMARAENS, 1960, p. 681). Transcrevendo diversas restrições feitas por Mário a alguns "versos de escola literária", que se conheceriam "pelas feições de família com os de França e Portugal", João Alphonsus destaca dois versos presentes na correspondência e que teriam desaparecido na versão final de um poema da *Pastoral.* Os versos eram os seguintes:

> O pôr-de-sol agonizante e rubro
> Caiu (por trás das) íngremes encostas...

Foram substituídos por:

> O sonolento pôr-de-sol de outubro
> Caiu por trás das vírides encostas...

Ajustado, após as censuras de Alencar, o poema nos alcança na seguinte versão:

> XXXIII
> Um luar de desamparo envolve as almas
> Quando a tarde serenamente tomba,
> Descendo pelo céu, de asas espalmas,
> Doce ave espiritual como uma pomba.
>
> Das tuas mãos unindo as róseas palmas,
> De joelhos sobre a suave e branca alfombra,
> Hão de abençoar-te aquelas horas calmas,
> Todo o bem celestial da eterna sombra!
>
> O sonolento pôr-do-sol de outubro
> Caiu por trás das vírides encostas...
> No teu olhar um novo céu descubro.
>
> E ao contemplar-te, amor, sinto transpostas
> As célicas regiões para onde subo
> E para onde subiste de mãos postas...
> (GUIMARAENS, 1960, p. 265)

Lendo esse poema, cem anos passados da morte do poeta, não consigo deixar de notar o verbo *tombar* que finaliza o segundo verso e as imagens do pôr-de-sol em agonia (suicídio belo?) em contraponto à construção da figura feminina da sequência, no dístico desprezado. Seria desnecessário, mas concedo em explicitar: segundo *esta* leitura, a presença de outras poéticas no tecido de uma escrita imersa em conflitos da mais diversa ordem nada teria de vexatório ou demeritório. O mesmo poeta que fez de sua *tradução* do poema "Aparittion"[33] um novo poema, *de sua própria lavra,* e que escreveu também sua homenagem[34] a um Mallarmé muito particular (assim como a outros membros "de sua família de França e Portugal"), oscila e atende ao que me parece um péssimo conselho de um amigo do qual, depois, progressivamente se vai afastar.

Quando Mário pede a Alphonsus que *objetive* sua poesia, apenas deixa entrever sua impossibilidade de *ler* efetivamente o que o então amigo escreve. Inscreve-se, assim, a separação por sobre qualquer laço que os possa ter unido. A despeito de Mário de Alencar, a presença do *outro* objetiva-se nos versos aqui evocados a cada movimento e das mais diversas formas. *Alterar*-se e *alternar*-se (*afetar*-se e *sair de si,* diria Michel Collot) é o movimento que constitui não apenas os *elogios* (sejam eles fúnebres, ou de outra ordem), mas boa parte das poéticas finisseculares, desde que as leiamos em *situação*. Jacques Rancière, na abertura de seu livro *Ais-*

33 Júlio Castañon Guimarães, a propósito da tradução de Alphonsus para o poema "Apparition" (de 1863), incluída postumamente na *Pastoral aos crentes do amor e da morte* (a partir da edição de 1938), afirma: "A transformação do poema é de fato profunda, de modo que em português se tem um poema caracteristicamente de Alphonsus de Guimaraens. Talvez não fosse o caso de falar de tradução. Alphonsus tomou como base o poema de Mallarmé, apropriou-se dele para criar o próprio poema." Ainda que não seja exatamente um desvio em relação às concepções de tradução de poesia então em circulação, creio que o fato merece nota e enfatiza as "liberdades" então correntes na leitura e *apropriação* de versos alheios (GUIMARÃES, 2010, p. 22).

34 Refiro-me ao poema "Stéphane Mallarmé", incluído na obra póstuma P*auvre* lyre (1921) (GUIMARAENS, 1960, p. 376-377).

thesis[35] aludiria a um *regime* de percepção, de sensação e de interpretação da arte:

> Por mais que alguns enfatizem a oposição entre, de um lado, o acontecimento artístico e o trabalho criador dos artistas e, de outro, o tecido composto de instituições, práticas, modos de afeto e esquemas de pensamento, é este último que permite que uma forma, o brilho de uma cor, a aceleração de um ritmo, um silêncio entre palavras, um movimento ou um cintilar sobre uma superfície sejam sentidos como acontecimentos e associados à ideia da criação artística (RANCIÈRE, 2021, p. 8).

Percorrer a prática dos *tombeaux* permitiria, nesse sentido, investigar como se institucionalizam grupos (não necessariamente constituídos por coincidência geográfica) que se movem, ainda, por *afetos* mútuos ou não – atualizados em práticas que *congregam* ou *contrapõem;* permitia investigar, por outro lado, a percepção de distâncias que se vão construindo da impossibilidade de qualquer diálogo. Em todos os casos, compõe-se uma "rede interpretativa" e é por meio dela que se pode intuir se o brilho de uma específica cor, a escolha de um específico verbo, a presença de determinada imagem é mera cacofonia e cacoete "de escola" ou participação em uma "constelação em movimento na qual se formam os modos de percepção, os afetos e as

---

35 Que o autor, na introdução, situa como tendo sido proposto em *diálogo* direto com seu modelo longínquo: o livro que se concentrou em estudar as transformações da "representação da realidade na literatura ocidental", *Mímesis*, de Auerbach.

formas de interpretação que definem um paradigma da arte" (*Ibidem*, p. 9).

Elogios, ao internalizarem em um projeto de escrita as sombras[36] de outro(s), encenam a escrita como *alteridade* e *alteração*. Ao recuperar de Mallarmé (pelas mãos de Dario) os conceitos de *anacronismo* e *apagamento*, Raul Antello o fazia para se referir a operações que o levam a acessar aqueles dois valores (beleza e redenção) em que Dario vislumbrou o centro da poética de Mallarmé. É uma formulação em tudo oposta ao pensamento que se consagrou sobre o poeta francês. Segundo Hugo Friedrich, para mencionar um pensamento com grande circulação e influência no Brasil, "o isolamento de Mallarmé é um isolamento completo e intencional", que estaria, aliás, exemplarmente sintetizado no poema "Salut".[37] Servindo de introdução a seu volume de poesias, a peça nomearia as três forças fundamentais dessa lírica: solidão, recife, estrela – bem conhecidas por leitores de poesia locais. Ora, o poema "Salut" encena, entre outros elementos, uma confraternização, o convite a um *brinde*. Já em seu título, organiza-se a partir de um

36 Mereceria análise o uso que Alphonsus de Guimaraens faz, em seu *tombeau* a Jacques D'Avray da palavra *ombre* – que tão fortemente evoca, ainda, Stéphane Mallarmé e seus *elogios* fúnebres.

37 Transcrevo: "O soneto "Salut", que serve de introdução a seu volume de poesias, nomeia as três forças fundamentais de sua lírica e de seu pensamento: solidão (a situação primordial do poeta moderno), recife (contra o qual naufraga), e estrela (a idealidade inacessível que é a causa de tudo)." (FRIEDRICH, 1991, p. 119).

gesto linguístico endereçado. É certo: poemas de abertura podem sintetizar poéticas – como demonstram as releituras de Mallarmé em processo.

Etimologicamente, nas várias passagens de desmontagem e remontagem do soneto que analisou, William Kells aproximou as palavras *tombeau* (*ton beau*) e *sepulcro* (*se pulchrum / soi beau*). Produzir beleza enquanto se pressente o inexorável processo de dissolução pode ser uma forma laica de *redenção* (ou sobrevivência), para nos apropriarmos do raciocínio de Antello (*Pulcheria* e *Anástase*), que era de Dario e foi antes de Mallarmé. Assim, anacronicamente, gestos de apagamento podem redundar em súbitas *aparições*. O último dos sete sonetos do Caput V (*Ossa mea*) termina por dois tercetos em que se conjugam os movimentos indecisos do ocaso e os palmos em que se podem medir sepulturas (encarnados em *pés* em que se podem medir versos). Era a dualidade básica daquela epígrafe de que se apropriaram tanto o *artífice* quanto o *inspirado*:

> Tanto é certo, meu Deus, na vida impura,
> Não podermos saber onde marcados
> Estão os palmos de cada sepultura...
>
> Pois talvez, ao crepúsculo indeciso
> Que me encaminha os passos fatigados,
> Seja-me a cova o chão que agora piso....

Referências bibliográficas

ÆGIDIUS, Adam. *L'Énonciation dans la poésie moderne: approche linguistique des genres poétiques*. Bruxelles: Peter Lang, 2007.

ANGLADE-AURAND, Arline. *Les influences françaises sur Alphonsus de Guimaraens*. Tese (doutorado de 3º ciclo). Toulouse: Univ. de Toulouse, 1971.

ANTELLO, Raul. A anástase do real: Mallarmé indiano. *Teresa*, revista de Literatura Brasileira [14], São Paulo, p. 191-216, 2014.

BÉLANGER, Joël Castonguay. L'édification d'un Tombeau poétique: du rituel au recueil. *Études Françaises*, v. 38, n. 3, p. 55-69, 2002. Disponível em: https://www.erudit.org/en/journals/etudfr/2002-v38-n3-etudfr687/008383ar.pdf. Consultado em 15 de setembro de 2021.

BUENO, Alexei (org.). *Correspondência de Alphonsus de Guimaraens*. Rio de Janeiro: Academia Brasileira de Letras, 2002. p. 11.

FALEIROS, Álvaro. Três Mallarmés: traduções brasileiras. *Aletria: Revista De Estudos De Literatura, 22* (1), 17–31. Disponível em < https://doi.org/10.17851/2317-2096.22.1.17-31>. Acesso em: 12 de set. 2021.

FAVRE, Yves-Alain. Préface. In: VERLAINE, Paul. *Oeuvres poétiques completes*. Paris: Éditions Robert Laffont, 1992.

FERREIRA, Aurélio Buarque de Holanda. *Novo dicionário Aurélio da Língua Portuguesa*. Curitiba: Positivo, 2004.

FLEGES, Amaury. *Les Tombeaux littéraires en France à la Renaissance*, 1500-1589. Thèse de doctorat. Université de Tours, 2000.

FONTES, Joaquim Brasil. *Os anos de exílio do jovem Mallarmé*. Cotia/ SP: Ateliê, 2007.

FOUCAULT, Michel. Manoel Barros de Motta (org.). Posfácio a Flaubert (A tentação de Santo Antão). In: *Estética: literatura e pintura, música e cinema*. Tradução de Inês Autran Dourado Barbosa. Rio de Janeiro: Forense Universitária, 2001.

FREITAS VALLE, José. Sobre Alphonsus de Guimaraens. *Revista da Academia Paulista de Letras*, São Paulo, n·. 58, outubro de 1952, p. 55.

FRIEDRICH, Hugo. *Estrutura da lírica moderna*. 2º.ed. Tradução de Marise M. Curioni e Dora F. da Silva. São Paulo: Duas Cidades, 1991.

GÉNETIOT, Alain. De l'ode encomiastique au chant du monde. In: ___ (dir.) *L'éloge lyrique*. Nancy: Presses Universitaires de Nancy, 2008.p. 5-14.

GUIMARAENS, Alphonsus de. *Obra completa*. Rio de Janeiro: Nova Aguilar, 1960.

GUIMARÃES, Júlio Castanõn. Presença de Mallarmé no Brasil. In: *Entre reescritas e esboços*. Rio de Janeiro: Topbooks, 2010.

ILLOUZ, Jean-Nicolas. Fragments d'un discours sur la mort: Éloge Funèbre, tombeaux et écriture du deuil dans l'oeuvre de Mallarmé. IN: GÉNETIOT, Alain. (dir.) *L'éloge lyrique*. Nancy: Presses Universitaires de Nancy, 2008.p. 375-390.

KELS, William. La science étymologique de Mallarmé: Une Lecture de "Victorieusement Fui...". *Études Stéphane Mallarmé*, n. 4, Classiques Garnier, 2016, p. 77-112. Disponível em: https://www.jstor.org/stable/26608937. (Consultado em 30 de agosto de 2021).

MAULPOIX, Jean Michel. *Du lyrisme*. Paris: Librairie José Corti, 2000.

MAULPOIX, Jean Michel. Le quatrième personne du singulier. In: RABATÉ, Dominique. *Figures du sujet lyrique*. Paris: Presses Universitaires de France, 1996, p. 147-160.

MAULPOIX, Jean Michel. Verlaine caché dans l'herbe. Le tombeau de Verlaine, in: www.maulpoix.net/tombeau.html. Consultado em 15 de setembro de 2021.

MONCOND'HUY, Dominique (éd). Le Tombeau poétique em France. *La Licorne*, n·. 29, 1994. Disponível em: https://licorne.edel.univ-poitiers.fr/index.php. Consultado em 15 de setembro de 2021.

MURICY, Andrade. *Panorama do movimento simbolista brasileiro*. Brasília: Conselho Federal de Cultura e Instituto Nacional do Livro 1973, v. 2, p. 641.

PEREIRA, Wiliam Mariano. *Alphonsus de Guimaraens tradutor de Paul Verlaine*. Dissertação (mestrado em Letras), Universidade de São Paulo, 2012.

RABATÉ, Dominique. Poésie et autobiographie: d'un autre caractère? In: BRAUD, Michel et HUGOTTE, Valéry. *L' Irresemblance: poésie et autobiographie*. Bordeaux: Presses Universitaires de Bordeaux, 2007.

RAMALHO. Sobre a invocação épica. *Caderno de letras da UFF*, n· 47, p. 373-391.

RANCIÈRE, Jacques. *Aisthesis*. São Paulo: Editora 34, 2021.

RICIERI, Francine Fernandes Weiss. Elogios fúnebres, pedras tumulares, sonhos mudos: círculos literários e reinvenção ritual entre poetas brasileiros (XIX--XX). *Texto Poético*, v. 15, p.281 - 304, 2019.

ROBERT. *Le Robert micro*. Dictionnaire de la langue française. Paris: Dictionnaire le Roberto, 1998.

SERMET, Joëlle de. O endereçamento lírico. Tradução de Francine Ricieri e Maria Lúcia Dias Mendes. *Lettres françaises*, p. 261 a 279, n°. 20 (2), 2019.

VERLAINE, Paul. *Œuvres poétiques complètes*. Texte établi et annoté par Y.-G. Le Dantec, Édition revue, completée et présentée par Jacques Borel. Paris: Gallimard, 1962. Coll. Bibliothèque de la Pléiade.

WOJTYNEK-MUSIK, Krystina. Le tombeau de Charles Baudelaire sculpté par Stéphane Mallarmé. *Études*, p. 185-197, vol.4 (2009). Le jeux littéraires.

A cidade morta e a noiva morta em Alphonsus e Rodenbach

Nádia Sauer

Apesar de os nomes de Alphonsus de Guimaraes e de Georges Rodenbach serem considerados de certa maneira marginais ao grande *cénacle* parisiense da segunda metade do século XIX, suas obras dialogam profundamente com a estética simbolista e com os escritos de Rimbaud, Verlaine e, claro, Baudelaire. O principal nexo de aproximação entre os dois autores se encontra nas imagens das cidades mortas e da mulher morta, tema caro na produção de Rodenbach e constante na poesia de Alphonsus.

Roger Bastide, por exemplo, aproxima a poesia de Alphonsus à de Verlaine a partir do caráter religioso de sua poesia, além da imagem da mulher morta. Ao dizer que o poeta brasileiro encontra em Minas sua Bruges, refere-se imediatamente ao romance *Bruges-la-morte*, de Rodenbach, cujo tema central é o da cidade morta: "Em Minas, Alphonsus de Guimaraens encontra nas cidades mortas, dormindo docemente sob a bençāo lunar, outras tantas Bruges continentais, e nas igrejas brancas, nos responsos dos sinos, nas mulheres-fantasmas, a "canção doce e cristã de Verlaine" (BASTIDE, 1973, p. 47).

Além dos apontamentos feitos pela crítica, o próprio Alphonsus faz menção direta ao poeta belga ao se referir ao "*Reino do Silêncio* do admirável Rodenbach" no conto "Jacinto", publicado em *Mendigos*. Em Rodenbach, o reino do silêncio impera na cidade de Bruges, conhecida ainda hoje por suas construções medievais e por seus ares brumosos, que contribuem para a construção de uma aura misteriosa, explorada pelo escritor belga em muitos de seus poemas e de sua prosa. Ainda, há uma dedicatória a Rodenbach no poema "La chanson du silence", escrito sob o pseudônimo de Antoine de Grandeuil: "pour bercer l'âme de l'admirable Rodenbach". Segundo Paganini (2011, p. 99-110), "O poema poderia ser, talvez, o reflexo de uma identificação com a temática de Rodenbach: tristeza, lassidão, silêncio, gosto pelo sonho e solidão". É importante ressaltar o subtítulo do conto, "Recordação de Vila Rica". O personagem Jacinto, que mora numa pedra, torna-se de alguma maneira símbolo da cidade morta. Ele consegue sobreviver a ela, ainda que lhe pertença de tal forma que chega a confundir-se com suas pedras.

As cidades mineiras em que viveu Alphonsus, com seu clima brumoso e com sua atmosfera de cidades mortas, criam o ambiente ideal para o desenvolvimento de uma poesia que terá na Bruges de Rodenbach uma de suas grandes inspirações.[1] Georges Rodenbach (1855-1898) publica, em 1877, seu primeiro livro

1 Muricy aponta a importância da diferença climática para a produção poética do país comparando a poesia simbolista do Paraná e de Minas Gerais, cujo clima temperado apresenta brumas e geadas contra o clima tropical predominante no restante do país. (Cf. MURICY, 1987, p. 26).

de poemas, *Le foyer et les champs* e, em 1891, escreve *Bruges-la-morte*, romance de destaque em sua produção literária, em que a influência da cidade é central para a identidade do sujeito. Se, em Rodenbach, o tema da cidade se faz sempre evidente, tanto pela "advertência" que inicia o romance, quanto pela ação que ela supostamente exerce no seu desenrolar, em Alphonsus de Guimaraens o mesmo tema aparece ora de modo mais sutil, ora de modo mais direto. Nos dois casos, contudo, mostra-se propício para a criação de um ambiente aberto a divagações e melancolias.

A leitura que se faz do tema da mulher morta em Alphonsus de Guimaraens pode ser redutora, ao restringir os princípios estéticos adotados por ele a dados biográficos. Em função da morte de sua prima e noiva Constança, são recorrentes as análises em que se interpretam seus poemas a partir de acontecimentos ligados diretamente à sua vida e à perda da namorada. O fato de o poeta ter nascido e morrido nas cidades de Ouro Preto e Mariana (cenários propícios para a criação de uma literatura cujo tema é a cidade morta), além da perda da mulher que amava no fim de sua adolescência, certamente contribui para a formação do poeta e para os temas de sua preferência. No entanto, ler Alphonsus de Guimaraens tendo uma chave pronta que esclareça todos os símbolos construídos sugere a redução de sua poesia, ignorando-se inclusive sua consciência do fazer poético e dos temas caros à escola simbolista. Francine Ricieri chama a atenção para isso:

> (...) os críticos batiam, irritantemente, na tecla singular do poeta católico. O que se entendia por catoli-

> cismo em Alphonsus de Guimaraens, na verdade, era tudo, e o duelo das estereotipias com os impressionismos – destituído de método, rigor ou precisão – era difícil de ser vencido. A biografia era outro problema. Sua poesia resultava de um misto de geografia (viver em Mariana como fonte de processos estéticos) e trauma da adolescência (sempre a prima-noiva morta) (RICIERI, 1996, p. 4).

Elucidar a poesia de Alphonsus a partir de suas referências estéticas é o que torna possível aproximá-lo do poeta belga Georges Rodenbach, seja pela chave da cidade morta, seja pela da mulher morta. A cidade como tema desempenha forte papel na passagem do século XIX para o século XX, inclusive na produção de cunho simbolista, a começar por Baudelaire, que tem nas metrópoles o espaço de agitação caótico que provoca os conflitos do eu. Para destacar essa importância, vale mencionar outro diálogo entre um modernista brasileiro e um simbolista belga. Trata-se do diálogo entre *Paulicéia desvairada* (1922), de Mário de Andrade, e *Les villes tentaculaires, précédées des Campagnes hallucinées* (1912),[2] de Émile Verhaeren, livro em que Mário teria se inspirado para escrever sobre a metrópole paulistana:

> A cidade não surge apenas como correlato-objetivo (Eliot) dos sentimentos do eu, pois tais sentimentos existem em função da cidade, de modo que a autodescrição tem de ser também a descrição da

2 *Campagnes hallucinées* foi publicado em 1893 e *Les villes tentaculaires* em 1895. Os dois volumes de poesia são editados juntos em 1912, pela Mercure de France.

> cidade. Quero dizer que no caso de Mário de Andrade não se trata simplesmente de buscar fora da subjetividade a imagem objetiva que a represente (como nos maus poetas), mas que este sujeito da poesia é ele mesmo, formado pela realidade que canta, e está tão ligado a ela quanto o título geral dos poemas procura sugerir. (...) procura em suas sensações, nas impressões que a cidade deixa dentro dele, as marcas que revelam a imagem única e dúplice de ambos (LAFETÁ, 2004, p. 360).

Aquilo que diz Lafetá sobre a relação do eu com a cidade na poesia de Mário pode bem ser aplicado à poesia de Alphonsus e ao romance de Rodenbach. Mário reconhece a identidade entre o eu solitário de Alphonsus e a "episcopal cidade" de Mariana: "Dona Mística vive com ele pelas suas noites de poesia, por seus dias de solidão".[3]

O livro *Mendigos*, último livro publicado em vida por Alphonsus de Guimaraens, traz crônicas acerca de política e personagens históricas, mas textos literários com temas relacionados à cidade, à mulher amada, à morte e ao amor fazem-se mais presentes. Nesse livro, sua prosa é representativa de uma poética que se desenvolve ao longo de sua carreira: "Vila Rica, olhada daquele ponto, era um monte de ruínas. Só as igrejas, abençoando a velha capital da poderosa capitania, triunfavam no meio daquelas ruas íngremes, onde as casas cambaleavam" (GUIMARAENS, 1960, p. 400).

---

3 ANDRADE. *Apud* GUIMARAENS FILHO. *Itinerários: cartas a Alphonsus de Guimaraens Filho*. São Paulo: Duas Cidades, 1974, p. 69-72.

No conto "Pergunta imprevista" (*Ibidem*, p. 405-409), a lua e a cidade criam no ambiente noturno o espaço de divagações que ofuscam as percepções do "eu". O luar faz cintilar a cidade de casas tranquilas; imagens como "jorro de pérolas soltas, luminosa poeira, flores mortas", sons de cítaras que gemem, tocadas por mãos invisíveis, mostram ao narrador, em sua alma, a imagem da morte, "sombra intangível do meu amor desalentado". O narrador menciona acontecer-lhe às vezes pensar nela, mas reconhece que "o Sonho, para os humildes, é um consolo decerto. Sonhar, ainda que seja com a morte, suaviza-nos o coração". O que cria nessa alma tais ilusões e devaneios é o ambiente que se desenha à sua volta, a cidade e sua vontade própria, que acaba por determinar os caminhos que percorrerá:

> Olhei em redor de mim. (...) Com o espírito sempre afeito ao irreal, as névoas daquela noite de junho, banhada em ondas de luar frio, fizeram-me ver por momentos múmias e ossos onde só havia raios de lua a branquear salgueiros e flores. A pouco e pouco tornei-me senhor de mim, e pude contemplar tranquilamente o pobre cemitério da cidade morta.

Entre vários poemas em que a cidade morta associada à imagem da mulher morta constitui-se como motivo poético, sobressaem "Vila do Carmo" e "Serenada".[4] Transcrevo o primeiro:

4 Sobre isso, lê-se a seguinte nota na edição de 1955: Nota 22. Canções XVII, "Serenada", e XLIV, Vila do Carmo: inspiradas pelo ambiente da bicentenária cidade de Mariana. (...) Nem todos poderão

XLIV. Vila do Carmo (1894)

Ó dolente Ribeirão do Carmo,
Estrelado como um céu de agosto!
(Musa de além para decantar-mo,
Bem que o viste, quando o sol foi posto).

Olhando o céu tão coberto de astros,
Eu vi que estava diante de um altar
E tive, como dentro dos claustros,
Uma vontade imensa de rezar.

Que paz tão cheia de almos pesares,
Que silenciais mágoas de repouso...
Certo divaga por estes ares
A Alma sublime de D. Viçoso.

Noites de luar nas cidades mortas,
Casas que lembram Jerusalém...
(Passam por mim, tristes e remotas,
Essas visões de amor que o céu contém.)

– Como passais num silêncio enorme,
Virgens de luz, fadas erradias!
– "É a cidade episcopal que dorme
No seio branco das litanias."

Tombai de joelhos junto das cruzes,
Para rezar por quem não tem fé!

---

apreciar o lirismo dessa poesia que tão sugestionantemente descreve a melancolia da nossa cidade durante o tempo do enluarado inverno, que foi a época em que estêve aqui o poeta; mas os poucos a quem fôr dado sentir a misteriosa fragrância dessas nostálgicas estrofes nos agradecerão o presente que hoje lhes fazemos. (...) O mesmo gôsto pelo passado levava-o a denominar Mariana pelo antigo nome de Vila do Ribeirão do Carmo, e a sua terra natal, de Vila Rica (GUIMARAENS, 1955, p. 572).

"Os túmulos estão cobertos de urzes,
E não há mais uma cruz de pé."

– Sombras esguias de confessandas,
Eu bem sei que a desgraça vos flagela...
Mas vós, tão tristes, tão miserandas,
Rezai por Ela, rezai por Ela.

E então olhou-me (não seja embalde)
O olhar de Deus para que eu espere...
O luar tombava sobre a cidade
Numa dolência de miserere.

Nesse poema, a presença do sujeito e a imediata relação que ele estabelece com o ambiente se faz clara em algumas estrofes; em outras, o sujeito lírico mantém-se praticamente distanciado, quase como mero observador. Esse movimento de alternância entre a presença e a ausência do eu será observado a seguir, estrofe a estrofe.

O noturno é o momento de visão e clarividência. O rio Ribeirão do Carmo, que divide as cidades de Vila do Carmo e Vila Rica – hoje Mariana e Ouro Preto respectivamente –, é caracterizado como dolente, choroso, lastimoso. É a Musa de além que poderá decantar o sujeito e o rio. Na segunda estrofe, vemos que o sujeito estabelece com o ambiente uma relação de espelhamento: céu e água estrelados compõem uma mesma imagem. A torre, o claustro, a lua que se vê no céu e no rio, a divisão entre terra e céu, humano e divino, todas essas imagens são recorrentes na poesia de Alphonsus. A cena descrita na primeira estrofe surge agora ao olhar subjetivo do eu-lírico como um altar e eleva o sujeito espiritualmente a ponto de, como em um claustro, precisar rezar. Todo o ambiente configura uma atmosfera de isolamento e de contemplação, devolvendo ao sujeito a liberdade espiritual, conquistada pela oração.

A terceira estrofe, novamente, volta-se para a sugestão do ambiente. Não aparece o sujeito nele, senão a observá-lo com distanciamento, como que decantado do lugar. A paz do ambiente é a paz propícia para "almos pesares", para o sofrimento. Pelos martírios terrenos, quer se voltar ao absoluto, à figura de Cristo. Há aqui uma espécie de jogo entre melancolia e os benefícios que se extraem dela, uma vez que o sujeito passa a refletir e, por meio da reflexão, assim como o rio reflete as estrelas, entra em contato com o céu, funde-se com ele. O luar na cidade morta cria ares propícios à contemplação e ao retiro espiritual. Esse ambiente de reflexão espiritual conduz o sujeito, que passa a agir agora conforme o espaço em que está.

A relação que o sujeito estabelece com o ambiente na sexta estrofe, simbolizada na imagem do túmulo, é a relação de perda: "Rezai por Ela! Rezai por Ela!". Ele também estabelece aproximação íntima com os fantasmas do lugar em busca de redenção. Integrado o sujeito, portanto, à atmosfera e ao que ela contém de morto, instaura-se o contato entre divino e humano. A lua tomba sobre a cidade, como se tomba de joelhos sobre o túmulo da amada. Nessa cidade morta, mesmo a lua queda violenta e rápida. Tomba numa dor, numa dolência de quem precisa da piedade, rezando um *miserere* que se evidencia no apelo "Rezai por Ela".

Com recursos semelhantes, o poema "Serenada" inicia-se por um hipérbato que, reposicionando-se a oração em ordem direta, admite possibilidades interpretativas diversas:

XVII Serenada

(A Henrique Malta)

Da noite pelos ermos
Choram violões.
São como enfermos
Corações.

Dorme a cidade inteira
Em agonia...
A lua é uma caveira
Que nos espia.

Todo o céu se recama
De argêntea luz...
Uma voz clama
Por Jesus.

A quietude morta
Do luar se espalma...
E ao luar em cada porta,
Expira uma alma.

Passam tremendo os velhos...
Ide em paz,
Ó evangelhos
Do Aqui-Jaz!

Toda a triste cidade
É um cemitério...
Há um rumor de saudade
E de mistério.

A nuvem guarda o pranto
Que em si contém...
Do rio o canto
Chora além.

De sul a norte passa,
Como um segredo,
Um hausto de desgraça:
É a voz do medo...

Há pela paz noturna
Um celestial
Silêncio de urna
Funeral...

Pela infinita mágoa
Que em tudo existe,
Ouço o marulho da água,
Sereno e triste.

De noite pelos ermos
Choram violões...
São como enfermos
Corações.

E em meio da cidade
O rio corre,
Conduzindo a saudade,
De alguém que morre...

Podemos ler os dois versos iniciais supondo as seguintes hipóteses:

1) Os violões da noite choram pelos ermos.
2) Os violões choram pelos ermos da noite.

No primeiro caso, "da noite" seria adjunto adnominal de "violões", ajudando inclusive a reforçar o caráter noturno de uma serenata. Esses violões noturnos executariam canções lastimosas pelos ermos da noite. Por sua vez, a expressão "pelos ermos" pode sugerir por onde passam esses violões, pelos desertos de uma cidade morta ou ainda por quem eles choram, por aqueles que estão sós. A segunda opção modifica o sentido, ainda que ligeiramente, mas acresce duas novas possibilidades de leitura. Os violões choram pelos solitários da noite ou pelos desertos comuns ao tempo noturno. Lamentam pelo ambiente em si: o que provoca essa lamúria que se escuta como pano de fundo ou lamentam pelos condenados a tal atmosfera dessa mesma cidade morta? As duas leituras são importantes na medida em que alteram as qualidades dadas a um ou outro ser e em que a substância das duas possibilidades são semelhantes. Trata-se da noite, do vazio, do lamento, da solidão, tudo isso embalado por uma música que mantém em suspensão o clima da cidade morta, que "conduz a saudade de alguém que morre". A inversão e as possibilidades interpretativas sugerem uma movimentação na forma e no sentido que será desenvolvida por toda a extensão do poema.

Embalada por essa música de lamentação dos violões, "dorme a cidade inteira em agonia", momento que precede a morte. Além disso, agonia é toque de sino para anunciar a morte próxima de algum convalescente, sugerindo ainda mais a ideia de morte contida no verbo "dormir" e do ambiente da cidade morta na sonoridade que ecoa pelo poema. O clima dolente da cidade é repisado pela lua, símbolo da morte, figurada na imagem da caveira, ambientando a cidade. Esse luar mortal espalha-se por todo o céu, e, sem que se possa ver por detrás dele, uma voz clama por Jesus, sem romper, porém, a quietude morta da cidade. Essa voz una, mas indistinta, não se faz ouvir, não estabelece, portanto, contato com o divino, uma vez que o luar domina todo o céu, com uma luz argêntea que impede a visão. É a lua, a caveira, sem olhos, que espia. Sem contato com o céu, também as esperanças de redenção se perdem. No fecho da segunda estrofe, a paronomásia que configura a aproximação sonora entre "espiar" e "expirar", mais que pela rima, une as duas palavras pelo sentido, realçando o efeito da lua sobre a cidade e sobre aqueles que nela habitam em perene agonia. E é diante do luar que cada alma expira.

O símbolo da morte é sugerido ainda pelo "tremer dos velhos", dado por seu aspecto físico fragilizado e pelo terror que lhes provoca o luar. Os velhos, aqueles que detêm a sabedoria advinda com o tempo, são o evangelho, os mensageiros, mas os mensageiros da morte, como se a velhice fosse então um prenúncio da morte. A morte cerca não apenas os velhos, mas toda a triste cidade, que preserva antes os atributos de um cemitério do que de uma cidade de fato. Os rumores, os sons, a música dos violões, das águas do rio que corre em meio à cidade dão a ouvir a saudade dos mortos e o mistério das almas. O canto chora além do rio, da divisa ou para além dos limites da cidade, que se espalha de sul a norte. "A voz do medo" é um soluçar funesto pela perda das graças de que se desfruta junto a alguém, e esse soluçar perpassa toda a extensão da cidade, na figura do rio. A imagem do soluço soa como um sopro de vida que sai dos corpos num último suspiro, relembrando aquelas almas que expiram. O cantar de além do rio que faz a divisa está, portanto, num constante lamento de perda, provocada pelo luar que inspira as almas num "hausto de desgraça".

Os violões, o luar, a cidade, os velhos, o rio e o seu movimento, tudo responde à atmosfera dada pela própria cidade. Aqui, não se canta a saudade de um passado, mas o como o passado de uma cidade morta, que não se atualiza, é presente. Tudo é um pêsame pela cidade morta e pela saudade de alguém que morre agora, não só o lamento pelos que se foram, mas pela total ausência de vida. É a morte, a única constante. Todos os sons, todos os elementos pictóricos e sonoros do poema estão em correspondência com a morte, que é dada pelo luar, ambientação em que a cidade está imersa.

Se for considerada a ideia da perda associada à estrutura da composição dos versos e das estrofes, pode-se perfeitamente pensar na estrutura, primeiro, de um rompimento, de uma quebra, sobretudo nas estrofes pares, em que as quadras podem ser lidas como ruptura de dísticos decassílabos; a continuidade, portanto, dá-se pela quebra. Essa noção de perda se reforça na ideia de que os versos sejam descendentes e que, pouco a pouco, perdem uma de suas sílabas, como as almas que, soluçantes, expiram. A musicalidade, assim, está presente, mais do que nas palavras que a ela remetem, no próprio modo de composição do poema. Seria possível uma leitura que sugerisse perda e ruptura dadas nas frases curtas, como um fraseio em *staccato*; por outro lado, respeitando-se os *enjambements* que se repetem em cada estrofe, eles poderiam remeter à maneira do *legato*. Essa musicalidade, pungente, porque fere e provoca sensações, é ao mesmo tempo entorpecente, o que de novo justifica o movimento de queda, ruptura, perda e ondulação.

Mais do que isso e ainda sobre a musicalidade, o título do poema também permite uma leitura que se amplia, dada a ambiguidade dos sentidos que guarda. *Serenada*, o mesmo que *serenata*, quando se pensa em música, é uma "composição instrumental ou vocal, de caráter simples e melodioso, para ser executada à noite, ao ar livre, geralmente em homenagem à mulher amada".[5] O poema é, então, conforme o título, uma composição instrumental ou vocal, que nos permite entender os violões ou a voz do eu-lírico que compõe a serenata. Mas "serenada" é também palavra derivada de sereno, "chuva miúda", "umidade noturna", imagens que remetem ao choro e à queda mais uma vez.

A aura que reveste a cidade é composta por um luar cuja quietude morta leva a expirarem almas a cada porta que toca. Há nela "rumor de saudade e mistério", que se fará presente em diversos poemas de Alphonsus. O que parece paz é silêncio de funeral, embalado pelos violões, pelo luar caveiroso e pela assonância à moda de Verlaine. Ainda, a imagem do rio cujas águas carregando saudade reiteram que, enfim, "Toda a triste cidade / É um cemitério...".

Os poemas "Serenada" e "Vila do Carmo" podem ser aproximados pelas imagens da lua, do rio que corta a cidade, pelos sentimentos de perda e de saudade da mulher amada, mas em especial pelo papel que neles ocupa a *cidade morta*: a cidade aparece como um estado de alma, sendo o tema da noiva morta consequência dessa condi-

---

5 HOUAISS. *Dicionário Eletrônico Houaiss da Língua Portuguesa*.

ção anímica. Essa atmosfera torna ainda mais evidentes os pontos de contato entre Alphonsus e o belga Rodenbach, em particular com o romance *Bruges-la-morte* e sobretudo pela incidência de símbolos e imagens comuns.

Bruges-la-morte narra a história de Hugues Viane. O personagem decide morar em Bruges após a morte de sua esposa, com quem fora casado por dez anos. Desde sua perda, mantém em sua casa um santuário em sua homenagem. Hugues conhecera a cidade com a mulher em um momento de união feliz. Nesse estado de contentamento, os aspectos sombrios da cidade com ares medievais não foram percebidos ou internalizados por Hugues. Viúvo, lembra-se da cidade: "À esposa morta devia corresponder uma cidade morta. Seu luto fechado exigia um cenário assim" (RODENBACH, 1998, p. 66).[6] Criando correspondências analógicas entre Bruges e sua esposa morta, elege a cidade como lugar ideal para viver seu luto. Numa das rotineiras caminhadas pelos canais da cidade, sempre no horário do crepúsculo, depara-se com uma mulher cuja semelhança física com sua esposa morta é fantasmagórica. Ele identificará na atriz Jane Scott a sua mulher morta: eram iguais em tudo, mesmo na voz. Hugues vive só e recebe em sua casa apenas a empregada, Barbe, beata fervorosa. Estrangeira como ele, identifica-se com a cidade pelo seu aspecto religioso e será a porta-voz da condenação a Hugues repreendendo-o por seu caso amoroso.

---

6 Agradecimentos ao Samuel Titan Jr., que fez as traduções dos trechos citados especialmente para este ensaio.

Ainda que o romance narre um assassinato, a cidade é a "protagonista essencial" e orienta a ação. Não à toa, o romance contém fotos de Bruges, que procuram reproduzir a atmosfera funesta da cidade. A advertência que abre o livro define-o como um "estudo passional" cujo objetivo é "evocar a cidade", sua imagem e o poder que exerce sobre aqueles que por ela passam. A força dessa evocação e sua aura mística se evidenciarão ao longo da narrativa, como se todas as ações simplesmente contribuíssem para que a cidade se revelasse em toda sua potência mortuária:

> Neste estudo passional, quisemos também e sobretudo evocar uma Cidade, a Cidade como personagem essencial, associada aos estados de alma, uma personagem que aconselha, dissuade, determina a agir. Assim sendo, na verdade, essa Bruges que houvemos por bem eleger, surge quase humana... Toma corpo um ascendente entre ela e os que ali se detêm. Ela os conforma segundo seus recantos e seus sinos. Eis o que quisemos sugerir: a Cidade a orientar uma ação; suas paisagens urbanas tomadas não mais como meras telas de fundo, como temas descritivos escolhidos com algum arbítrio, mas doravante vinculados ao próprio acontecimento no centro do livro. É por isso que é importante – uma vez que essas vistas de Bruges colaboram com as peripécias – reproduzi-las aqui, intercaladas entre as páginas: cais, ruas desertas, velhas residências, canais, retiros, igrejas, oficinas do culto, campanário, a fim que também os leitores vivenciem a presença e a influência da Cidade, experimentem o contágio das águas vizinhas, sintam por sua vez a sombra das altas torres a se estender sobre o texto (*Ibidem*, p. 54).

Normalmente índice de um universo exterior, a cidade aparece, no romance, confundida com o universo interior do protagonista. É na cidade que ele vê a si mesmo, no ideal de persona construído por ele, daí sua escolha pela cidade quando da morte de sua mulher. A imagem das águas aparece logo no segundo parágrafo do romance: "Desocupado, solitário, ele passava o dia inteiro em seu quarto, um vasto cômodo no primeiro andar, cujas janelas dava sobre o cais do Rosário, ao longo do qual se alinhava a casa, espelhada n'água" (*Ibidem*, p. 52). Starobinski (2014, p. 34) sugere que o vir a ser espelho destitui o sujeito de si mesmo e o coloca no papel de refletir passivamente e devolver reflexos. Na obra, encontram-se vários jogos de espelhamento: entre a cidade e a mulher morta, entre a cidade e Hugues – que parece querer reviver na cidade a amada morta, também por espelhamento.

Depois de conhecer Jane, Hugues desenvolverá o que chama de *teoria da semelhança*, em que analisará as correspondências entre a cidade e a esposa, entre a esposa e a amante viva. Na cena em que reconhece na passante a figura de sua mulher, tudo sugere um olhar ofuscado: o estado sonâmbulo em que se encontra, as ruas tomadas por brumas, a distância que mantém dela e que dificulta sua visão, as lágrimas nos olhos pela comoção. A conclusão disso é a certeza de que a desconhecida parece a morta.

Sempre num jogo de espelhamento, a mulher semelhante à esposa não poderia distorcer essa imagem. Mas Jane não corresponde, no comportamento, à lembrança. Por sua altivez e vivacidade, não mantém afinidade com a cidade ou com a memória da outra mulher. Ela se maquia, pinta os cabelos e exerce a arte do fingimento, gestos profanos por se dissociarem da imagem a que deveria corresponder. Buscando recuperar e reafirmar as semelhanças entre as duas, pede que Jane vista as roupas da morta, mas ela o ridiculariza e violenta o altar da esposa de Hugues. No dia da procissão do Saint-Sang, dia da Ascensão de Cristo, Hugues voltará novamente o olhar para a cidade, após a sacrílega ação de Jane, sobretudo contra os cabelos da amada morta. "Para ele, como para as coisas silenciosas que viviam ao redor, parecia que aquela cabeleira estava ligada à sua existência e que era a alma da casa" (RODENBACH, 1998, p. 62).

Aos olhos do amante, ela corrompe a essência da cidade, ferindo a identidade do sujeito que optou pelo isolamento, pela clausura e deixa de espelhar a imagem em que ele se vê refletido e harmonizado. Somado ao sentimento de culpa e pecado há conflito de identidade, confirmado pela cidade, pelos seus habitantes e por aquela espécie de responsório que ele se repetia há cinco anos: "Viúvo! Ser viúvo! Sou viúvo!" (*Ibidem*, p. 52). As águas dos canais que percorrem Bruges funcionam como metáfora desse espelhamento e de sua identificação com a cidade. Esses espelhos refletem quem é Hugues para ele mesmo, mas também para os demais moradores da cidade. Conforme ele nota as diferenças entre as mulheres, a atmosfera de Bruges volta a comandar suas ações:

> Ora, a Cidade tem sobretudo um rosto de Devota. São conselhos de fé e de renúncia que emanam dela, dos muros de seus hospitais e conventos, de suas frequentes igrejas ajoelhadas e metidas em roquetes de pedra. Ela tornou a governar Hugues e a lhe im-

> por obediência. Ele tornou a ser uma Personagem, a principal interlocutora de sua vida, que impressiona, dissuade, ordena, segundo a qual se toma rumo e de onde se tiram razões de agir (*Ibidem*, p. 197).

Bruges irá se comunicar com o viúvo por meio dos sinos, da música e do próprio ambiente. Na procissão que percorre a cidade no momento em que o casal se enfrenta, a imagem das mulheres que caminham é substituída pela imagem de mantos negros cujo movimento assemelha-se ao dos sinos, todos seguindo o mesmo itinerário rumo à igreja. Esses mantos pretos caminhando apagam as figuras humanas que os vestem e tudo o que se passa na cidade parece ser parte de sua melodia própria, tudo se move em um andamento ao qual seus habitantes estão alheios. As imagens compõem a configuração do ambiente que irá aconselhar e influenciar Hugues.

A música dos sinos embala Hugues e, associada à cidade morta, sugere-lhe as atitudes que devem ser tomadas e o desfecho da novela. A imagem é bem clara: não se caminha rumo à morte, mas "dentro dela", na interioridade mesma da morte, na essência, portanto, daquilo que constitui a cidade morta e o estado de alma dele. O que fará o personagem resgatar o vínculo com a cidade e nela reconhecer novamente seu duplo é seu sentimento de religiosidade, inspirado pelos rituais católicos celebrados nessa Bruges medieval. Sempre envolto pela cidade, ele se dirige ao hospital de SaintJean, seu lugar eleito para contemplação. O sentimento religioso aparece como mediador das semelhanças entre o sujeito e seu duplo, entre o sujeito e a cidade morta, reafirmando a comunhão entre Hugues e a cidade e fazendo de Jane o elemento maligno a ser expiado. Os desenhos do santuário de Santa Úrsula relatam seu martírio e o massacre às cem mil virgens. Nele, de modo quase epifânico, o viúvo não reconhecerá uma cena de assassinato, mas de apoteose; não verá a morte, a agonia ou a dor, mas, tal qual a legenda áurea, uma forma de redenção. Sabendo-se em pecado, o medo e as consequências de seu caso com Jane conformam a morte em outra perspectiva:

> A cidade tornava a ser solitária. E Hugues continuamente repetia: "Morta... morta... Bruges-a-morta..." com um ar maquinal, com uma voz frouxa, tentando justapor "Morta... morta... Bruges-a-morta..." à cadência dos últimos sinos, cansados, lentos, velhinhas extenuadas que mais pareciam – sobre a cidade, sobre uma tumba? – desfolhar languidamente umas flores de ferro! (*Ibidem*, p. 270)

Coincidentemente, a entrada de Jane na casa de Hugues durante a procissão é o modo como se dá a escutar a música do ritual de purificação. A música e o badalar dos sinos serão fundamentais no desenrolar do romance e a narrativa se desenvolverá seguindo seus compassos. Além de ser profundamente tocado pela música, Hugues a relaciona ao martírio, como quando observa a cena das cem mil virgens: "o martírio se faz acompanhar de músicas pintadas" (*Ibidem*, p. 209). É Bruges que conduz Viane à ação, inspirando-o por meio de sua atmosfera, de seus rituais, de seu festejo de purificação, seus sinos e seus silêncios; a noiva morta inspira-o por meio de um sussurro um tanto demoníaco e, claro, pelos cabelos, que, como serpentes, tornam-se espontâneos instrumentos de morte. Ao sacrificar o sangue da amante, Hugues restaura a ordem da cidade e de sua condição de viúvo. Bruges e a noiva são uma só, *Bruges-la-morte.*

A cidade morta, associada a outras imagens, tais como a lua e a torre, está em grande parte da produção de Alphonsus, fundamentando por vezes a construção do sujeito lírico. De antemão, trata-se de um sujeito isolado que, nas cidades mortas, encontrará sua identidade. Esse isolamento, de que a torre é símbolo significativo, aparece em várias instâncias: no espaço a partir de sua vivência nessas cidades; em certo sentido isolado no tempo, que parece anterior aos modernos centros urbanos; isolado socialmente, por se manter, de modo geral, afastado dos *cénacles* simbolistas e do cotidiano mais trivial. O epíteto "o solitário de Mariana", ao lado da latinização do seu nome – em 1894 – parece dar conta desse lugar poético que decide ocupar.

Também no poema "Ismália" parece possível vislumbrar aproximações com a temática da cidade morta, reforçando o diálogo de Alphonsus com Rodenbach, especificamente com o romance *Bruges-la-morte:*

> Ismália
>
> Quando Ismália enlouqueceu,
> Pôs-se na torre a sonhar...
> Viu uma lua no céu,
> Viu outra lua no mar.

No sonho em que se perdeu,
Banhou-se toda em luar...
Queria subir ao céu,
Queria descer ao mar...

E, no desvario seu,
Na torre pôs-se a cantar...
Estava perto do céu,
Estava longe do mar...

E como um anjo pendeu
As asas para voar...
Queria a lua do céu,
Queria a lua do mar...

As asas que Deus lhe deu
Ruflaram de par em par...
Sua alma subiu ao céu,
Seu corpo desceu ao mar...
(GUIMARAENS, 2001, p. 313)

O poema se organiza em cinco quartetos, rimados em abab. Há, no entanto, uma diferença sonora na rima dos versos ímpares que merece ser destacada, aquela entre o som dos ditongos fechado "eu" e aberto "éu", este presente exclusivamente na repetição da palavra céu. Pode-se pensar em algo como aba'b. Esse é um jogo de rima particular, pois a semelhança contém a diferença, sugerindo desde dentro a imagem de contraste, que será reiterada ao longo do poema. O ditongo fechado "eu" presente em "enlouqueceu", "perdeu" e "pendeu", sugere o fechamento de Ismália, no sentido de introspecção, de clausura, além de poder ser associado à ideia de loucura, de perda, de desejo e de intimidade, como evidenciam também as expressões "pôs-se na torre" e "queria". As expressões que contrastam com essas, sugerindo abertura, são "banhou-se", "voar", "asas que Deus lhe deu".

Ao banhar-se em luar, Ismália, não mais ensimesmada, mostra-se aberta para receber estímulos externos. No entanto, é apenas no seu desvario, perdida em si mesma, que olhará para o que lhe é exterior. Não enxergará uma realidade objetiva, mas encontrará o lugar para a realização do seu impossível desejo de alcançar as duas luas. Se o verbo "deu" teria aí um valor positivo oposto à ideia de perda, uma vez que ela teria sido presenteada por Deus, vale lembrar que aquilo que ela recebeu só lhe foi dado no desvario. Ismália, no entanto, mesmo em estado de carência, sente-se plena. A rima em "éu" opõe-se sonoramente pela abertura do ditongo e também pela imagem de lugar de escape que Ismália encontra na amplidão infinita e na abertura do céu. O contraste presente na rima aparece também em outros aspectos formais. É possível ver nas estrofes do poema mais do que uma unidade, uma vez que cada um dos quartetos contém a imagem do duplo, pois eles se partem e se duplicam em dois dísticos. Assim como na rima observada anteriormente, confirma-se que também na sua construção estrófica o poema está formado a partir do contraste entre pares.

Os dois primeiros versos de cada uma das estrofes, com traços narrativos, relacionam-se ao enlouquecimento de Ismália e às ações posteriores; os dois segundos, referem-se a suas visões, "viu uma lua...", à percepção do espaço que ocupa, "estava perto", "estava longe", e a seus desejos reiterados, expressos pela repetição do verbo "querer". Nos dísticos finais de cada estrofe, novas oposições aparecem também sempre aos pares: uma lua/outra lua, subir/descer, perto/longe, lua do céu/lua do mar, alma/corpo, céu/mar. A lua, que é uma só, é também entendida como duas luas diferentes no universo de Ismália. Da percepção de Ismália, tudo o que é uno está essencialmente dividido em dois.

Por outro lado, se o que é uno torna-se duplo, todos os pares de opostos passam a ser uma coisa só: subir equivale a descer, perto a longe, alma a corpo, voar a pender. Desse modo, mesmo as rimas podem ser lidas de outra forma. Seria possível dizer que os versos pareados em cada um dos dísticos no poema de Alphonsus estão *rimados* não pela sonoridade, mas pela equivalência semântica que se constrói no poema: céu e mar tornam-se equivalentes pela amplidão, como são equivalentes o enlouquecimento e o sonho, o ato de perder-se de si mesma provocado pelo luar e o desvario expresso pelo cantar, o movimento de pender e de voar, e a graça divina concedida a ela que permite deixar de ser una para se tornar plena no duplo e que culmina em sua morte.

Ainda no que se refere à forma, os segundos dísticos de cada estrofe contêm uma repetição e uma oposição: o uno e o par. Repetem-se os verbos ver, querer, estar e, por fim, já no desfecho, o pronome possessivo. Os verbos destacados não estão relacionados a ações como nos dísticos que encabeçam cada estrofe, mas aos desejos mais íntimos de Ismália. A imagem do desejo assim construída desemboca no apoderar-se Ismália de si mesma e na sua capacidade de duplicar-se, de dotar de sentidos ambivalentes aquilo que seria íntegro e de sentidos únicos o que seria contrastante, seja o material e o espiritual, o divino e o terreno, seja na dualidade também de matéria e espírito em "o corpo" e "a alma", além da oposição entre masculino e feminino. Ao lado de cada uma dessas repetições que marcariam a unidade, estão as já mencionadas oposições, sugerindo os pares em que tudo irá desaguar.

A propósito da construção antitética do poema, algo que deve ser enfatizado é o fato de ser um poema eminentemente lírico – uma autêntica canção, com repetições, estribilhos, redondilha maior –, mas com fortes traços narrativos, como a marcação temporal, que aliás inicia o poema e, principalmente, o fato de ele estar narrado em terceira pessoa. Ismália é personagem, não sujeito do poema; ela é antes um objeto de análise de um outro sujeito. Essa construção implica a dualidade mais profunda do poema, a do espelhamento entre o eu-lírico e a personagem: aquilo que se passa com uma Ismália desvairada, sem nenhuma possibilidade de organizar o próprio mundo, é interpretado por esse outro sujeito. Nesse sentido, existem dois cantos: o canto profundo de Ismália e o canto do poema em si. Do confronto entre essas duas posições, da marcação dessas alteridades, a loucura feminina aparece filtrada pela perspectiva masculina da voz que organiza o poema.

É na torre, do alto, entre céu e terra, que Ismália dá vazão a seus devaneios e, na imagem da lua decalcada na água, há, claramente, o simulacro da semelhança com a morte. Seria sonho ver duas luas? Ainda que uma seja apenas reflexo da outra, as duas luas são possíveis de serem vistas. Perdida em si mesma, banhando-se em luar, deseja alcançar céu e mar, deseja a elevação e a queda, duas situações impossíveis de serem alcançadas simultaneamente. Caberia a ela a escolha do alto ou do baixo, mas, na posição em que está, na torre, parece poder pertencer aos dois mundos, às duas instâncias. Como em Rodenbach, apenas por meio da morte restaura-se a ordem perdida. O poema parece admitir uma possibilidade interpretativa segundo a qual a loucura seria a causa de encontrar-se a figura feminina no alto da torre, a sonhar. Parece mais interessante, contudo, pensarmos a questão não em termos de causa e consequência, mas em termos temporais: é *quando* enlouquece que sonha, é *quando* sonha que vê as duas luas. A ambivalência dos versos seria resolvida, então, pela linearidade da narrativa.

Quanto à narrativa, tudo começa "quando Ismália enlouqueceu". A compreensão do tempo narrativo está vinculada à necessidade de compreendê-lo dentro do campo da linguagem e da imaginação. Essa linguagem será manifestada no canto, sintoma do desvario da personagem, que comove Ismália num crescendo culminante até sua entrega aos seus desejos. O canto surge como parte do ritual que conduzirá Ismália à libertação, da mesma forma como a música e seu andamento organizam as ações de Hugues frente a sua amante, sugerindo a atmosfera da cidade morta. É por meio da linguagem, da imaginação e da construção de símbolos que Ismália pode conseguir alcançar céu e terra num só golpe.

Do desejo associado ao desvario, surge o canto e, nesse movimento gradativo, Ismália começa a definir seu lugar no espaço também a partir dos sentidos, de forma a distorcê-lo segundo sua percepção. Dentro da torre, acredita estar mais próxima do céu do que do mar. Ritualístico, o cantar irá conduzi-la ao movimento de ascensão para o alcance de seu objeto. No entanto, a ascensão só é possível se vinculada à queda, tal qual ocorre com os santos na liturgia e na obra de Alphonsus. É como um anjo, espírito, que Ismália dá início ao voo, mas ela ainda é humana, ainda está presa à materialidade inerente ao corpo. Ismália é uma só, presa a dois elementos indissociáveis e eternamente em conflito – a condição humana, carnal, e a transcendência espiritual –, assim, só pode se realizar quando consegue se desprender daquilo que é lógico. Para ascender em voo, pende suas asas, ou seja, seu corpo em queda. As asas que Deus lhe deu também são parte da imaginação de Ismália, de modo que, fora dela, sua decisão de voar sugere a imagem do suicídio. Mas a essa sugestão sobrepõe-se a reiteração de seus desejos, afinal, ela não irá se lançar da torre para pôr fim à vida numa atitude de desespero, mas para encontrar aquilo que lhe é vital, que a comove, a lua. Com as asas pensas, ergue voo e suas asas ruflam de par em par, anunciando aqui que suas asas também já foram pareadas: corpo e alma dividem-se e completa-se o movimento simultâneo de ascensão e queda de Ismália.

A análise do poema "Ismália" também pode nos levar a uma reflexão sobre a figura de Ofélia, título original do poema, em possível alusão à personagem de Shakespeare. Nas versões publicadas em jornais pelo poeta, o poema chamava-se "Ofélia". Os relatos de Alphonsus

Filho indicam que o pai desejaria alterar o nome do poema para que não fossem feitas referências à Ofélia de Shakespeare. No livro *Imagens do poético em Alphonsus de Guimaraens*, Francine Ricieri percorre as diferentes versões do poema, bem como as notas editoriais que acompanharam sua publicação póstuma, em livro. Como mostra Ricieri, originalmente na quarta estrofe do poema então intitulado "Ofélia", lia-se: "E como um lírio pendeu / A imagem para voar". Estava presente no poema, então, a imagem da flor, presente no mito de Ofélia e em muitas de suas representações. Ricieri termina seu texto questionando: "Ofélia não estaria, por fim, mais densamente evocada precisamente no movimento pelo qual sua imagem se omitiu?". Certamente, Ofélia está evocada no poema de Ismália, seja pelo título inicial, seja pela imagem do suicídio, das águas, da mulher morta e da loucura, da figura do anjo e da anterior imagem do lírio, e amplia o diálogo por meio das afinidades eletivas.

O mito de Ofélia também está presente em *Bruges-la-morte,* além ser motivo em muitos poemas da tradição literária, europeia ou não,[7] de Shakespeare a Brecht. *Topos* literário, presente em diversas obras literárias e motivo de diversas pinturas e representações do feminino, da loucura, do suicídio e, por fim, da melancolia, a clássica imagem de Ofélia, a louca ornada com grinalda de lírios que se lança às águas sem que se esclareça se se trata de um acidente ou de um suicídio, encontra ecos diretos em "Ismália": "Na atmosfera muda das águas e

7 Sobre a figura de Ofélia na literatura brasileira, confira GUILHEN, 2008.

das ruas inanimadas, Hugues sentira com menos força o sofrimento de seu coração, pensara com mais doçura na morte. Ele a vira melhor, ele a compreendera melhor, reencontrando ao fio dos canais sua face de Ofélia que se foi, escutando sua voz na canção tênue e longínqua dos carrilhões" (RODENBACH, 1998, p. 69).

A referência a Ofélia no romance de Rodenbach não se encerra no parágrafo transcrito anteriormente. É ela a personagem escolhida para ilustrar a capa da primeira edição com desenho particularmente encomendado a Fernand Khnopff em função dos seus cabelos e da figura da mulher morta. Está reforçado, já na capa, o tradicional culto à mulher morta, que deixa de ser sujeito para ser apenas objeto.

Em Shakespeare, o canto de Ofélia é sintoma de sua loucura, em seguida à morte do pai. "Inconsciente", ela entoa seu canto acreditando fazer parte daquele meio, da natureza e teria sido criada para, ironicamente, ali viver. Os elementos da natureza são exteriores a ela e, na morte, ela estaria novamente em harmonia com eles. Aparecem já nessa peça a imagem das águas especulares e a queda associada à ascensão.

Também Rodenbach escreveu sua versão de Ophélie (*Ibidem*, p. 10-11). No seu poema, o que de mais relevante há são as imagens da água cinza, dos cabelos cujas tranças se desfazem, além da questão da loucura. As tranças mergulhadas vão se desfazendo e se confundindo com o mundo em torno, tal qual ocorre em Bruges, romance no qual essas imagens são muito marcantes. As águas que aparecem no poema remetem diretamente às aguas dos canais da cinzenta Bruges, além de a trança da mulher morta ser o instrumento que Hugues utilizará para matar Jane. Na imagem do emaranhado dos vegetais e dos cabelos, reflete-se o caos interior do sujeito. Trata-se de um correlato-objetivo, que encontra no mundo exterior imagens capazes de revelar a interioridade de um sujeito perdido de si mesmo, tomado pela demência, assim como em *Bruges-la-morte* as cidades são o estado de alma de Hugues: "ele o reencontrava e via nela, como se vê, na superfície das águas, a lua decalcada, idêntica..." (*Ibidem*, p. 137).

Quando Hughes vê Jane pela primeira vez, ele a vê num momento sombrio e sua visão do amor se constrói a partir de um reflexo que, no modo como a água o espelha, sugere a distorção da imagem refletida. A ideia do decalque já sugere a cópia, a imitação, que seduz tanto Hugues quanto Ismália. No romance de Rodenbach, à imagem de Ofélia e do luto, soma-se ainda a retirada do mar da cidade de Bruges, que reforça, por meio da água novamente, a ideia de perda e da escolha de uma cidade que espelhasse sua melancolia: "Era por isso que escolhera Bruges, Bruges de onde o mar se retirara, como quem escolhe uma grande felicidade" (*Ibidem*, p. 129). Sai o mar, restam os canais que remetem à imagem da perda e funcionarão como o espelho em que se reflete a melancolia. Por tudo isso, ele escolhe a cidade, porque tudo nela reflete a ideia de morte.

Independente dos valores sociais em voga e do lugar destinado à mulher, faz parte de um preceito estético associar a mulher morta e a dor do amante ao que haveria de mais belo na poesia. Na sua *Filosofia da composição*, Poe (1999) afirma que nada é mais belo que a morte da mulher amada: "a morte, pois, de uma bela mulher é, inquestionavelmente, o tema mais poético do mundo."

Tal qual Ofélia, Ismália tende a se tornar *topos* da cultura brasileira. Curiosamente, dois anos antes do centenário de morte de Alphonsus, o poema "Ismália" encontra ainda repercussão e foi reinterpretado pelo cantor e compositor Leandro Roque de Oliveira, conhecido popularmente como Emicida. Na canção "Ismália", presente no álbum *Amarelo*, lançado em 2019, além de ser lido o poema de Alphonsus na íntegra pela atriz Fernanda Montenegro, o eu-lírico cria identificação com essa personagem inscrita na literatura brasileira e ressignifica a imagem do suicídio a partir de outro ponto de vista.

Se em "Ismália", nem a causa de sua presença na torre nem a causa de sua loucura aparecem, na canção de Emicida essas causas são explicitadas. A morte e o assassinato – não mais o suicídio – têm causa na cor da pele: "Ter pele escura é ser Ismália". Diferente ainda de Ismália, que tem na morte sua realização, o sujeito na canção que incorpora o poema está aprisionado à sua condição reles, e qualquer tentativa de ascensão é frustrada pela perspectiva histórica e racial: "Quis ser estrela e virou medalha num boçal / Que coincidentemente tem a cor que matou seu ancestral". Não se está discutindo apenas com a tradição poética ao retomar a imagem da mulher morta, mas com as consequências de um passado, exaltado como heroico e nostálgico na literatura brasileira canônica, apesar de ser lugar de aflição e tortura para os exilados da história e da narrativa brasileira.

Na canção contemporânea, o eu-lírico dialoga com uma tradição que violentou seus ancestrais e não deixou sequer registro: foram queimadas e apagadas da história. Exceção feita a Machado de Assis, são poucos os autores negros que compõem o cânone literário. E mesmo a identidade de Machado, tido mundialmente como o maior escritor brasileiro, foi mantida em segredo. Por apagamentos dessa ordem, em "Ismália" de Emicida, a figura feminina deseja disfarçar sua identidade pela forma como será nomeada: "Ela quis ser chamada de morena / Que isso camufla o abismo entre si e a humanidade plena". A loucura dessa Ismália é consequência da "raiva que insufla" pelo não pertencimento, pelo isolamento imposto e é disso que é feita a água que "tudo inunda" na canção.

A relação estabelecida entre o eu-lírico de "Ismália" de Emicida e a personagem de Alphonsus reforça o espelhamento entre o eu-lírico e a personagem, cabendo dessa vez a esse eu a função de ordenar o mundo e interpretar o desvario da figura na qual se reflete. Não se trata mais do ambiente da cidade morta, mas de um ambiente que se constrói pela narrativa histórica e guarda nela seu caráter mortal. Essa Ismália não quer se dividir. Busca-se aqui o direito à liberdade e à ascensão: "Quis tocar o céu, mas terminou no chão". Nos versos de Emicida, o poema nos dá a visão, não do alto de uma torre, mas da arquibancada de onde o eu-lírico assiste à sua derrota depois de uma esperança frustrada: "Com a fé de quem olha do banco a cena / Do gol que nóis mais precisava na trave".

Um dos propósitos da própria efeméride de Alphonsus é revisitar sua história e sua inscrição na história da cultura brasileira através de outros processos e novos ângulos de olhar, muitos deles, antes silenciados. A partir das obras de Alphonsus e Rodenbach, esses sentimentos humanos e universais, incomunicáveis, são sugeridos por meio de imagens que, em sua composição, tornam-se únicas, embora derivem de temas semelhantes. Conforme mostra a poeta Sophia de Mello Breyner Andresen (2004, p. 156), quando compõe o artista "uma obra de rigor, de verdade e de consciência, ele irá contribuir para a formação duma consciência comum". No caso de Alphonsus, isolado nas cidades mortas, sua poesia é recuperada e reafirmada na tradição, tanto pelo diálogo que ele estabelece com os simbolistas e com temas e imagens comuns a essa estética, quanto no diálogo inspirado em sua poesia. Mário de Andrade é importante nesse resgate. Sobre sua visita ao poeta, diz o modernista:

> Em Mariana, a Católica, fui encontrá-lo na escuridade da sua casa de trabalho, sozinho e grande. Escrínio mais profundo que a episcopal cidade não encontrara a sua alma de místico para se guardar. Refugiu lá do estéril turbilhão da rua para milhor abrir a flor de sua inspiração no jardim fantástico dos sonhos e dos ideais impossíveis. (...) Na cidade de orações silenciosas tam solitária, que mesmo as pessoas que se juntam têm a impressão de estar sozinhas – com dizê-lo só, digo mal: Dona Mística

> vive com ele pelas noites de poesia, por seus dias de solidão. (...) A sua poética, toda de amor e unção, tristonha e pura, sem os ribombos do ódio, sem as fanfarras da paixão, é um jardim esquecido no meio do Brasil, onde floresce num perfume emoliente e casto, as rosas, os lírios, as violetas, as saudades (...). (ANDRADE, Mário *apud* GUIMARAENS FILHO, 1974, p. 69-72)

Mário discerne em Alphonsus um poeta que soube representar o espírito das cidades de Ouro Preto e Mariana a partir de uma linguagem específica e original, como mais tarde faria o próprio Mário com a cidade de São Paulo. Alphonsus teve em Mário, pensador da identidade nacional, um interlocutor de sua obra. Agora, no centenário de morte do poeta mineiro, Emicida o presenteia reforçando sua inscrição na cultura brasileira por uma releitura, reafirmando a ideia de Sophia, segundo a qual "mesmo que fale somente de pedras ou de brisas a obra do artista vem sempre dizer-nos isto: Que não somos apenas animais acossados na luta pela sobrevivência mas que somos, por direito natural, herdeiros da liberdade e da dignidade do ser" (ANDRESEN, 2004, p. 156).

Referências bibliográficas

ANDRESEN, S. M. B. *Poemas escolhidos*. Sel. de Vilma Areas. São Paulo: Companhia das Letras, 2004.

BASTIDE, Roger. "As letras e as artes". *Brasil, terra de contrastes*. (trad. Queiroz, M. I. P.) São Paulo: Difusão europeia do livro, 5ªed. 1973.

FILHO, Alphonsus de Guimaraens. *Alphonsus de Guimaraens no seu ambiente.* Rio de Janeiro: Fundação Biblioteca Nacional, 1995.

______. *Itinerários: cartas a Alphonsus de Guimaraens Filho.* São Paulo: Duas cidades, 1974.

GUILHEN, Ellen. *A morte de Ofélia nas águas: reflexos da personagem de Shakespeare na poesia simbolista brasileira.* Mestrado. Unicamp, 2008.

GUIMARAENS, Alphonsus de. *Poesia completa.* (org. FILHO, Alphonsus de.) Rio de Janeiro: Nova Aguilar, 2001.

______. *Obra completa.* Rio de Janeiro: Ed. Jose Aguilar, 1960.

______. *Poesias.* Rio de Janeiro: Organizações Simões, 1955.

LAFETÁ, João Luiz. "A representação do sujeito lírico na *Paulicéia desvairada*". In: *A dimensão da noite e outros ensaios.* Col. Espírito Crítico. São Paulo: Ed. 34, 2004.

MURICY, Andrade. *Panorama do movimento simbolista brasileiro.* São Paulo: Editora Perspectiva, 3ªed, 1987.

PAGANINI, Luiz Antônio. "O francesismo na revista *Horus*". *Caligrama*: Revista de Estudos Românicos, [S.l.], v. 6, p. 99-111, out. 2011. ISSN 2238-3824.

POE, Edgar Allan. *Poemas e Ensaios.* (Trad. Oscar Mendes e Milton Amado). 3ª. ed. revista. São Paulo: Globo, 1999.

RICIERI, Francine Fernandes Weiss. *A imagem poética em Alphonsus de Guimaraens: espelhamentos e tensões*. Tese de doutorado. Campinas: Instituto de Estudos da Linguagem, UNICAMP, 2001. (Publicado em livro pela Edusp e Fap-UNIFESP Editora, em 2004).

_______. *Alphonsus de Guimaraens (1870-1921). Bibliografia comentada*. Dissertação de mestrado. Assis: Faculdade de Ciências e Letras, UNESP, 1996.

RODENBACH, George. (1998) *Bruges-la-morte*. France: GFFlammarion.

STAROBINSKI, Jean. *A melancolia diante do espelho*. São Paulo: Editora 34, 2014.

Alphonsus de Guimaraens e os percursos de sua atividade tradutória

Wiliam Mariano Pereira

Formação e atividade tradutória

A trajetória literária do poeta mineiro Alphonsus de Guimaraens possui uma importante faceta que se vincula às literaturas estrangeiras que integram e caracterizam, de maneiras diversas, seu próprio universo poético, e o contato com parte das línguas-culturas com as quais se estabelece os intertextos se dá já nos anos de sua formação inicial. Nos cursos preparatórios realizados no Ginásio Mineiro (anteriormente Liceu Mineiro) em Ouro Preto, Guimaraens estudou "português com o poeta romântico João Nemrod Kubitschek, latim com Afonso de Brito, francês com Randolfo Bretas, inglês com *mister* Charles Catton Kopsey (...)" (GUIMARAENS FILHO, 1995, p. 88).

Dentre as relações estabelecidas com seus pares, a leitura crítica de traduções, incluindo correções, era habitual, notadamente durante os anos de convivência na Villa Kyrial em São Paulo, onde compartilhou várias trocas, especialmente com o seu animador José de Freitas Valle, sendo que era comum os poetas que a frequentavam se criticarem mutuamente.

No seio familiar, no qual figuram outros escritores, seu epistolário releva, por exemplo, um comentário dirigido a seu filho e também poeta João Alphonsus concernente à tradução que este fizera de Edgar Allan Poe, no qual se lê "A tua tradução ou, antes, paráfrase, da poesia de Poe está belíssima".[1] Guimaraens também possui, aliás, o poema *A cabeça do corvo*, dialogando com o poema do escritor norte-americano.

Suas traduções aparecem, publicadas ou não, de maneira diversa e, muitas vezes esparsa. Os textos compilados em sua *Poesia Completa* (2006) correspondem a versos produzidos durante os anos de mocidade do poeta e reunidos no livro *Outras Poesias*, a textos publicados em periódicos, folhetins e revistas, e àqueles integrados, deliberadamente, às suas publicações na composição de livros. Com exceção da tradução de *Nova primavera* de Heine, traduzido em sua totalidade, as publicações das traduções alphonsinas se relacionam, portanto, a uma tendência vigente no campo da tradução no final do século XIX.

Ao comentar um trecho da comparação estabelecida por Júlio Castañon Guimarães entre projetos tradutórios adotados por Batista Cepelos e Alphonsus de Guimaraens Faleiros (2012, p. 19), remarca uma:

> síntese de certa prática de traduzir que se caracteriza por: a) inclusão de traduções em livros de poemas dos poetas-tradutores; b) adoção da tradução quase como texto próprio pelos tradutores-poetas;

1 Carta escrita em 05 de agosto de 1919, em Mariana.

> c) ampla liberdade de intervenção nos textos originais. Essa prática revelaria "um dado próprio do estatuto da tradução até esse período". Segundo Castañon Guimarães, essa seria uma forma predominante de se tratar a tradução de poemas à época.

Tal prática caracteriza grande parte das traduções alphonsinas. Faleiros (2012, p. 19) aponta, ainda, que "de fato, a inclusão de traduções, muitas vezes livremente modificadas, nos livros dos próprios autores, era corrente, pois o que importava era a qualidade e o alcance da emulação." Isso se soma, outrossim, a certa diversidade temática e de gênero, em especial, no livro *Pastoral aos Crentes do Amor e da Morte* (1923), aquele em que aparece o maior número de traduções do poeta mineiro.

> Muito diferente dos outros livros de Alphonsus de Guimaraens, o trabalho com a forma poética e a diversidade de gêneros já não se encontram tão vinculados à mitologia cristã e à Bíblia. Já na primeira parte "Estâncias", que conta com vinte e nove poemas, encontram-se formas variadas, além de duas traduções de poemas de Stecchetti, duas de Verlaine, uma de Mallarmé, além de uma poesia chinesa de Yang-Pi. Dentre os cinquenta poemas que compõem a segunda parte do livro, "Canções", há duas variações de carmens, um japonês e um coreano. É principalmente nesse livro que as formas e gêneros mais são trabalhadas e marcadas nos títulos dos poemas; são duas barcarolas, duas árias, a tradução da "Canção do Outono" de Verlaine, dois rimances, uma "cantigas e voltas" uma serenada, um poema de "tercetos de amor" (LEÃO, 2016, p. 50).

Diante dessa variedade, relevadora de parte da trajetória intelectual de Guimaraens, optamos por dividir este panorama da tradução alphonsina em partes por temas, considerando alguns agrupamentos, a saber: *A Nova Primavera* de Heine, traduções do latim, Oriente, Stecchetti, traduções francesas e Alphonsus tradutor.

A Nova Primavera de Heine

A segunda parte (de três) de *O Salão (Der Salon. Zweiter Teil)* do poeta romântico alemão Heinrich Heine foi publicada em 1835 contendo o ciclo de poesias *Neuer Frühling (Nova primavera)*. A partir da tradução francesa publicada em 1894, Guimaraens realiza sua própria tradução da obra de Heine. Quatro anos após a publicação francesa, em 1898, o poeta mineiro publica sua tradução de *Nova Primavera* em dois fascículos[2] da *Revista Brasileira* de José Veríssimo.

Dentre seus interlocutores, revela-se, por meio de sua correspondência passiva, uma carta escrita em 10 de fevereiro de 1899 pelo poeta mineiro Augusto Viana do Castelo relatando suas impressões a propósito da tradução de Alphonsus: “Li, com que prazer!, a tua maravilhosa tradução da *Nova Primavera* e, certamente, é um verdadeiro milagre teres conservado, através de duas traduções, a esquisita delicadeza tão suave e o lirismo tão original do grande poeta (...)” (BUENO, 2002, p. 39).

A temática recuperada na tradução alphonsina por meios de elementos caros ao seu simbolismo e o estatu-

2 Ano IV, t. XIV, fascs. 78 e 79, jun. e jul. 1898.

to exclusivo da integralidade dessa tradução são abordados por Anglade-Aurand (1971, p. 191):

> É o único poema longo que ele traduz, e não é um poema simbolista; mas Alphonsus recebe todas as influências do parnasianismo de Ronsard – e há na "Nova Primavera" muitos elementos que podem ser assimilados a um certo simbolismo: primavera e outono comparados ao amor, rosas, flores, estrelas e sonhos, a lenda do rouxinol, enfim até as lágrimas que muitas vezes são sinônimos de poesia romântica, estão próximas das lágrimas derramadas por Maeterlinck e Rodenbach...[3] (tradução do autor do ensaio).

Traduções do latim

A obra alphonsina possui diversas expressões que se utilizam da língua latina como forma de aproximação com as culturas clássicas de maneira longeva e marcante, dentre as quais, a realização de algumas traduções. A tradução do hino da igreja católica romana remontando ao século XIII, "*Dies Irae*", (sequência do dia de finados) aparece como epílogo do livro *Kiriale*, de 1902.

---

3 *"C'est le seul long poème qu'il traduit, et ce n'est pas un poème symboliste; mais Alphonsus reçoit alors toutes les influences, de Ronsard au Parnasse – et il y a dans "Nouveau Printemps" de nombreux éléments qui peuvent être assimilés à un certain symbolisme: le printemps et l'automne comparés à l'amour, les roses, les étoiles et le rêve, la légende du rossignol, enfin même les larmes qui sont souvent synonymes de poésie romantique, sont proches des pleurs versés par Maeterlinck et Rodenbach...".*

O livro *Pulvis*, (1938) apresenta dois poemas sacros traduzidos do latim: "*Tantum Ergo*" (Canto do Santíssimo Sacramento) e "*Magnificat*" (Cântico de Nossa Senhora), publicados, inicialmente, em *A Gazeta* (SP, 1908) e *O Germinal* (Mariana, 1913). Relativamente à publicação posterior em livro, as duas primeiras publicações da tradução de "*Magnificat*" possuem as seguintes variantes:

Quia respexit humilitatem ancillæ suæ: ecce enim ex hoc

(est. 1, v. 3)	Pois que os olhos volveu para a ancila, humilhada
var.	*Porque* os olhos volveu para a ancila, humilhada

dispersit superbos mente cordis sui.

(est. 4, v. 2)	A soberba, Esse que beata me formou:
var.	A soberba, Esse que beata *aqui* me formou:

Gloria Patri, et Filio, et Spiritui Sancto
Sicut erat in principio, et nunc, et semper, et in saecula saeculorum.
Amen.

(est. 6, v. 4)	Sacrossanta Estirpe. Amém.
var.	*Santa* Estirpe. Amém.

No mesmo papel onde foram conservadas, em original, as traduções de "*Tantum Ergo*" e "*Magnificat*", encontrou-se o início da tradução de "*Stabat Mater*", apresentada em poucos versos e sua variante(GUIMARAENS FILHO, 2006, p. 604):

Stabat mater dolorosa
Juxta crucem lacrimosa,
Dum pendebat filius.

Junto da cruz onde, pregado Morria o Filho, estava em lágrimas A dolorosa Mãe preclara.	Junto à Cruz onde agonizava Suspenso o Filho, em pranto estava...

Acompanhada do texto latino e de sua tradução francesa, a tradução do poema em latim de um soneto do Papa Leão XIII contra o que se chama de "seita maçônica" foi publicada no *Conceição do Serro* (1904) e no *Anuário de Minas Gerais*, em 1906, e integrada ao livro *Outras Poesias* de sua *Poesia Completa* (2006). A primeira estrofe do poema de partida e suas traduções francesa e brasileira são as que seguem:

Exulit ecce caput vesano incensa furore
Ex stygiis inimica cohors erupta latebris;
Divinum Numen maiestatemque verendam
Aggreditur: Christi Sponsam mordere cruento

Voici que de l'abîme une secte vomie *A dressé sur la terre une tête ennemie:* *Elle voudrait nier le Ciel en le vidant* *Et plonger dans l'Église une infernale dent.*	Incendida em furor, tresvariada, uma coorte Inimiga soergueu do Estige, em ira cruenta, A cabeça, e agredir de Jesus a Consorte, E a Majestade santa, e o Nume eterno, tenta.

O livro *Outras Poesias* traz, ainda, a tradução de uma poesia-acróstico *("Maria Immaculata")* composta em versos latinos por Edmundo Lins (professor de latim no seminário), por ocasião da definição do dogma da Imaculada Conceição de Maria pelo Papa Pio IX. Eis as primeiras quintilhas do poema e sua tradução, "Maria Imaculada":

***M**irificae telluris et almi corpora solis,* ***A**strorumque iubar caelis quod fulget in altis,* ***R**orantem lunam, facibus lucentibus, orbem* ***I**mmensum aequoris et terrae, noctu, irradiantem,* ***A**rbiter Altus Olympi voce potente creavit*
Maravilhosa terra e almo sol que dá vida, **A**stros de halos iriais que resplendem nos céus, **R**órida lua, em luz a face entristecida, **I**luminando a vastidão indefinida, **A**h! tudo criou, a voz olímpica de Deus!

A temática da adoração por Maria em suas diversas manifestações é uma constante na poética de Alphonsus. A tradução do poema "*Loa a Maria*" também figura no livro *Outras Poesias* e foi publicada no *D. Silvério* (Órgão Oficial da Arquidiocese de Mariana) em 1913. O livro *Poesia Completa* (*Ibidem*, p. 614) aponta, ainda, que a identificação do nome do autor do poema em latim não foi possível. Eis a primeira estrofe da tradução:

Gemem os coros divinais em prece
Cantos que os pés osculam de Maria.
Seu poder neste mês mais se engrandece
E sobre nós o cetro seu irradia.

Oriente

O livro *Pastoral aos crentes do amor e da morte*, de 1923, contém a maioria das traduções de temática oriental feitas por Guimaraens. As poesias cujos temas remetem à China, à Coreia e ao Japão, foram traduzidas a partir de traduções francesas, sendo que a prática de traduções indiretas, no período, era comum, como exemplificado por Aseff (2012, p. 179): "Machado de Assis, no período romântico, como se viu no primeiro capítulo, e o simbolista Alphonsus de Guimaraens interessaram-se em traduzir poesia chinesa, mas não o fizeram a partir do original, mas por intermédio do francês."

Em São Paulo, cidade onde viveu entre 1891 e 1893, Alphonsus lê diversas obras de magia e contos fantásticos que lhe estão disponíveis, como, por exemplo, as *Aventuras surpreendentes dos tempos antigos e modernos (Aventures surprenantes des temps anciens et modernes [Kin Kou Ki Kouan])*, sendo esse contato cultural um dos principais motivos de seu interesse pela escolha das traduções (ANGLADE-AURAND, 1971, p. 188).

De uma obra muito popular na China denominada *Kin Kou Ki Kouan*[4] são tiradas as "três novelas chinesas" traduzidas na França pelo Marquês D'Hervey-Saint-Denys e um dos poemas traduzidos pelo poeta mineiro se encontra no início do terceiro conto denominado: "O casamento forçado" *(Le mariage forcé)*. Trata-se de "O Lago de Tai-Hu", escrito pelo poeta Yang-Pi durante um passeio pelo lago chinês, cuja tradução alphonsina, ainda segundo Aurand (p. 189), tem forte inspiração no "Lago" de Lamartine. Eis sua versão francesa em dísticos e sua tradução em quartetos:

---

4 Aventuras surpreendentes dos tempos antigos e modernos - *(Aventures surprenantes des temps anciens et modernes")* (AURAND, 1971, p. 188).

Des barques glissent et se succèdent sans interruption
Des sons lointains de flûte traversent l'espace et charment l'oreille.

Le vent s'est apaisé, tout nuage est disparu;
L'azur lumineux du ciel se réflechit dans le miroir mouvant.

XIX. O LAGO DE TAI-HU
(POESIA CHINESA DE YANG-PI)

Uma após outra (os ares são tranquilos)
As gôndolas deslizam suavemente.
O espaço cortam sons de flauta... e a gente
Tem o ouvido encantado só de ouvi-los.

Oh Lago de Tai-Hu! Poente vermelho...
O vento morre em calmaria e o undoso
Céu, repleto de azul, vem luminoso
Refletir-se no movediço espelho.

Em "Os Alquimistas" *(Les Alchimistes)*, primeiro conto da obra chinesa, se encontram os versos utilizados por Guimaraens na composição de seu poema, "O amor". No interior da narrativa, os versos de uma estrofe são cantados por um rapaz enamorado e, como resposta, uma mulher canta outros versos. Indicado no livro de Alphonsus como "poesia anônima chinesa", os versos, seguindo o turno de falas, são traduzidos em duas partes: "O amante": (dois quartetos); "A amada": (um quarteto):

Une fleur d'une beauté sans égale ornait le jardin d'une noble demeure;
On l'a transplantée sur le terroir d'une pauvre maison des champs.
En quelque lieu qu'elle brille; en quelque endroit qu'elle s'épanouisse,
Le souffle du printemps la cherche, attiré par la suavité de son parfum.

O amante:

Uma flor de beleza não sonhada
Ornava de um palácio o jardim belo.
Um dia, do horto rico do castelo,
Foi pra casa de um pobre transportada.

Mas em qualquer lugar que ela tão pura
Brilhe, cintile, desabroche em beijos,
Sente do amor os celestiais desejos,
Da primavera o sopro ainda a procura.

Si les fleurs qui s'épanouissent ont un maître
Ce maître ne saurait être que le souffle du printemps.
Le parfum, qui est l'âme de la fleur,
Ne se laisse-t-il emporter par ce souffle tout puissant?

A amada:

Se a flor tem um senhor, será, fremente,
Da primavera o sopro, andando em queixa...
Pois se o perfume, alma da flor, se deixa
Levar nas asas desse sopro ardente!

Publicado inicialmente no *Conceição do Serro* (em 12 de fevereiro de 1905), o poema possui a seguinte variante (à esquerda) em relação à sua publicação posterior:

On l'a transplantée sur le terroir d'une
pauvre maison des champs.

est. 1, v. 4	Foi pra casa de um pobre *transplantada.*	Foi pra casa de um pobre transportada.

"As Canções", parte do livro *Pastoral aos crentes do amor e da morte*, traz os poemas "Cármen Coreano" e "Cármen Japonês". Em sua origem latina, *Carmen* significa "canção" ou "poema", lógica utilizada por Alphonsus ao compor, em versos, traduções que fizera incialmente em prosa.

Traduzido em francês por J. H. Rosny, o livro coreano *Tchoun-Hyang* ganha, primeiramente, uma tradução em prosa do poeta mineiro. Assinada por Alphonsus sob o pseudônimo de João Carrilho, é publicada em folhetim com o título *Primavera Perdida* no jornal *Conceição do Serro*, em janeiro de 1905. No último folhetim publicado em fevereiro do mesmo ano, Guimaraens faz a tradução, em versos, do "Cármen Coreano", um poema de amor publicado posteriormente no *Jornal do Comércio*, em julho de 1909. Sua publicação possui as seguintes variantes em relação àquela posterior integrante de sua *Poesia Completa* (à direita):

est. 5, v. 4	Que neles vinham de *fazer* o ninho.	Que neles vinham construir o ninho.

est. 6, v. 1	E *disse* para mim: "Como estas flores,	E eu disse para mim: "Como estas flores,

Também integrando as "Canções" de *Pastoral*, o "Cármen Japonês", de acordo com Aurand (1971, p. 190), foi tirado da mesma obra coreana (traduzida, a princípio, por Rosny), que estava pronta para ser publicada em folhetim no jornal dirigido por Alphonsus à época, o *Conceição do Serro*. Consta, em seus manuscritos, o poema em prosa correspondente ao "Cármen Japonês", "tradução da tradução francesa".

Stecchetti

Lorenzo Stecchetti é um dos pseudônimos de Olindo Guerrini, poeta/escritor italiano (1845-1916), expoente da poesia realista. Em sua coleção de poesias *Postuma* (Póstuma), publicada em 1877, Guerrini atribui, em carta introdutória ao leitor, a autoria dos versos a um primo fictício (Stecchetti) morto após padecer de tuberculose. Tal condição se aproxima, aliás, de um dos temas recorrentes na poética alphonsina: a morte, aproximando-se, igualmente, do tema da morte (por tuberculose) da prima-noiva Constança.

Do livro *Postuma* foram retirados a maioria dos poemas de Stecchetti traduzidos por Alphonsus. Em "As Estâncias", do livro *Pastoral aos Crentes do Amor e da Morte*, do poeta mineiro, encontram-se duas traduções. A primeira, "IV. De Stecchetti", tradução do poema *"XVI. "Scrito sopra un sasso"* (Escrito em uma pedra):

Voi che salite questo verde monte *E il silenzio cercate* *Dov'è più folto il bosco e chiaro il fonte,* *Anime innamorate,*	Vós que subis por este verde monte E o silêncio buscais, em horas calmas, Onde é mais denso o bosque e clara a fonte, Enamoradas almas:
Pietà di me! Sul margin della via *Seggo soletto e gramo:* *Ahi grave, amanti, è la sventura mia!* *Pietà di me! Non amo.*	Ai! piedade de mim, que pela estrada Sozinho sigo e inconsolável clamo! A minha desventura é mui pesada... Ai! piedade! Não amo...

A segunda tradução, "VI. De Stecchetti", a partir do 14º (XIV) poema do livro *Postuma (Quando cadran le foglie e tu verrai),* sendo um quarteto e dois dísticos:

Quando cadran le foglie e tu verrai A cercar la mia croce in camposanto, In un cantuccio la ritroverai E molti fior le saran nati accanto.	Quando as folhas caírem, e tu fores Procurar minha cruz no campo-santo, Hás de encontrá-la, meu amor, num canto, Circundada de flores.
Cògli allora pe' tuoi biondi capelli I fiori nati dal mio cor. Son quelli	Colhe, então, para os teus loiros cabelos, Cada flor que do peito meu florisse!
I canti che pensai ma che non scrissi, Le parole d'amor che non ti dissi.	São versos que pensei sem escrevê-los, São palavras de amor que não te disse...

O livro *Outras Poesias* contém as demais traduções de Stecchetti: os agrupamentos "XXXVIII. Dois sonetos de Stecchetti" e "XVIII. Três números de Stecchetti". O segundo soneto (II) tradução do número "*LX*". do livro italiano:

Chi potesse ridir quanto l'amai *Questa bianca beltà che par di cera,* *Questa beltà che non sorride mai,* *Che mai non piange e s'abbandona intera!*	Quanto eu amei, oh! quem dizer pudesse, A que não mais sorri beldade e fada, Beldade que de cera e luar parece, Que não mais chora, toda abandonada...
Quante volte a quest'occhi domandai *Un lampo sol di voluttà sincera,* *E quante volte l'anima cercai* *Nel bacio suo, ma l'anima non c'era;*	Pedi-lhe, quantas vezes! que me desse Um instante de não dissimulada Volúpia: e no seu beijo, ardendo em prece, Busquei, mas lá não era, a alma adorada...
E quante volte nel secreto letto *Questo fuoco fatal che mi divora,* *Folle, tentai di suscitarle in petto;*	E quantas vezes, no secreto leito, Este fogo fatal que me devora, Louco, tentei de lho excitar no peito...
E quante volte del dolor nell'ora, *Quando sanguina il cor, l'ho maledetto* *Questo spettro d'amore, e l'amo ancora.*	E da dor, quantas vezes! na hora infinda Maldisse-o, o peito em sangue, como agora, Este espectro de amor, e adoro-o ainda...

O primeiro soneto (I), cujo original não foi localizado por nós, apresenta como tradução, em parte, o que se lê no primeiro quarteto:

> Não pergunteis jamais por que as estrelas
> Vêm de novo velar no céu sereno;
> Não pergunteis jamais por que são belas,
> Nem por que seu clarão é assim ameno.

Finalmente, os "Três números de Stecchetti" foram publicados, a princípio, em *O Germinal* de Mariana, em 1911:

XLVII. *SPES, ULTIMA DEA*	I Spes, ultima dea
Ho detto al core, al mio povero core: *— Perchè questo languor, questo sconforto?—Ed egli m'ha risposto: — È morto amore! —*	Disse ao meu pobre coração: — Cuidado! Por que esta languidez e desconforto? E ele me respondeu: Amor é sepultado.
Ho detto al core, al mio povero core: *— Perchè dunque sperar se amore è morto?* *E m'ha risposto: — Chi non spera, muore. —*	Disse-lhe, então: — Ninguém mais te socorre. Por que, pois, esperar se amor é morto? E ele me respondeu: Quem não espera, morre.

LXVII. *"PER AMOR DI DIO"* *"Signor la carità per un pezzente!* *Veda, ho fame... son nudo!...* *Per amor del suo Dio" — "Non ti do niente!" —* *"Per gli occhi del suo amor!" — "Prendi uno scudo".*
II Per amor di Dio —Uma esmola, senhor, por caridade! estou Tão nu, e tenho fome, e perdi tudo... Pelo amor do teu Deus! — "Nada te dou." —Pelos olhos do teu amor! — "Toma um escudo.

	III
Mi si spezza la testa. Io sono malato *E la febbre mi brucia entro le vene.*	Sinto em pedaços a cabeça. Doente, A febre as veias requeimar-me vem.
Sono debole, giallo, dimagrato, *Ma quando penso a te mi sento bene.*	Estou magro, sem cor, débil, ardente... Mas quando penso em ti, sinto-me bem.
Ma quando penso a te cessa il dolore *E la speranza mi ritorna in core.*	Mas quando penso em ti, a dor descansa: De novo ao coração volta a esperança.
Per non soffrir così vorrei morire, *Ma quando penso a te voglio guarire.*	Morrer quisera pra não mais sofrer... Mas quando penso em ti, quero viver.

Traduções francesas

A língua francesa possibilitou a Guimaraens o acesso a obras de literaturas de outras línguas das quais fez algumas traduções, como apontado anteriormente. Ademais, as traduções de obras escritas originalmente em francês consistem, naturalmente, naquelas com as quais a poética alphonsina possui os vínculos mais reconhecíveis pela sua fortuna crítica. Trata-se de diálogos mais recorrentes, estabelecidos com os principais dos seus modelos florescidos, especialmente, na segunda metade do século XIX.

No tocante a essas aproximações, que se dão de maneiras diversas, destacam-se, dentre os simbolistas, Mallarmé, Rimbaud e, notadamente, Verlaine. Além deles, José María de Heredia, o Soneto de Arvers e José de Freitas Valle, conhecido pelo seu nome artístico, Jacques D'Avray. As traduções de seu *maître*, Paul Verlaine, são as produzidas em maior número e figuram esparsas pelas obras do poeta mineiro.

O livro *Dona Mística* (1889) contém uma das traduções da *"Chanson d'Automne"* (Canção do Outono), poema mais célebre de Verlaine. Trata-se de "Ária dos Olhos"; das duas traduções, corresponde ao poema menos aderente ao texto de partida, porém conservando elementos do texto francês:

Pastoral aos crentes do amor e da morte (1923) possui sete traduções francesas, sendo cinco de Paul Verlaine: "VIII De Verlaine" (No ribeiro enevoado, a sombra do arvoredo), "XV De Verlaine" (Minha vida descansa), "XVIII (Versão livre de Verlaine) (Por causa de uma mulher, minh'alma), "XXVIII. Canção do outono" e "XLIII" (A tua carne é toda pétalas de rosa). Além delas, o livro contém a única tradução de Mallarmé, "XXI. Aparição", e "LXXIII. Jardim da Europa", do poeta Jacques d'Avray.

A tradução "VIII. De Verlaine", a despeito da manutenção do tom imagético e de algumas construções sintáticas idênticas ao poema de partida, se caracteriza, em especial, pela "diferença em relação ao poema de Verlaine, sobretudo no que consiste em sua oralização, considerando-se a musicalidade obtida por ambos" (PEREIRA, 2012, p. 61). Foi publicada inicialmente no periódico *A Gazeta* (São Paulo, 10 de maio de 1910) com a anotação "Verso livre" e possui as seguintes variações (assim como as demais, destacadas em itálico) em relação à versão publicada em sua *Poesia Completa*:

Se plaignent les tourterelles.

est. 1, v. 4	*Lastimam-se* as touti-negras.	Se lastimam as touti-negras.

Et que tristes pleuraient dans les hautes feuillées

est. 2, v. 3	*Choravam* triste na folhagem	Chorava triste na folhagem

est. 2, v. 4	O teu *amor*,	O teu Amor...

est. 2, v. 5	E, entre pétalas doiradas,	E entre pétalas doiradas,

Tes espérances noyées!

est. 2, v. 6	As tuas esperanças afogadas!	As tuas esperanças afogadas...

A tradução "XV De Verlaine" foi publicada no *Jornal do Comércio* (Juiz de Fora, 7 julho de 1910) com o título "De Paul Verlaine" e a seguinte variação:

Dormez, tout espoir,

est. 1, v. 3	Dormi, toda *a* esperança,	Dormi, toda esperança,

Trata-se de uma tradução homóloga ao poema de partida, já que Alphonsus:

> (...) manteve uma estrutura bastante semelhante no seu poema em relação ao poema de partida, como a disposição dos versos em quartetos e o mesmo esquema rímico. Em segundo lugar, grande parte das imagens adotadas por Verlaine foram, também, adotadas na tradução, caracterizando um espelhamento sob uma perspectiva de tradução mais calcada na textualidade (*Ibidem*, p. 67).

"XVIII" (Versão livre de Verlaine) possui polimetria não muito recorrente nas traduções alphonsinas. Comentada no apêndice do livro *Poesia Completa* (2006), onde figuram as notas e variantes, esta obra a primeira publicação da tradução no *Jornal do Comércio* (Juiz de Fora, em 14 abril de1910) com o título "De Paulo [sic] Verlaine (versão livre)", e, posteriormente, em *A Gazeta* (São Paulo, 20 abril de 1910) com a variação:

Encore que loin en allés?

est. 8, v. 2	Embora, embora *na* separação	Embora, embora em separação?

O poema "Aparição", única tradução mallarmeana publicada por Guimaraens, teve sua primeira versão publicada no *A Gazeta* (São Paulo, 22 maio de 1910) com a nota "Versão Livre" e as variações que seguem:

La lune s'attristait. Des séraphins en pleurs

est. 1, v. 1

Bem triste estava a noite. Os serafins em *bandos*,
Bem triste estava a noite. Os serafins em bando,

La cueillaison d'un Rêve au cœur qui l'a cueilli.

est. 5, v. 1

Colher um sonho na alma eterna que o *acolheu*...
Colher um sonho na alma eterna que o colheu...

est. 6, v. 1

Foi sobre a triste dor de uma isolada rua
Foi em meio da dor de uma isolada rua

est. 6, v. 3

As estrelas perfumaram
E as estrelas perfumaram

est. 6, v. 4

Estas mãos que te adoraram?
Estas mãos que te adoraram!

Ao comentar a análise de Castañon Guimarães sobre a tradução "Aparição" do poeta mineiro, Faleiros (2012, p. 20) aponta que Alphonsus "transforma por completo o poema, integrando-o em sua própria produção"; o que leva o comentador [Castañon Guimarães] a concluir que o tradutor "tomou como base o poema de Mallarmé, apropriou-se dele para criar seu próprio poema."

A "Canção do Outono" *(Chanson d'Automne)*, tradução do poema mais célebre de Paul Verlaine, foi publicada, primeiramente, em *O Germinal* (Mariana, 30 de janeiro de 1916) com a seguinte variação em relação à sua *Poesia Completa:*

Tout suffocant,
Et blême, quand

est. 2, v. 1

Sufocando, em ânsia,
Sufocado, em ânsia,

CHANSON D'AUTOMNE	CANÇÃO DO OUTONO
Les sanglots longs	Os soluços graves
Des violons	Dos violinos suaves
De l'automne	Do outono
Blessent mon coeur	Ferem a minh'alma
D'une langueur	Num langor de calma
Monotone.	E sono.
Tout suffocant	Sufocado em ânsia,
Et blême, quand	Ai! Quando à distância
Sonne l'heure,	Soa a hora,
Je me souviens	Meu peito magoado
Des jours anciens	Relembra o passado
Et je pleure;	E chora.
Et je m'en vais	Daqui, dali, pelo
Au vent mauvais	Vento em atropelo
Qui m'emporte	Seguido,
Deçà, delà,	Vou de porta em porta
Pareil à la	Como a folha morta,
Feuille morte.	Batido...

A construção da analogia da tradução alphonsina em relação ao poema do francês se dá pelas distinções que se remarcam, e pelas aproximações obtidas na tradução, como apontado por nós (PEREIRA, 2012, p. 88):

> O poema de chegada, assim, possui importantes distinções que observaram motivações linguísticas, sobretudo do ponto de vista sonoro, e estilísticas, pelo acréscimo do número de adjetivos, de alguns substantivos e de uma interjeição. No entanto, a manutenção do clima outonal por meio da reprodução de todas as imagens do poema de partida e da construção musical

> no que concerne aos esquemas rítmico, rímico e a sua extensão, se sobressaem, podendo o poema alphonsino ser considerado análogo ao poema verlainiano, ou, como observado por Anglade-Aurand (1971, p. 178): "a tradução é completamente literal".

Com epígrafe verlainiana retirada dos dois primeiros versos do mesmo poema *(Green)*, "XLIII" (A tua carne é toda pétalas de rosa) é estruturado em oito quartetos de alexandrinos, portanto mais extenso que seu poema de partida, formado por três quartetos de alexandrinos. Trata-se de um exemplo da liberdade formal cultivada por Guimaraens em algumas de suas práticas tradutórias, refletindo-se, entre outros, na ampliação de suas imagens:

> A resignificação operada por Guimaraens, nesta tradução, está ligada, portanto, à expansão. A abordagem das cores foi potencializada; as sensações e sentimentos provados, elevados sobremaneira; a evocação das estações outono e primavera foram mais marcadas. A extensão do poema e, por conseguinte, das imagens foi, numericamente, ampliada. Alphonsus não descartou, é claro, o poema verlainiano, mas o releu à sua maneira, de modo bastante próprio. (PEREIRA, 2012, p. 103)

A parte "Os sonetos" de *Pastoral*[5] traz a tradução "LXXIII. Jardim da Europa" a partir de um poema de Jacques d'Avray. Publicada, a princípio, no *Jornal do*

5 Em nota, no livro *Poesia Completa* (2006, p. 588), João Alphonsus menciona que a tradução do soneto fora incluída, após a publicação na imprensa, no livro *Escada de Jacó*, entretanto a encontramos no livro *Pastoral aos Crentes do Amor e da Morte* de acordo com a organização do livro de 2006.

Comércio (Juiz de Fora, 4 de dezembro de 1908), Alphonsus utilizou seu pseudônimo João de Fafe em alusão ao local de origem de seu pai. A tradução na imprensa possui a seguinte variação:

est. 3, v. 3

Noss'alma, como Inês, posta em sossego...
Nossa alma, como Inês, posta em sossego...

O livro *Escada de Jacó* contém outra tradução de Jacques d'Avray: "XVII. Prece" *(Prière):*

Prière

Toi, Seigneur Jésus-Christ, Miséricordieux,
Dont l'Amour grandiose éclaircit l'Univers,
Toi, dont le coeur flamboie aux blonds donjons des cieux,
Poète aux rimes d'or, aux étincelants vers;

Toi, dont la Voix atteint tous les Temps, tous les Lieux,
Toi, l'astre-Roi béni qui domine les Mers,
Toi dont la Sève sait rajeunir les blancs vieux,
Et dont la Bienveillance épargne les Pervers;

Toi, DIEU, l'Inspirateur, le Puissant, le Divin,
Soulage ma souffrance, et prodigue le Vin
Endormeur, le Nectar enivrant des Séjours,

Et par lui fais savoir à ce coeur qui se plaint
Que doit-il faire, ici, sous des fardeux si lours,
Pour un seul jour aimer sans mourir tous les jours!

Prece

Ó tu, Senhor Jesus, o Misericordioso,
De quem o Amor sublime enaltece o Universo,
Tu, cujo Coração brilha no céu piedoso,
Poeta de rimas de ouro e aurifulgente verso:

Tu, cuja voz atinge o Tempo e todo o Pouso,
Astro-Rei que venceste o mar em luta imerso,
E transformas o ancião em moço valoroso,
E poupas com o teu grande Amor todo o perverso:

Tu, DEUS, o Inspirador, Taumaturgo e Adivinho,
Dá-me alívio ao pesar, prodigando-me o Vinho
Que é o néctar celestial da eterna Moradia.

Ensina-me por ele ao seu coração magoado
Como deve viver quem anda aniquilado,
Para um só dia amar sem morrer cada dia!

Além dele, outro soneto figura entre as traduções, "O Leito" *(Le Lit)*, do livro *Trophées* de José Maria Heredia, cujo exemplar foi ofertado por seu amigo José Severiano de Resende. A escolha do poema se deve, provavelmente, segundo Aurand (1971, p. 185), pela temática tanto religiosa quanto clássica, além do rico vocabulário medieval.

Le lit

Qu'il soit encourtiné de brocart ou de serge,
Triste comme une tombe ou joyeux comme un nid,
C'est là que l'homme naît, se repose et s'unit,
Enfant, époux, vieillard, aïeule, femme ou vierge.

Funèbre ou nuptial, que l'eau sainte l'asperge
Sous le noir crucifix ou le rameau bénit,

C'est là que tout commence et là que tout finit,
De la première aurore au feu du dernier cierge.

Humble, rustique et clos, ou fier du pavillon
Triomphalement peint d'or et de vermillon,
Qu'il soit de chêne brut, de cyprès ou d'érable;

Heureux qui peut dormir sans peur et sans remords
Dans le lit paternel, massif et vénérable,
Où tous les siens sont nés aussi bien qu'ils sont morts.

O leito

(José Maria de Heredia)

Triste como um sepulcro, alegre como um ninho,
Com cortinas de sarja ou brocado em recamos,
Ali nascemos nós, repoisamos e amamos,
Virgem, mulher, avó, criança, esposo, velhinho.

Asperso sob a cruz ou sob os bentos ramos,
Ou funéreo ou nupcial nos seus lençóis de linho,
Ali é o começo e o fim do terreno caminho,
Da alva ao último círio, a cuja luz nos vamos.

Pobre, humilde, fechado, ou no orgulho em que o veste
O sobrecéu vermelho, onde o oiro a asa sacode,
Seja de roble tosco ou de bordo ou cipreste,

- Feliz de quem sem medo e sem remorsos pode
Dormir no grande leito avoengo, onde nasceram
Todos os seus, assim como todos morreram.

As traduções alphonsinas variam, dentre outros, de acordo com o grau de aderência aos poemas de partida. Essas composições que se distanciam do poema de origem foram abordadas no capítulo "As transposições de poetas franceses" *(Les transpositions des poètes français)* da tese de Aurand e, juntamente com seu capítulo anterior, "As traduções dos poetas franceses" *(Les traductions des poètes français)* nos dão um panorama da poética da tradução de Guimaraens, já que o francês, não raras vezes, serviu como idioma intermediário. Na parte dedicada às transposições (*Ibidem*, p. 194), a autora afirma que:

> Alphonsus traduz já fazendo uma transposição para o português; sua tradução não é uma paráfrase porque ele sempre tenta, ao que parece, recompor o poema em sua própria língua. Podemos então denominar as raras transposições que ele fez: "traduções muito livres", segundo uma fórmula empregada por ele mesmo: "tradução livre de Verlaine", por exemplo. Assim, os poucos poemas que ele não chama de traduções são transposições muito distantes do texto original, que serve de base e que dá o assunto ou o tema a partir dos quais Alphonsus criou de acordo com sua imaginação, mantendo apenas uma ou duas imagens do poema inicial.[6] (tradução do autor do ensaio)

6 *Alphonsus traduit en faisant déjà une transposition en portugais; sa traduction n'est pas une paraphrase car il essaie toujours, semble-t-il, de recomposer le poème dans sa propre langue. Nous pourrons alors appeler les rares transpositions qu'il fit: "traductions très libres", selon une formule appellé par lui-même: "tradução livre de Verlaine", par exemple. Ainsi les quelques pèmes qu"il n'appelle pas traductions sont des transpositions très éloignées du texte original, qui sert de base et qui donne le sujet ou le thème à partir desquels Alphonsus brode selon da fantaisie, en ne gardant qu'une ou deux images du poème initial.*

Nessa perspectiva, Guimaraens, inspirado no soneto *"Voyelles"* de Arthur Rimbaud faz a tradução "A E I O U", que dedica à memória do poeta francês. Publicado inicialmente na revista *Horus* de Belo Horizonte em agosto de 1902 e reunido no livro *Outras Poesias* de sua *Poesia Completa*, o poeta mineiro transpôs o soneto de Rimbaud em cinco quartetos deslocando as vogais coloridas, em ordem alfabética, para o final de suas cinco estrofes.

O livro *Salmos da Noite*, integrante da *Poesia Completa* (2006), reúne poemas da mocidade de Alphonsus e "são recortes de jornais, ali colados, sem indicações de nomes ou datas" (GUIMARAENS FILHO, 2006, p. 617). Dentre esses versos esparsos, se encontra a tradução do soneto de Arvers (1833), peça popular do século XIX do poeta e dramaturgo francês Alexis-Félix Arvers.

A tradução alphonsina, assim como outros poemas espalhados na imprensa, só foi localizada em 1978, portanto não integrando nem publicações anteriores, nem a *Obra Completa* (1960); somente publicações completas posteriores (GUIMARAENS FILHO, 1995, p. 300). Feita em Ouro Preto, foi publicada no *Almanaque Artístico e Literário* de Porto Alegre em 1889, portanto quando o poeta contava 19 anos.

Alphonsus tradutor

Alphonsus de Guimaraens traduziu peças de origens de línguas-culturas que remontam ao Oriente e, notadamente, à Europa. Somadas à prática tradutória bastante adotada à época, de traduções de poemas aleatórios, sem fixação à integralidade das obras, as condições de publicação dessas traduções caracterizam as práticas na poética do mineiro. Suas traduções foram publicadas, também, de maneira diversa, por ele ou por seus interlocutores, ora em veículos de imprensa, especialmente em jornais e revistas; ora em livros, integrais ou coletâneas.

Com exceção da *Nova Primavera*, traduzido em sua totalidade, a diversidade do traduzir alphonsino varia, dentre outros, no grau de aderência formal e temática, mas também, e por conta disso, nas reverberações que sua recepção implica no próprio ato de traduzir: traduções, transposições, mas também "transcriações/transpoetizações/intertextos" (VITORIANO, 2017, p. 68) em que se identifica, por exemplo, o poema "A Cabeça do Corvo".

A essas possibilidades soma-se a potencialidade de recriação alphonsina, já que poeta:

> (...) conseguiu traduzir em uma poesia original, ao mesmo tempo brasileira e exclusivamente sua, os modelos obtidos durante o seu *transfert* francês, misturando-os, quase inconscientemente, na construção do seu novo edifício. Verlaine, é verdade, mas também Baudelaire, Mallarmé, Rimbaud, Heine e Stecchetti. E é assim que entra neste nosso discurso, através da porta das afinidades eletivas e da reutilização dos modelos, o conceito de tradução: tradução como adesão, formal antes de tudo, às experiências estéticas amadurecidas dentro de um mesmo paradigma cultural e estético. Tradução como recriação original, como captação dentro de um universo poético particular, de invenções de outrem: *ante litteram*, se quisermos, o *make it new* de Ezra Pound (PICCHIO, 1995, p. 227 *apud* PAGANINI, 2010, p. 94).

Finalmente, o interesse pelo universo poético alphonsino é compartilhado, entre outros, pelos estudos oriundos de suas produções. Dentre eles, alguns se dedicam, em especial, às traduções, a saber: os capítulos "*Les traductions des poètes français*" (As traduções dos poetas franceses) e "*Les transpositions de poètes français*" (As transposições dos poetas franceses) da tese de doutorado de Arline Anglade-Aurand, *Les influences françaises sur Alphonsus de Guimaraens* (As influências francesas em Alphonsus de Guimaraens) (Universidade de Toulouse, 1971); o artigo "*Alphonsus de Guimaraens traduttore di Stecchetti*" (PICCHIO, 1995) (Alphonsus de Guimaraens tradutor de Stecchetti) de Luciana Stegagno Picchio (Roma, 1995) e nossa dissertação de mestrado intitulada *Alphonsus de Guimaraens tradutor de Paul Verlaine* (Universidade de São Paulo, 2012).

Referências bibliográficas

ANGLADE-AURAND, Arline. *Les influences françaises sur Alphonsus de Guimaraens.* Tese (doutorado de 3º ciclo). Toulouse: Univ. de Toulouse, 1971.

ASEFF, Marlova Gonsales. *Poetas-tradutores e o cânone da poesia traduzida no Brasil (1960-2009).* Tese (doutorado em Estudos da Tradução), Universidade Federal de Santa Catarina, 2012.

BUENO, Alexei (Org.). *Correspondência de Alphonsus de Guimaraens.* Rio de Janeiro: Academia Brasileira de Letras, 2002.

FALEIROS, Álvaro. (2012). Três Mallarmés: Traduções brasileiras. *Aletria: Revista De Estudos De Litera-*

tura, *22* (1), 17–31. Disponível em < https://doi.org/10.17851/2317-2096.22.1.17-31>. Acesso em: 12 de set. 2021.

GUIMARAENS FILHO, Alphonsus de. *Alphonsus de Guimaraens no seu ambiente*. Rio de Janeiro: Fundação Biblioteca Nacional, 1995.

______. *Alphonsus de Guimaraens: Poesia Completa*. Rio de Janeiro: Editora Nova Aguilar, 2006.

LEÃO, Nádia Cotrim Sauer. *Poética para além da vida: cidade morta e noiva morta*: diálogos estéticos entre Alphonsus de Guimaraens e Georges Rodenbach. Dissertação (mestrado em Letras), Universidade de São Paulo, 2016.

PAGANINI, Luiz Antônio. *Os simbolistas mineiros e o drama da modernidade*. Tese (doutorado em Letras), Universidade Federal de Minas Gerais, 2010.

PEREIRA, Wiliam Mariano. *Alphonsus de Guimaraens tradutor de Paul Verlaine*. Dissertação (mestrado em Letras), Universidade de São Paulo, 2012.

PICCHIO, Luciana Stegagno. Alphonsus de Guimaraens traduttore di Stecchetti. In: *La Traduzione: saggi e documenti II*. Roma: Ministero per i Beni Culturali e Ambientali, 1995, p. 225-238.

VITORIANO, Helciclever Barros da Silva. *Mapeamento mundial de traduções do poema "The raven" de Edgar Allan Poe: um estudo preliminar (1853-2017)* / Helciclever Barros da Silva Vitoriano, André Luiz Gomes, Sidelmar Alves da Silva Kunz. Brasília, 2017.

Sobre os autores

Afonso Henriques Neto é professor associado do Instituto de Artes e Comunicação Social – IACS da Universidade Federal Fluminense (UFF), com doutorado pela Escola de Comunicação – ECO da Universidade Federal do Rio de Janeiro (UFRJ). Publicou 12 livros de poesia entre 1972 e 2018, o livro de contos *Relatos nas ruas de fúria* (2014), o romance *Os odiados do sol* (2019) e os livros de tradução *Fogo alto* (Catulo, Villon, Blake, Rimbaud, Huidobro, Lorca e Ginsberg), em 2009, e *Antologia poética – Arthur Rimbaud* (2019), além de participar de várias antologias no Brasil e no exterior. Em 2021, publicou *A tulipa azul do sonho: Constança, a musa de Alphonsus de Guimaraens*.

Anelito de Oliveira é Doutor em Literatura Brasileira pela USP, onde defendeu tese sobre Cruz e Sousa. Realizou Pós-Doutorado na Unicamp e Visitas Técnicas de Pesquisa Pós-Doutoral nas Universidades do Porto, Nova de Lisboa, Salamanca, Lisboa Clássica e Minho. Atua, desde 2005, como professor na Universidade Estadual de Montes Claros (Unimontes), onde integra atualmente o corpo docente do Programa de Mestrado

Profissional em Filosofia. Também integra, na condição de pesquisador, o Núcleo de Estudos Interdisciplinares (NEIA) da UFMG e o Grupo de Estudos em Filosofia e Literatura (GEFELIT) da UFS. Publicou inúmeros trabalhos em livro, periódicos acadêmicos, jornalísticos e culturais brasileiros e estrangeiros, como a *Revista Veredas* (AIL), a *Revista de Estudios Portugueses y Brasileños* (Universidade de Salamanca), a *Revista da Anpoll*, a *Revista da Usp* e o *Suplemento Literário de Minas Gerais*. Sobre Alphonsus de Guimaraens, publicou recentemente o ensaio "História e solidão: Alphonsus de Guimaraens", constante de *Literatura mineira: trezentos anos*, (BDMG Cultural, 2019), coletânea organizada por Jacyntho Lins Brandão.

Ângela Maria Salgueiro Marques possui mestrado em Literatura Brasileira (1998) sobre o poeta Alphonsus de Guimaraens e doutorado em Literatura Comparada (2004) sobre a obra do escritor Oswaldo França Júnior, pela Universidade Federal de Minas Gerais (UFMG), onde também se graduou em 1993. Entre os estudos publicados em livros e periódicos, destacam-se: "Figurações da morte em Alphonsus de Guimaraens e Edgar Allan Poe" (Veredas e Cenários, 2008); "A duplicidade na técnica narrativa de Oswaldo França Júnior" (FALE/UFMG, 2005); "Archivos: um novo modo de contar – inventar/inventariar" (FALE/UFMG, 2004); "As lutuosas vogais de Alphonsus de Guimaraens" (FALE/UFMG, 2002); "Os tons do silêncio em *Os Teclados*, de Teolinda Gersão" (Université Paul-Valéry, 2001) e, em coautoria com Francine Fernandes Weiss Ricieri, "Achegas à bibliografia de Alphonsus de Guimaraens" (FALE/UFMG, 2004). Atualmente é revisora de textos e membro da Academia Serrana de Letras – ASEL.

Armando Gens é doutor em Literatura Brasileira pela Universidade de São Paulo, atuou na qualidade de professor associado na Universidade Federal do Rio de Janeiro e na Universidade do Estado do Rio de Janeiro. Escreveu o volume intitulado *Medeiros e Albuquerque* e, em coautoria, *Através das fronteiras: literatura, ensino e interdisciplinaridade*. Atualmente, participa do Grupo de Pesquisa do CNPq - LABELLE.

Eduardo Veras é professor adjunto do Departamento de Estudos Literários da Universidade Federal do Triângulo Mineiro. Doutor em Literatura Comparada pela Universidade Federal de Minas Gerais, cursou estágios de doutorado e pós-doutorado na UNICAMP e na Sorbonne Université. É autor dos livros *O oratório poético de Alphonsus de Guimaraens: uma leitura do Setenário das Dores de Nossa Senhora* (Relicário, 2016), *Baudelaire e os limites da poesia* (Corsário-Satã, 2021), *Deserto azul* [poemas] (Penalux, 2018) e de vários artigos e capítulos de livro sobre poesia. É coorganizador dos livros *Por uma literatura pensante: ensaios de filosofia e literatura* (Fino Traço, 2012) e *Poesia contemporânea: reconfigurações do sensível* (Quixote, 2018), ambos em parceria com Gustavo Silveira; o segundo com a partcipação também de Tiago Pinheiro.

Francine Fernandes Weiss Ricieri é professora associada na área de Estudos Literários do Departamento de Letras e do Programa de Pós-Graduação em Letras da Universidade Federal de São Paulo, em Guarulhos. Mestre pela UNESP (Assis) e doutora pela UNICAMP, desenvolveu em ambos os casos pesquisas sobre Alphonsus de Guimaraens. Realizou estágio sanduíche na Universidade de Paris X, pós-doutorado na UNICAMP (FAPESP, 2009) sobre poéticas brasileiras finisseculares e um doutorado em estudos da tradução na USP (2018). Seus principais interesses de pesquisa são as poéticas de Alphonsus de Guimaraens e Cruz e Sousa, simbolismo e decadentismo, relações entre Brasil, Portugal e França em poetas oitocentistas, questões relativas a gêneros literários, hibridismos e interseções entre prosa e poesia, dedicando-se também ao estudo de questões teóricas relacionadas à leitura e ao leitor, ao ensino da leitura e da literatura. É líder institucional do Grupo de Investigações do Poético (GRIPhO). De suas publicações, destacam-se *Imagens do poético em Alphonsus de Guimaraens*, (Editora da UNIFESP/ EDUSP, 2014); *Antologia da poesia simbolista e decadente brasileira* (Lazúli/ Companhia Editora Nacional, 2007); além da organização do volume *Machado de Assis: ensaios da crítica contemporânea* (Editora da UNESP, 2008), parceria com Lúcia Granja e Márcia Lígia Guidin (finalista do prêmio Jabuti).

Nádia Sauer é formada em Letras Português-Francês pela USP. Em 2016, concluiu, pelo departamento de Letras Clássicas e Vernáculas da FFLCH-USP, o mestrado em Literatura Brasileira sobre o poeta Alphonsus de Guimaraes e seu diálogo com a obra de Rodenbach.

Wiliam Mariano Pereira é professor de Língua Portuguesa da rede pública do Estado de São Paulo, graduado em Letras Português/Francês pela Universidade Estadual Paulista (UNESP-Assis) onde iniciou suas pesquisas nos estudos alphonsinos e verlainianos, desenvolvendo projetos nas áreas da Literatura Comparada, da Tradução e da Tradução Literária. Mestre em Letras pela Universidade de São Paulo no programa de Estudos Linguísticos, Literários e Tradutológicos em Francês, defendeu sua dissertação de mestrado denominada *Alphonsus de Guimaraens tradutor de Paul Verlaine,* em 2012.

Alameda nas redes sociais:
Site: www.alamedaeditorial.com.br
Facebook.com/alamedaeditorial/
Twitter.com/editoraalameda
Instagram.com/editora_alameda/

Esta obra foi impressa em São Paulo na primavera de 2021, centenário da morte de Alphonsus de Guimaraens (1870-1921). O livro faz parte da coleção Crítica Contemporânea. No texto foi utilizada a fonte Georgia em corpo 11 e entrelinha de 15,5 pontos.